El Secreto DE EVA

Guillermo Ferrara

© D.R. Guillermo Ferrara, 2013

© D.R. de esta edición:
Santillana Ediciones Generales, SA de CV
Av. Río Mixcoac 274, col. Acacias
CP 03240, teléfono 54 20 75 30
www.sumadeletras.com.mx

Diseño de cubierta: Ramón Navarro

Primera edición: abril de 2013

ISBN: 978-607-11-2613-9

Impreso en México

Dedicatoria

A todos los seres despiertos que se dedican día a día a la iluminación espiritual, que son científicos, espirituales y libres; que no tienen miedo a nada porque saben que nunca morirán. A los que están despertando y descubriendo un mundo interior lleno de nuevas sensaciones. Si te sientes así, entonces la siguiente investigación con todas las horas de mi trabajo es para ti.

Que La Fuente de Luz inspire mi alma para que exprese a través de mi pluma un espejo de los misterios.

Nota del autor

Este libro es un intento por desvelar maniobras de control por parte de sociedades secretas y colaborar brindando valiosa información para el despertar del alma humana.

Las páginas de esta obra intentan revelar acontecimientos de la vida real. Los personajes son ficticios aunque el lector perspicaz podrá descubrir que varios están basados en personas reales.

La Hermandad de la Serpiente, la cual tiene protagonismo en este libro, existe y opera desde las sombras con diferentes nombres y a través de diferentes organizaciones y sociedades secretas desde tiempos inmemoriales.

La simbología genética de las serpientes aparece encubierta, entre líneas, desde los insultos de Jesús en la Biblia hasta la iconografía en iglesias, templos y monumentos, mostrando que la serpiente ha estado ligada a la historia humana para bien y para mal.

La conspiración en el mundo de la música también es algo que sucede a la vista de todos, aunque no todos puedan verlo ni escucharlo.

Los conocimientos y datos de física cuántica, sexualidad, alquimia, astronomía, meditación, arqueología, filosofía, esoterismo, medidas, ubicaciones, distancias, símbolos, documentales, audiovisuales, nombres de científicos y filósofos tanto contemporáneos como antiguos son reales.

Yo soy la luz del mundo.

Habiendo dicho esto, escupió en tierra, e hizo barro con la saliva y le untó el barro en los ojos, y le dijo: Ve y lávate en el estanque de Siloé (que quiere decir "Enviado"). Él fue, pues, y se lavó y regresó viendo. Entonces los vecinos y los que antes le habían visto que era mendigo, decían: ¿No es éste el que se sentaba y mendigaba? Unos decían: él es; y otros decían: No, pero se parece a él. El decía: Yo soy. Entonces le decían: ¿Cómo te fueron abiertos los ojos?

Juan 9-6

«¡Guías ciegos, que coláis el mosquito y os tragáis el camello!

«¡Ay de vosotros, escribas y fariseos hipócritas, que purificáis por fuera la copa y el plato, mientras por dentro están llenos de rapiña e intemperancia!

¡Fariseo ciego, purifica primero por dentro la copa, para que también por fuera quede pura!

«¡Ay de vosotros, escribas y fariseos hipócritas, pues sois semejantes a sepulcros blanqueados, que por fuera parecen bonitos, pero por dentro están llenos de huesos de muertos y de toda inmundicia!

Así también vosotros, por fuera aparecéis justos ante los hombres, pero por dentro estáis llenos de hipocresía y de iniquidad.

«¡Ay de vosotros, escribas y fariseos hipócritas, porque edificáis los sepulcros de los profetas y adornáis los monumentos de los justos, y decís: "Si nosotros hubiéramos vivido en el tiempo de nuestros padres, no habríamos tenido parte con ellos en la sangre de los profetas!"

Con lo cual atestiguáis contra vosotros mismos que sois hijos de los que mataron a los profetas.

¡Colmad también vosotros la medida de vuestros padres! ¡Generación de serpientes, raza de víboras!»

Mateo 23: 23-26

¡Serpientes, engendros de serpientes, raza de víboras! ¿Cómo esperáis escapar de la condenación de la gehenna? Por eso, mirad, yo os envío profetas y sabios; de ellos mataréis y crucificaréis, y de ellos azotaréis en vuestras asambleas y perseguiréis de ciudad en ciudad para que recaiga sobre vosotros toda la sangre justa derramada sobre la tierra, desde la sangre de Abel el justo [...] en verdad os digo, vendrán todas estas cosas sobre esta generación.

Lucas 7: 31-35

Hemos sido creados por extraterrestres y el origen de la vida en la Tierra viene del exterior.

Francis Crick, descubridor del ADN

Que viendo los hijos de Dios que las hijas de los hombres eran hermosas, tomaron para sí mujeres, escogiendo entre todas.

Génesis 6: 2-4

Los hombres vivían como dioses, sin vicios ni pasiones, sin vejaciones ni contrariedades. En una armoniosa compañía con seres divinos, pasaban los días con tranquilidad y alegría, convivían con una igualdad perfecta, unidos por la confianza y el amor mutuo. La Tierra era más hermosa que ahora, y producía espontáneamente una abundante variedad de frutos. Los seres humanos y los animales hablaban el mismo idioma y conversaban entre ellos. Los hombres se consideraban niños con cien años de edad. No tenían ninguna de las enfermedades características de la edad y, cuando accedían a regiones de vida superior, era como un sueño apacible.

Hesíodo, filósofo griego

Cuando uno llega a ser presidente de un país hay otra persona que toma las decisiones, y uno advierte que puede ser un ministro virtual.

Bill Clinton, 1998

Las personas no tienen la menor idea del abismo al que nos dirigimos ni de la naturaleza del mundo que estamos dejando a nuestros hijos, y a la mayoría parece no importarles. Preferirían ignorar lo obvio y negar una verdad que tienen delante de sus narices. Me siento como una vaca que corre al campo y grita a las demás: "Eh, ¿sabéis ese camión que se lleva a algunas de nuestras amigas cada mes? Pues no se las llevan a otro campo tal y como creíamos. Les pegan un tiro en la cabeza, las desangran, las cortan en pedazos y las colocan en paquetes. ¡Luego esos humanos las compran y se las comen!" imaginemos cuál sería la reacción del resto del rebaño: "Estás loco, tío. Nunca harían eso. De todos modos, tengo acciones en esa empresa de transportes y obtengo buenas recompensas. Cállate, estás causando problemas.

David Icke

Tenemos mil millones de neuronas, pero sólo utilizamos 10. Si usáramos una red que las uniera a todas, seríamos telépatas, podríamos volar, haríamos los milagros que hacen los santos. Hablo de la panconciencia. Los científicos dicen que las neuronas funcionan por energía eléctrica. ¿Pero es eléctrica? Yo le llamo energía divina. El 70 por ciento de la energía del universo no se sabe qué es. Esa energía misteriosa que sostiene el universo nos habita a nosotros. Usted puede tratar de entenderla, o simplemente sentirla, como hago yo. Todo es un milagro, sólo un tonto no lo ve.

Alejandro Jodorowsky

Esas Musas sólo son las terrestres efigies de las potencias divinas de que vais a contemplar por vuestros propios ojos, la inmaterial y sublime belleza. De igual modo que ellas miran al Fuego de Hestia de que emanan, y que les da el movimiento, el ritmo y la melodía, así debéis sumergiros en el fuego central del universo, en el Espíritu divino para difundiros con él en sus manifestaciones visibles.

Pitágoras

Si quieres entender el Universo piensa en términos de energía, frecuencia y vibración.

Nikola Tesla

De la misma forma que toda porción de un holograma contiene la imagen de la totalidad, cada porción del universo contiene la totalidad. Esto significa que si supiéramos el medio de acceder, podríamos encontrar la galaxia de Andrómeda en la huella digital del dedo gordo de nuestra mano izquierda. Podríamos encontrar a Cleopatra conociendo a Julio César por primera vez, ya que en un principio la totalidad del pasado y las implicaciones del futuro están contenidas en cada porción del espacio-tiempo. Cada célula de nuestro cuerpo contiene al cosmos entero.

Michael Talbot, *El Universo Holográfico*

El Universo es un holograma que cambia dinámicamente instante tras instante, que existe en el espacio infinito dentro de la mente de Dios. Todas las partes del holograma universal están interconectadas entre sí con un entramado cuántico, lo que le sucede a una afecta a todas las demás.

Fernando Malkun

Ese conocimiento os ha pertenecido desde mucho antes de la partida de los faraones, y se remonta hasta la Atlántida, cuando generadores mentales de luz iluminaban las ciudades de cúpulas y las pirámides de vuestros ancestros, y la clase sacerdotal viajaba en el tiempo a otras dimensiones y a otros mundos.

Patricia Cori, *El cosmos del alma*

El pasado, el presente y el futuro es solamente una ilusión persistente.

Albert Einstein

¿Me creerías si te dijese que tu mañana es mi ayer?

"Living Eyes", Bee Gees

Si quieres conocer el pasado, entonces mira tu presente que es el resultado. Si quieres conocer tu futuro mira tu presente que es la causa.

Buda

No es "pienso y luego existo", como dijo Descartes, la realidad es que existo y luego existo, sucesiva y eternamente, en millones de formas.

Guillermo Ferrara

Introducción
Capítulo 0

Alguien estuvo aquí antes que nosotros...

El Cosmos es un sitio infinito. La mente humana no puede concebirlo en su totalidad por la pérdida de memoria, la desprogramación del ADN y las creencias que han sido impuestas durante generaciones. Cada una de las cien billones de células del cuerpo humano tiene grabada la memoria de 7,500 generaciones anteriores y recuerda el origen. La activación del ADN ha traído la posibilidad de recordar la infinitud de nuestra existencia. El pensamiento de la nueva conciencia es "existo y luego existo". Existimos de diferentes maneras, formas y momentos. El tiempo es simplemente un velo que impide que recordemos lo atemporal, lo inextinguible, lo supremo. La revelación de los misterios en la mente viene acompañada del despertar de la conciencia como un abanico de colores. Nos han dejado abrir menos de la mitad del abanico, eso ha hecho que la brisa que sale de él no llegue a tu cara. Organizaciones, religiones, intereses creados, gobiernos ocultos han hecho lo imposible por envenenar la mente con creencias, miedos y cadenas. Por la fuerza se han apropiado del poder. El tiempo del no-tiempo maya ya ha sucedido en las conciencias de los despiertos. Muchas almas están despertando. Este despertar colectivo ha traído como consecuencia la implantación de la ley de unidad, la ley de la luz que se extiende desde todas tus células a las células de otras personas y, de allí (recordando que cada célula es consciente), llegar a activar todos los resortes para darnos cuenta de que somos infinitos y eternos en cuerpos temporales.

15

Albert Einstein decía que no cae ninguna gota de rocío sin que todo el universo se entere. El universo tiene más de 100,000,000 de galaxias, de allí que Jesús haya dicho: "la casa de mi Padre tiene muchas moradas". Esas moradas, dimensiones o puertas galácticas están agrupadas en un mismo momento. Todo está sucediendo ahora mismo. Todo está en el presente, todas las dimensiones, proyecciones, memorias, posibilidades están en el ahora eterno y en los futuros alternativos.

Nuestro cerebro procesa datos, información y recuerdos como una computadora que tiene el programa cósmico instalado. Ahora apretamos más teclas que antes no nos dejaban apretar. Ahora investigamos, sentimos, meditamos, creamos grupos, nos aliamos, nos expandimos, nos despertamos, nos reconectamos por medio de la misma ola de pensamientos, un inconsciente colectivo que ya no es inconsciente, sino un nuevo consciente colectivo, un mismo barco para ir hacia el destino original, el retorno a lo multidimensional.

Lo hemos intentado muchas veces, en Lemuria, en Atlántida, ya tenemos experiencia; ahora la sabiduría ha regresado, la luz se está potenciando, las puertas se están abriendo. Estamos contactando con zonas interiores que nos permiten ver la unidad que es real y lo que es producto de la ilusión de la dualidad.

Lo interno y lo externo no han existido nunca, ya que no podemos salir ni dividir lo que Es, no hay posibilidad de escaparse del Cosmos, estamos dentro de todo lo que existe, celebrando, avanzando, siendo, existiendo.

El tiempo no es horizontal sino vertical, y de acuerdo con la vibración y el estado de conciencia estamos más arriba en alta, media o baja vibración. De hecho, uno de los miedos más comunes del que se ha valido la iglesia católica es el miedo al infierno. Etimológicamente, infierno viene de *infernus*, que significa sitio de baja vibración. Aunque Juan

Pablo II dijo antes de morir que el infierno no existe, muchos han querido seguir adheridos a esa falsa creencia. Y muchas fuerzas de luz incluso, han hecho dimitir a Benedicto XVI, quien ha declarado su mala salud como una fachada para tapar otros manejos encubiertos de una línea de la iglesia.

Todo es luz en la nueva conciencia. Ahora sabemos que hay hermanos mayores luminosos para apoyar nuestra evolución como también otros seres dimensionales oscuros que se aprovecharon de la energía colectiva humana.

Éstos, comúnmente mal llamados extraterrestres, son seres dimensionales, de otras zonas de este vasto universo. ¡Y qué bello que sea así! Nos damos cuenta de que no estamos solos en el universo, ¡qué aventura conocer nuevos seres! Un descubrimiento que cambia la manera de ver el mundo, como quien conoce nuevas flores, nuevos peces, nuevos atardeceres o nuevos árboles.

Todo es nuevo, todo está sucediendo sin repetirse, no hay plagio en el Cosmos, no hay copias, todo es original y responde al origen: el gen supremo.

Y la creación universal se expande creando más de una raza. Por ello en la Tierra han existido negros, amarillos, rojos y blancos, para mezclar la originalidad de cada una de las razas. Una misma especie con una sola cara, color de piel, estatura, sería tremendamente aburrida. Nos veríamos a todos iguales, sí, de esa forma lo sabríamos, pero la tarea consiste en vernos como uno e iguales en la multiplicidad de formas, colores y etnias.

Todos somos lo mismo con diferente imagen. La educación metafísica y existencial nos lleva más allá de los pensamientos domésticos, de los aparentes problemas y de la falta de sabiduría. El único pecado ahora es seguir permaneciendo en la ignorancia.

Ahora lo sabemos, reconocemos, recordamos, reactivamos todo el conocimiento y la biblioteca que llevamos dentro en el ADN. Estamos destinados a volar y nos enseñaron a arrastrarnos, a arrodillarnos, a sentirnos sometidos. Vamos en camino a ser el nuevo *Homo universal*, y este paso dimensional está disponible para los hombres y mujeres, maestros de la luz y artistas de la conciencia. Ya descubrimos que el Sol es nuestro amigo, nuestro foco de activación, nuestro alimento celular y espiritual. El Sol está haciendo con sus tormentas, sus eyaculaciones orgásmicas sobre la Tierra, que el campo geomagnético active los poderes escondidos del cerebro humano.

Los científicos europeos, japoneses, rusos y norteamericanos más reconocidos como Carl Johan Caleman, el doctor Michio Kaku y David Wilcock, por citar sólo algunos, han hecho comprobaciones y afirmado que la energía del Sol es vital en estos momentos de evolución. Un día, el culto a este astro fue declarado pagano, hoy ha vuelto a ser rememorado como una estrella radiante, un obrero de La Fuente de donde sale todo.

El doctor Fritz Allan Poe realizó avances científico-cuántico-espirituales, por ejemplo, descubrió que las células del cuerpo humano se comunican por medio de biofotones, partículas de luz o la unidad de medida de un campo electromagnético. Este sistema de comunicación corporal también existe entre personas, y lo conocemos como "Resonancia mórfica", la ley que el biólogo Rupert Sheldrake popularizó.

Y si las células se comunican por impactos de luz, ya sabemos que somos luces en movimiento y que nada que roce el miedo puede tocarnos una vez que vivimos con la consigna de la luz en las células, todo el universo es visto como luz en formas y octavas de vibración distintas.

Son los momentos de gloria de una nueva civilización superior, de la activación de la percepción extrasensorial, de mantener encendidos los ojos vivientes, las puertas a un cielo que no termina nunca.

Y se están abriendo las puertas al conocimiento de nuevos seres, de hermanos que se fueron y volvieron, los annunaki, palabra que significa "los que vienen del cielo", que han estado aquí desde el inicio, los seres multidimensionales y ángeles que nos han creado. La Biblia los llama *Elohim,* nosotros no los llamemos extraterrestres ya que también nosotros lo somos, somos un misterio que no ha salido debajo de la tierra sino que fue creado como una forma de evolución con partículas que han venido de las estrellas. Piénsalo un momento: el ser humano no sale debajo de la tierra como una flor o un árbol, ni brota por arte de magia del barro, por lo tanto el origen del hombre no es terrenal, viene de las estrellas.

Existen Federaciones Galácticas y Concilios Superiores en el Cosmos, que vieron que en un futuro alternativo podría haber una dictadura de los grises y reptilianos que buscarían apoderarse de la Tierra, en términos políticos, religiosos y económicos. Es una lucha galáctica, y aunque Hollywood retrató estos eventos en películas como *Star Trek* y *Guerra de las Galaxias*, fue ridiculizado para perder credibilidad. Recuerda que si quieres esconder algo debes ponerlo a la vista de todos, de esta forma nadie pensará nada extraño. Eso es lo que hicieron. Han popularizado y maniobrado los argumentos para esconderlo.

Las otras razas que habitan el Cosmos no tienen porqué recibir ni miedo ni incredulidad, sino respeto, alianza, amistad, admiración. Aunque debes saber que la Tierra ha sido un sitio donde ha habido guerras visibles pero también otras invisibles, en otros reinos. Hubo razas de seres dimensionales de baja vibración que quisieron aprovecharse de la energía colectiva del *Homo sapiens.*

Recuerda que los dos componentes más valiosos del antiguo *Homo sapiens* —la sangre y el semen— nunca han podido ser creados en la Tierra con ningún material en ningún laboratorio, por ende, han sido traídos de otro sitio.

Éste es un tiempo en el que conocemos a los hermanos mayores, algunos de los seres que habitan la galaxia Vía Láctea, pero sabiendo, con el telescopio de la mente individual encendido, que hay más galaxias, más sitios del universo desconocido y que La Fuente tiene otras criaturas, otras formas de vida, otros planes para la evolución de todas las razas.

Esto está documentado en numerosos escritos y construcciones ancestrales, además de figurar constancia en tablillas sumerias, en monumentos de piedras megalíticas de más de veinte toneladas y en múltiples dibujos, pinturas, agroglifos y señales como las líneas de Nazca, Stonehenge en Reino Unido, Mohenjo Daro, las pirámides de Egipto, Machu Pichu, Chichen Itzá, los gigantes de la Isla de Pascua y muchísimos más.

Muchos paleontólogos, arqueólogos e investigadores han revelado que fuimos visitados desde tiempos ancestrales por seres de otros planetas.

Desde una perspectiva exopolítica —una rama de la ciencia que estudia las diferentes razas extraterrestres—, Alfred Webre, dice que la creación del *Homo sapiens* por parte de varias razas de seres avanzados ocurrió hace 97,000 años.

Otros importantes investigadores exopolíticos como Robert Dean explicaron en la Cumbre Exopolítica de Barcelona, en 2009, que se estima que la aparición del ser humano en la Tercera Dimensión, con 12 hebras del ADN, ocurrió en realidad hace 200,000 años. El problema es que hubo una intervencion ilegal de los seres oscuros para desprogramar las hebras de nuestro material genético.

El universo es un lugar en el que se puede viajar en el tiempo, un sitio mágico donde nada es definitivo, todo es moldeable, creable y existen ilimitadas opciones.

Donde también existen altas esferas de poder que tienen proyectos secretos, proyectos altamente sofisticados como el conocimiento de que hay muchas líneas alternativas del tiempo. Líneas que son como autopistas cósmicas, como las carreteras humanas, y cada carretera o línea de tiempo se conecta con otras para ir de un sitio a otro. Tal como arriba es abajo, en la Tierra existieron autopistas y caminos, de la misma manera en los caminos de tiempo: unas líneas son catastróficas y otras líneas de tiempo son evolutivas y positivas.

El año 2012 fue el inicio de la puerta hacia otro conocimiento, un portal a una nueva dimensión, un recordatorio colectivo, una iluminación de conciencias. Y dicha iluminación trae también el conocimiento de estos hermanos.

El *Homo universal* ya sabe ahora que con el poder de su mente crea y decreta positivamente o, en cambio, critica y se lamenta; se trata de una elección individual que genera una elección colectiva. Eso fue llamado Ley de la Atracción y permaneció en secreto hasta hace muy poco.

Los grises, seres diminutos de inteligencia avanzada, de ojos rasgados y oscuros, los cuales trabajarían para controlar a la humanidad (por medios que explicaré más adelante), trataron de crear líneas de tiempo para ir hacia las catástrofes y generar miedos en el *Homo sapiens.* De todas formas, hay indicios arqueológicos de que algunos grises pudieron haber ayudado al hombre ancestral.

Ahora la Tierra está pasando por una línea de tiempo positiva, por el Ecuador galáctico, algo que sucede cada 25,920 años. Son campos de energía de frecuencia alta y la Tierra se reajusta y todo lo que es conciencia se eleva. Es como ajustar el dial de una radio de AM hacia FM o frecuencia modulada stereo para oír las frecuencias cósmicas de la conciencia universal, y así entrar por el portal interdimensional a la profundidad del universo, ya que allí existe una frecuencia más alta, por estar más cercanos a La Fuente.

Esta nueva energía y la frecuencia de esta nueva señal que está llegando con fuerza nos muestra que algo está cambiando la capa de la Tierra. Terremotos, tormentas solares, cambios magnéticos, cambios eléctricos, todo está comprobándose día a día.

Y como la Tierra está pasando por el Ecuador galáctico, eso es clave para la evolución de la conciencia. Pero las razas negativas de seres dimensionales no quieren el cielo en la Tierra. Por eso intentaron implementar un Nuevo Orden Mundial negativo y de control por parte del Gobierno Secreto.

Ellos saben que el gran aliado que tienen para dominar al hombre ha sido el miedo, ya que la vibración del miedo crea una energía colectiva que genera líneas de tiempo destructivas. Ellos no quieren el cambio de dimensión de todo el sistema solar a la Quinta Dimensión. Manipulan las leyes de la conciencia y la energía de forma subliminal para que no sean ellos los que deban hacerlo directamente sino que, por medio de la ignorancia y el influjo mental, los *Homo sapiens* lo hagan sin saberlo, tal como cuando un asesino en masa es poseído mentalmente o una persona es influenciada en sus decisiones a través del control mental.

Han implantado sus ideas macabras y atemorizantes a través de películas, canciones, publicidad subliminal, falsas noticias y muchos otros medios ideados en la inteligencia opresora de sectas de inteligencia como los Illuminatis, Club Bilderberg y diversas sociedades secretas.

Quizá te resuene todo dentro de tu alma o quizá todavía no. Pero ten en cuenta que los terremotos, las tormentas solares, los cambios, noticias y más información fueron comentados por adelantado en mi anterior novela, *El secreto de Adán*, de esta misma editorial.

Pero la guerra que no se ve por los ojos comunes ya se les ha ido de las manos, porque la fuerza que generó el inicio del portal de conciencia en 2012 permitió a muchos *Homo sapiens* elevarse a *Homo universales,* lo que significa que han despertado a la Unidad. La fuerza del despertar aumenta vertiginosamente aunque todavía hace falta mayor cantidad de conciencias para activar la Ley de Sheldrake o de reacción de luz en cadena.

Queremos cambiar apoyándonos en una libre espiritualidad de unidad y en los avances de la física cuántica, que une la ciencia con lo espiritual y demuestra que el hombre, al observar la materia desde su conciencia, altera el mundo atómico.

Los científicos cuánticos describieron con precisión matemática el comportamiento de las partículas fundamentales que conforman la supuesta realidad física. Lo sorprendente es que las entidades cuánticas viajan como ondas pero llegan como partículas. El estudio de la física cuántica cambia todo nuestro entendimiento sobre los fundamentos básicos del universo. La física cuántica describe una realidad no localizada, algo móvil, cambiante con la presencia de un sujeto. Lo que llamamos realidad no es algo objetivo que existe afuera, sino algo subjetivo que está adentro.

Estamos en el inicio de un nuevo mundo, de transformaciones a nivel celular, donde la luz del átomo se propaga por la bioquímica del cuerpo activando el poder de la conciencia; los científicos lo llaman "el gen Dios".

¡Estamos entrando a una dimensión de luz! El ciclo de 5,125 años se cerró y terminó. Ahora iniciamos otro donde tú piensas y creas desde la divinidad que hay en ti.

Un gran grupo de *despiertos* está pensando en grande, iluminando su conciencia y jalando con fuerza a los que todavía no despertaron.

En ese grupo de despiertos estás tú ahora. Eso te trae una misión: ayudar a despertar a los dormidos. Ayudarlos a recordar que somos infinitos. Y si estás en este equipo, difunde la información de este libro para expandir más conciencias.

Recordemos que Dios no ha hecho el universo tan grande para esconderse dentro de él... sino para que lo veamos por todos lados.

Un abrazo de luz,

Guillermo Ferrara

1

Muchas personas no habían podido ascender a la Quinta Dimensión de conciencia expandida en la primera oleada de *Homo universales* iluminados el 21 de diciembre de 2012, y se encontraban en varias ciudades de la Tierra haciendo sus quehaceres en medio de un ambiente existencialmente confuso.

El planeta estaba pasando por un cinturón de fotones elevando a algunos *Homo sapiens* a una dimensión superior y a otros dejándolos en la Tercera sin poder conseguirlo.

Eran las siete de la mañana y las campanas de la iglesia St. Martin in the Fields, en Trafalgar Square, sonaban con ahínco, esparciendo por el aire, cual virus mortal, el mismo sonido que había congregado a los fieles durante generaciones.

La vibración salía de la iglesia parroquial de Buckingham Palace y se elevaba majestuosa sobre su techo elíptico; en la fachada, el escudo de las armas reales colgaba de las paredes.

Esa mañana de verano el frío no era tan crudo en Londres, aún así el cielo gris y un fresco viento obligaban a llegar rápido hacia algún lugar más cálido. Quienes iban a trabajar con expresión seria en diferentes medios de transporte no se percataban de nada que fuese ajeno a sus rutinas diarias. Hundían su intimidad en los periódicos, los teléfonos o en libros. Los que circulaban en coche o en autobús aprovechaban el trayecto pensativos observando la inmaculada y elegante arquitectura británica. La mayoría de los ciudadanos de Londres llevaba una vestimenta singular, muchos empresarios elegantes se mezclaban con bohemios, artistas y una multitud vestida a la moda junto con punks y rockeros. Las mujeres marcaban sus estilizados cuerpos con innumerables modelos ajustados a la piel, lo que hacía que las miradas se nutriesen de belleza, encanto y sensualidad.

Ninguna de aquellas personas tenía sospecha alguna de que a sólo pocas calles de la Iglesia, a casi doscientos metros de la estación del metro de Leicester Square y Covent Garden, estaba a punto de producirse una importante reunión secreta.

El techo rojizo en forma de pirámide de la casa donde iba a producirse aquel encuentro, tenía una entrada igual a todas las demás casas agrupadas como clones, aunque ésta era más grande que el resto de la cuadra. El frente de la construcción contaba con no más de media docena de escalones blancos, una reja de metal y alargados ventanales que aquella mañana se encontraban cerrados.

Dentro de la casa había media docena de personas, todas elegantemente vestidas. Parecía que fuesen oligarcas aristócratas de poder e intelecto lúcido en la fase previa a un *master meeting*.

A juzgar por el valioso decorado, se trataba de la casa de alguien con poder adquisitivo y buen gusto por el arte. Predominaban cuadros con elegantes marcos de madera, ornamentados con extraños símbolos esotéricos y alquímicos. También se veían fotografías de construcciones, un compás y una "G" del símbolo masónico y varios dibujos extraños en papel, colgados en las paredes. Había algunas velas y cofres de metal totalmente cerrados. Al fondo se distinguía una escalera y antes de ésta tres puertas que permanecían cerradas. Las paredes eran barrocas con dibujos renacentistas, y los amplios sofás eran color granate. En un rincón de la espaciosa sala principal había un generoso bar con bebidas alcohólicas.

En uno de los sofás estaba sentada Terese Calvet, una mujer que ya rondaba los sesenta años, aunque poderosamente conservada. Su mirada era intensa y penetrante, su cabello estaba cortado un poco más arriba de los hombros, engalanado con una sutil tintura color ocre. Llevaba gafas con aumento y el marco en punta como los ojos de los gatos; vestía un impecable conjunto de ejecutiva. Su piel era blanca como la porcelana y tenía unos extraños ojos verde oscuro que cambiaban de color con el clima. Había nacido en París pero fue criada en Londres. Destilaba un aura enigmática y por el movimiento de sus ajadas manos, donde llevaba dos anillos de oro y diamantes, se notaba que el poder estaba literalmente en sus manos. Tenía un exquisito perfume de maderas de oriente con mandarina que hacía que su presencia se notase doblemente: por su personalidad y por su aroma. Sus dos grandes y majestuosos gatos persas estaban echados a su lado en el sofá.

Desde su juventud se destacó en la administración de empresas y había heredado, hacía ya once años, el imperio de una empresa discográfica de parte de su padre, un poderoso francmasón. Dentro de aquel poderoso grupo se la conocía como "La Dama" por su estilizada figura, su presencia de mujer con clase, profunda intelectualidad y cultura.

A su derecha, un hombre de raza negra se mostraba inquieto. Rondaba los sesenta y tres años y a su diestra descansaba un bastón con el cual se ayudaba al caminar; el bastón tenía en la empuñadura una pequeña piña en forma de triángulo o bien llamado en botánica "cono de las secuoyas", uno de los símbolos masónicos que representaba la glándula pineal, igual que la gran piña colocada en la plaza de San Pedro, en el Vaticano.

Se llamaba Quinci Brown, aunque en el mundo de la música era conocido como "La Foca". Los otros cuatro hombres que había en la sala principal vestían costosos trajes y estaban deliberando a unos cuatro o cinco metros, a punto de servir té caliente para todos.

En la pared contigua había una amplia biblioteca con libros, revistas y catálogos con fotos de Madonna vestida como Isis, Lady Gaga, Eminem, Britney Spears, Justin Bieber, Beyoncé y del rapero Jay-Z, entre muchos otros. En casi todas las portadas los artistas estaban haciendo extraños gestos con sus manos; hacían los cuernos con los dedos y en casi todas tapaban uno de sus ojos. Destacaba una sección donde se veían varias fotos de Michael Jackson.

Los catálogos se mezclaban en los estantes prolijamente arreglados con extraños libros antiguos de alquimia, y otros en cuyos lomos se leía: "El cambio de vibración 432 hz", "Nikola Tesla y la luz", "Aleister Crowley y la Alta Magia", "Nuevo Orden Mundial", "Los sonidos y su influencia en la actividad cerebral", "Impactos subliminales" y muchos más.

Un denso perfume de tensión estaba cargando el ambiente de la casa, mezclado con el humo de los cigarrillos. Se notaba que algo importante estaba a punto de decidirse en aquel enclave.

Terese Calvet se puso de pie impaciente.

—¿Dónde se ha metido? Ya lleva una hora de retraso.

La Dama estaba visiblemente molesta por la falta a la puntualidad británica. Uno de los gatos se fue de un salto hacia las escaleras.

—No lo sé, señora —respondió Quinci Brown con expresión fría en el rostro.

La Foca sabía que estaban esperando a alguien muy importante y que aquel podía darse el lujo de ser esperado, pero Terese Calvet era igual o casi más poderosa.

Uno de los cuatro hombres le acercó un escocés con hielo a Terese. Ella lo cogió de buena gana y bebió un sorbo. Necesitaba tranquilizarse.

—Él sabe la importancia de este encuentro. No podemos perder tiempo —argumentó.

Los demás asintieron lentamente.

—Hoy decidiremos con o sin él. "La causa de la Hermandad" es lo más importante.

Los demás volvieron a asentir.

Casi como en sincronicidad, al decir "Hermandad" se escuchó el chirrido de neumáticos en la calle proveniente de un coche gubernamental, seguido a los pocos segundos por el sonido del timbre.

Quien se apresuró a ir hacia la puerta de entrada fue David Eslabon, un mexicano radicado en Londres, de unos cuarenta años. Era el secretario de Terese Calvet, llevaba el cabello lacio hacia atrás, bien peinado con laca brillante, color petróleo. Inmaculadamente afeitado y portando con elegancia una chaqueta color caqui y un escudo con un búho dorado grabado elegantemente en su bolsillo, otro símbolo de poder esotérico. La camisa blanca abierta con dos botones y un moderno reloj de oro en la mano izquierda. Vestía pantalón negro con zapatos del mismo color. Medía un metro ochenta y no era ni flaco ni gordo. Se notaba su fidelidad y obediencia hacia su superiora.

—Ha llegado —afirmó mirando por la mirilla de la puerta.

—Ábrele —ordenó La Dama.

Cual huracán humano entró a la casa George Crush, un norteamericano alto, de pelo abundante y cano, vestido de Armani, con un traje azul oscuro, camisa blanca y corbata azul a juego con el traje. Nadie lo llamaba George, ya que era conocido como "El Perro", mote que a él le gustaba ya que se jactaba de ser un apasionado guardián de La Hermandad.

Su caminar denotaba una personalidad dominante, pisaba fuerte y seguro, tenía una sonrisa soberbia pero lo más característico de su fisonomía era que uno de sus ojos estaba desalineado, como si no viese un mundo sino dos. Esa dualidad era frecuente en su personalidad, era intempestivo, prepotente y dominante, casi bipolar. El color de sus ojos era idéntico al de Terese Calvet, verdoso como la piel de las serpientes. Había nacido en Nueva York hacía ya sesenta y dos años, hijo único de una acaudalada familia. Estaba muy ligado a la élite política norteamericana y profundamente vinculado con los más altos miembros del poder a nivel mundial. Pertenecía a una de las trece familias de un linaje genético secreto y ancestral vinculado al poder desde tiempos inmemoriales. Por su sangre corría una híbrida combinación genética que lo ligaba con extraños ancestros; y su personalidad estaba cargada de ira reprimida, enojo y afán de poder. Si bien nadaba económicamente en la abundancia, el poder ya superaba al dinero, era el poder de un monstruo, su propio ego.

—Llega tarde —dijo Terese Calvet.

—La culpa es de "ella" —dijo él, señalando hacia el Buckinghan Palace con su dedo índice.

—Lo supuse. Quiere prolongarse lo más posible —respondió resignada. La Dama sabía que a quien se refería George Crush era a la más poderosa de todas para defender la causa de La Hermandad.

Terese dirigió una mirada de atención a todos.

—Señores, debemos decidir hoy porque estamos a sólo cinco días del ritual.

—Lo sé —afirmó El Perro—. De ese tema, entre otros, estuvimos hablando antes de llegar aquí. Me temo que hemos cambiado de "elegido".

Una mueca de asombro se dibujó en la cara de Terese Calvet.

—¿Un cambio a estas alturas?

—Ella lo pidió —dijo volviendo a señalar en dirección al palacio.

La Dama se mostró pensativa.

David Eslabon, Quinci Brown y los otros tres miembros de la reunión se sentaron en torno a Terese Calvet y George Crush.

—La luna está a nuestro favor —dijo El Perro mientras aceptaba un escocés doble.

—Eso ya lo sabemos —replicó La Dama—. ¿Se puede saber el porqué del cambio en "el elegido"?

—Causas superiores —respondió tajante El Perro, haciendo los cuernos con una de sus manos, el mismo símbolo que los artistas de las revistas.

—¿Entonces? ¿Cómo se supone que nos organizaremos con un cambio a último momento a sólo cinco días del ritual? —La Dama estaba visiblemente molesta.

—Procederemos con impecabilidad —los ojos de George Crush emitieron una extraña luminosidad, como si cambiasen de color.

Terese Calvet suspiró con resignación.

—¿Quién será esta vez?

El Perro hizo un ademán burlón sobre su cabeza, como si la quisiese demostrar más grande.

Terese Calvet llevó sus ojos hacia arriba tratando de adivinar, buscando información de su glándula pineal. De la misma manera que si buscase datos en una computadora, recorrió parte del almacenamiento de su cerebro. Enseguida supuso de quién hablaba.

—Se refiere a…

—Sí —afirmó El Perro, volviendo a hacer el mismo gesto con su mano, dando círculos sobre su cabeza para denotar un extraño peinado.

—Pero ella…

—Ella se quiere salir —zanjó.

—Pero eso no quiere decir que sea la más adecuada para ser la elegida del ritual. Muchos han querido salirse y luego siguieron. Además, recuerde cuando en las finales en el *Superbowl* en 2012 la reina del pop realizó la presentación vestida de Isis, y en 2013, después de que cantó una de nuestras principales devotas de La Causa, cortamos la luz durante treinta minutos para aprovechar aquella enorme efervescencia de frecuencia humana; nadie sospechó nunca de aquel ritual disfrazado detrás de las coreografías de sentido subliminal. Gracias a eso, muchas entidades de La Hermandad se beneficiaron con la poderosa energía de la gente que fue a los partidos. Lo mismo con toda la energía juntada a nuestro favor en los pasados Juegos Olímpicos.

Terese Calvet se refería a que mientras el público pensaba que era una simple escenografía artística, detrás de bambalinas se programaba a conciencia un ritual para aprovechar y dirigir a quienes vitoreaban, saltaban, reían y cantaban y que sin saber regalaron literalmente su energía a entidades bajas de la Cuarta Dimensión astral. En 2013 había sido evidente que entre la imagen del rostro de ambos amantes se formaba la simbología de adoración a una imagen ancestral.

También los Juegos Olímpicos en Londres habían estado llenos de connotaciones Illuminati y masónicas pertenecientes a La Hermandad para que mucha gente no pudiera ascender en la primera oleada y quedase enganchada a la Tercera Dimensión. Incluso el mismo logo de los Juegos con el número 2012 al revés, con la tipología usada, formaba la palabra ZION, representando al sionismo, otra línea de La Hermandad.

La Dama sabía, como dueña de una empresa discográfica multinacional, que los eventos masivos eran la mejor forma de introducir ideas, frecuencias y energía en la gente para controlar su cerebro sin que se dieran cuenta.

Sin rodeos, El Perro le lanzó una fuerte mirada.

—Son órdenes directas. La hemos seguido desde pequeña como a muchos otros artistas y no vamos a tolerar que sea un desperdicio nuestra formación y los años invertidos en promocionarla y adiestrarla. La muy tonta incluso colgó una entrevista en *Youtube* mencionando que quiere salirse, cualquiera puede enterarse ahora si lo busca.

Terese inhaló ansiosa una bocanada de su cigarrillo.

El Perro miró a los demás a los ojos con malicia.

—Si te quieres salir, *I say, no... no... no!* —añadió en tono irónico, parafraseando una famosa canción.

—Desde que sucedió lo de "El mulato" —dijo La Dama despectivamente—, hemos estado recibiendo órdenes directas. Si ella o cualquiera fuese a la prensa o a sus fans y les dijera todo lo que saben de La Hermandad con pelos y señales nadie le creería. La mayoría de la población está atontada. Le echarían la culpa a las drogas y la vida loca. ¿Acaso no recuerda cuando Robbie Williams dijo que veía extraterrestres? Todo el mundo se burló de él y el tema quedó en el olvido.

—Lo sé y así son estos tiempos tan vertiginosos. "El mulato" quedó fuera por órdenes supremas, él quería revelar nuestros secretos en su gira. Sabemos que era un ser elevado y teníamos que frenarlo antes de que fuese demasiado tarde. Lo ensuciamos todo lo que pudimos. Ahora no tenemos una opción mejor. No hay término medio, uno está dentro o no sale, es blanco o negro.

—Entiendo.

La mirada impotente de Terese Calvet se situó sobre una foto en la pared donde había un grabado en papel dorado con una pirámide y un ojo en el centro, similar al billete de dólar estadounidense.

—Créame que sabemos lo que hacemos. La jefa superiora me dijo esta mañana temprano que este ritual será especial. Hoy también se reunirá con mi padre —dijo George Crush—. La orden que me dio es que debemos ejecutar el ritual en Londres para el próximo día 23, siguiendo nuestra regla: *Ordo Ab Chaos.*

Crush se refería al lema de La Hermandad, crear el caos sin que nadie lo supiese, así ellos mismos ofrecían luego el orden para autoadjudicarse poder.

—Odio las prisas —protestó La Dama—. Hace poco también cambiaron al elegido a último momento y nos ponen en un aprieto para organizar todo.

—Ahora es una fecha astronómica especial y tiene que ser una mujer la elegida —remarcó George Crush con ahínco, como si quisiera dejar zanjada aquella orden, ante la mirada atónita de los allí reunidos, al tiempo que soltaba un suspiro y una sonrisa malévola.

El Perro miró a La Dama directamente a los ojos y con voz férrea le remarcó:

—Necesitamos la sangre de ella.

2

Adán Roussos se encontraba en medio de un cónclave espiritual.

En la tarima estaba impartiendo enseñanza Micchio Ki, un astrofísico japonés. El profesor Ki aparentaba tener sesenta y cinco años de la antigua Tierra, aunque nadie sabía su edad. Había sido entrenado, desde que era un adolescente, en conocimientos sobre las leyes del tiempo, la física cuántica y los secretos del cosmos.

También era un experto exponiendo el *I Ching*, antiguo libro sobre el destino del hombre, que contenía 64 hexagramas representando los códices del ADN humano, igual que las 64 casillas del ajedrez, ambos atribuidos a creaciones de seres de las estrellas.

Se hallaban en el interior de una nave madre de más de dos kilómetros de diámetro sobre la atmósfera cercana al Triángulo de las Bermudas. Por fuera, la gigantesca nave estaba compuesta por nanotubos de carbono, un material extraliviano y más fuerte que el acero. La nave estaba tripulada por altos y radiantes seres con un extraordinario conocimiento, poder y frecuencia elevados.

Aquella zona era un misterio para la raza humana ya que entre 1945 y 1975 desaparecieron sin dejar huella más de cien barcos de diferentes procedencias, y no menos de 192 aviones con más de 1,700 personas. El Triángulo de las Bermudas era uno de los sitios más enigmáticos del planeta Tierra.

Una de las salas dentro de la nave estaba cubierta por una especie de alfombra vibratoria con símbolos solares y místicos, que se movían y cambiaban conforme una persona se acercaba e influía con su conciencia en el ambiente; es decir, la sala cambiaba de forma cada vez que una persona estaba en ella y decretaba la forma de la misma de acuerdo con su vibración, su frecuencia y su intención, como el antiguo experimento de la doble rejilla en la física cuántica: la luz cambiaba de imagen si había un observador en la sala. En la Quinta Dimensión los colores resaltaban con brillo y profundidad como si tuviesen un manto etérico superpuesto. Los cuerpos más livianos se movían velozmente y los pensamientos se emitían con extrema facilidad.

En aquella sala de reuniones el ambiente era tranquilo, aunque se percibía un deje de incertidumbre en el enigmático rostro de Micchio Ki; algo especial esperaba revelar en ese cónclave. Escuchando al astrofísico había cerca de un millar de seres entrenados en aquella sección especial como en una universidad.

Adán Roussos contaba con cuarenta y siete años, aunque después de la enorme energía que había recibido parecía diez años más joven, incluso más alto, con el cabello rizado y abundante. Su cuerpo de luz estaba expandido y energizado. Recibía información directamente desde su yo superior y también había sido entrenado por seres superiores. No era el único, una multitud de *Homo universales* despiertos tenían el ADN activo, lo cual les abría las puertas para nuevas facultades en su vida: podían desarrollar la visión de 360°, o sea, percibir todo el campo holográfico, la percepción de la unidad constante, la cual era una facultad consciente de los *Homo universales*.

No existían emociones de baja frecuencia como el miedo o el enojo, todo estaba colmado por el sello del origen y dondequiera que la percepción se posase se podía sentir la energía de La Fuente en todas partes. Los seres de luz, las diferentes razas de criaturas avanzadas estaban directamente en relación con ellos. Adán Roussos supo que el antiguo *Homo sapiens* no era el único habitante del infinito universo, sino apenas una criatura más. Y una criatura creada por seres cósmicos y, a juzgar por lo que estaba aprendiendo y recordando, una de las más limitadas, aunque con enorme potencial.

Adán estaba acompañado en aquella ocasión por Alexia Vangelis, radiante, plena y bella, quien portaba una exquisita energía espiritual. Sus treinta y siete años reflejaban vida y juventud en abundancia. Se le veía el aura luminosa y dorada en la corona de su cabeza en una completa conexión cósmica. La acompañaba casi constantemente una sonrisa enigmática que iluminaba su rostro como un sol.

A su diestra su padre, Aquiles Vangelis, parecía tener fuego en la mirada y poder en las manos. Debido a la poderosa experiencia vibracional que una parte de la humanidad había experimentado en 2012, Aquiles Vangelis le había pedido a Adán Roussos que escribiera un informe de lo sucedido en el proyecto que había llamado *El secreto de Adán*. Allí reveló algunos de los mecanismos del Gobierno Secreto y sobre todo la enorme ascensión de la energía. Como Aquiles Vangelis había sido muerto antes de la ascensión, su cuerpo no había pasado totalmente por el portal energético, sin embargo, en una fracción corta de tiempo, había podido elevar su vibración igual que todos los ascendidos. Su nuevo cuerpo pasó a vibrar y renacer como un cuerpo de sílice brillante.

Todos los integrantes de aquella reunión llevaban un cuarzo blanco colgando de su cuello, incluso por todos lados había enormes cuarzos de casi un metro de altura. En aquellos cristales se iba registrando la información que se compartía, como en tiempos antiguos de civilizaciones atlantes.

—Como todos sabrán —dijo Micchio Ki—, no todo el mundo ha podido conectar con las vibraciones elevadas que llegaron a la Tierra en 2012.

Algunos de los presentes asintieron con resignación.

—Muchos incrédulos y otros no preparados no pudieron resistir el impacto vibratorio generado por el Sol y el campo magnético de la Tierra en sus cerebros y ADN por no estar preparados para semejante vibración. El cambio de frecuencia afectó la percepción de nuestra conciencia —agregó el profesor—. Y todo es creado por la conciencia y la energía. Al haber subido el nivel de energía, la conciencia fue alterada para evolucionar. Como se recibieron frecuencias más elevadas hemos potenciado nuestros cuerpos y ya no son visibles para los que quedaron en la Tercera Dimensión. Al operar con las leyes de la Quinta Dimensión podemos influir en el tiempo y el espacio de la Tercera Dimensión. El éxtasis que nos caracteriza y que estamos gozando nos obliga también a ser responsables y compasivos. Al ganar la buena nueva de la vida eterna sentimos que, como almas evolutivas, no morimos sino que cambiamos de formas. Ya un sinnúmero de seres existen en la luz. Y el Amor supremo quiere lo mejor para todos. Los ciento cincuenta sentidos que estaban ocultos como *Homo sapiens* han cambiado radicalmente las vidas.

Micchio Ki se refería a la activación de la telepatía, la clariaudiencia, el uso de la energía sanadora por las manos, la posibilidad de mover los objetos con el poder de la mente, el arte de la creatividad ilimitada basada en la intención, la imaginación y el propósito creador, percibir el presente eterno, el pasado, y conectar con hechos de futuros alternativos, entre muchos otros.

La multitud entendía perfectamente. Muchos cerraban sus ojos para escuchar con mayor atención ya que todo lo que aprendían se almacenaba en su cerebro como un tesoro dentro de un cofre.

—La energía elevada de La Fuente es la energía de la que se deriva la luz —agregó—. La energía creadora es un *continuum*. Las unidades de energía se van elevando y el orden de la misma depende del observador. Cada uno maneja la energía; sin embargo, si no hay observador, ésta se maneja a sí misma por su propia conciencia. Por eso, en la reunión de hoy quisiera exponer la situación que los hermanos mayores conocen y me han pedido que les revele, tal como otros *Homo universales* están haciendo en otros lados, con miles de personas, pasando la información por resonancia mórfica.

El profesor Micchio Ki quería decir que ese conocimiento estaba siendo incorporado por muchas almas que vibraban en la misma frecuencia —al mismo tiempo y en varios lugares de la nueva Tierra— para grabarlo como una impronta en sus genes.

Adán, Alexia y Aquiles se miraron con júbilo.

—El universo está organizado de tal forma que la perfección se proyecta dondequiera que sea pero, debido a que existe el libre albedrío, muchos seres se han alejado por inconsciencia y por ego, que no es otra cosa que un velo que impide ver la realidad completa. Como la energía está dividida en octavas, hay inferiores y superiores. Ahora estamos vibrando en una octava superior, lo cual hace que los anchos de banda que recibimos de La Fuente sean más claros y poderosos, sin el estorbo del egoísmo. Este rango de frecuencias puede elevarse más y más de acuerdo con la evolución personal individual que influye inevitablemente en la evolución colectiva de la especie.

Aparentemente todo estaba siguiendo el curso normal de una clase común, pero parecía que Micchio Ki se guardaba algo.

—El motivo de este cónclave especial es seleccionar algunos voluntarios para una importante misión.

Los asistentes del encuentro se miraron. Todo el mundo estaba dispuesto a ayudar. Todo el mundo estaba listo para amar y servir. Muchas veces se habían formado grupos de evolución para aprender alguna nueva enseñanza, conectarse directamente con La Fuente o conocer la potencialidad y funciones de otros planetas, soles y galaxias completas. No era algo nuevo pero al parecer esta vez se trataba de algo diferente.

—Estamos a punto de tomar una decisión que la Federación Galáctica ha aprobado y que nos compete a todos. Es algo de lo que no siempre se tiene permiso por consenso. En realidad, es algo que revela la majestuosidad de la conciencia creadora pero altera en parte el libre albedrío individual.

—¿De qué se trata? —trasmitieron telepáticamente varios seres al unísono.

Micchio Ki captó claramente la corriente de incertidumbre. Salir de la Quinta Dimensión implicaba cambios en la fisonomía y las leyes que operaban la realidad. Sabía que aquella misión era arriesgada.

—Influiremos en el pasado para cambiar el futuro.

3

He tenido extraños sueños —le dijo Evangelina Calvet a su editora.

En el piso 18 del edificio de una importante editorial, en la luminosa oficina donde ambas se encontraban reunidas aquella mañana, la expresión de asombro de Evangelina Calvet mostraba cierta inquietud. Rondaba los treinta años, destilaba clase y elegancia en su forma de vestir y su femineidad brotaba en todo su ser como la fragancia de los naranjos en flor. Su largo cabello color almendra, con elegantes mechas doradas, era el perfecto marco sensual de su hechizante y hermoso rostro. Su boca carnosa, débilmente delineada por un pintalabios rosado, se asemejaba a una fresa lista para ser comida. Su cuerpo esa mañana estaba engalanado con una entubada falda negra a unos centímetros de la rodilla y una camisa blanca ajustada, lo que remarcaba su cuerpo torneado por la práctica diaria de ejercicios, ya que amaba salir a correr cada mañana por Central Park. Era vegetariana y se reforzaba a base de batidos de proteína. Vivía a cinco calles, en una de las casas que poseía su acaudalada familia. Pero lo que Evangelina tenía de bello lo poseía de rebelde, inteligente y contestataria.

—Es tu primera novela, estás nerviosa, eso es todo —le respondió Amalia di Fiore, una inteligente y sensual editora que no tenía que envidiar nada a la belleza de Evangelina. Si bien tenía una década más de vida y una pequeña hija, su culto por la vida sana y la investigación hacían que estuviese física y mentalmente en óptima forma. Ella había nacido en Florencia, Italia, y se había ido a vivir a Estados Unidos, hacía casi quince años, en su primer y único matrimonio que disfrutaba con plenitud en la actualidad.

Tenía amor por los libros y las historias, se involucraba en todos los proyectos, pero la novela de Evangelina Calvet le despertaba el más profundo de sus instintos ya que tocaba sus creencias existenciales. En aquella reunión llevaba su cabello oscuro peinado hacia atrás y tenía puestas sus gafas de leer D&G de elegante marco negro detrás de un escritorio atiborrado de papeles, fotografías y libros. Un amplio ventanal detrás suyo dejaba pasar una generosa luz en el despacho que olía a jazmines y rosas, el aroma preferido de Amalia di Fiore.

—No son nervios, Amalia —respondió Evangelina—, son sueños muy extraños y vívidos. Y lo más importante es que son una especie de revelaciones sobre mi novela.

—¿Qué clase de revelaciones?

—Es como si lo que fuese a escribir en la mañana me llegase primero en mis sueños.

Amalia di Fiore la observó en silencio.

—Ya tienes el ochenta por ciento, te falta muy poco.

—Quizás me entiendas, quizás no, pero como justo ahora estoy revelando en el libro la existencia de seres extraterrestres, he visto caras en las noches, me he sorprendido hablando con ellos y me he despertado varias veces la última semana a las tres o cuatro de la mañana.

—No veo nada por lo cual preocuparse —respondió su editora, al tiempo que buscaba sobre su escritorio el manuscrito incompleto de capítulos que Evangelina ya le había entregado.

—Tú bien sabes que esta novela será impactante a nivel mundial —los ojos de Evangelina estaban encendidos.

—Lo sabemos y por ello haremos una fuerte campaña, para que la gente la lea. Sabes que será altamente valorada en estos tiempos en que las personas están despertando espiritualmente y quieren ascender a la Quinta Dimensión.

—A lo que voy —arremetió Evangelina con voz firme— es que la revelación de estos conocimientos, que parecen estar llegándome desde otro lado distinto al intelecto normal, podría esclarecer muchas cosas que a algunos sectores del poder no les convendría.

—Somos una editorial de vanguardia, siempre nos caracterizamos por ser arriesgados, no te preocupes.

—Pienso en las reacciones.

—La gente es inteligente, sabrá qué hacer.

Amalia di Fiore se puso de pie en busca de agua. Le sirvió un vaso a ella también.

—Gracias.

—Por cierto, ¿ya tienes el título definitivo?

Evangelina la miró fijamente a los ojos.

—Sí. De eso también quería hablarte, me llegó anoche en sueños… fue muy nítido, me lo revelaba un niño, parecía un adolescente.

Amalia la observó asombrada con el vaso de agua en su mano.

—¿Te lo reveló un niño en un sueño?

En ese preciso momento golpearon la puerta.

—Permiso —le dijo Amalia, al tiempo que caminó varios pasos hacia la entrada de la oficina.

Al abrir, la presencia de Adán Roussos se le hizo sorpresiva. Aunque lo conocía perfectamente ya que era la editora de su libro *Misterios metafísicos de la sexualidad humana*, no esperaba verlo ese día.

—Adán, ¡qué sorpresa! ¿Teníamos cita para reunirnos hoy?

—No —respondió Adán—, pasaba por la zona y quise darte una sorpresa. Pero si estás ocupada...

—Bueno, un poco, trabajando en la edición de una novela.

—Seré breve —dijo Adán, extendiéndole un ramo de rosas blancas—. Sé que las adoras. Son para ti, con motivo de la nueva edición de nuestra obra.

—¡Oh, qué detalle Adán! Sabes que amo las rosas blancas. Pero ya que estás aquí, ven, pasa, las pondré en agua y te presentaré a otra de mis autoras que está por terminar su novela.

—Muy bien —respondió, cerrando la puerta tras de sí.

Adán dio tres pasos y le extendió la mano amablemente.

Evangelina sonrió educadamente aunque sintió algo líquido en su mano.

—Tienes sangre —le dijo sorprendida.

Adán miró su mano inmediatamente y notó que tanto la suya como la de Evangelina estaban teñidas del líquido rojo.

—¿Te has cortado?

—Supongo que al cargar las rosas alguna espina me cortó el dedo.

—Déjame ver —dijo Evangelina.

—No es nada, al parecer es sólo un pequeño corte —respondió, mientras el hilo de sangre se deslizaba, incluso manchando la camisa blanca de ella.

—Evangelina se apresuró a acercarle una servilleta de papel.

—Gracias. Perdón.

Evangelina sonrió resignada mientras también limpiaba su mano al tiempo que la editora colocaba las inmaculadas rosas en el florero.

—Cuéntale de tu novela —le dijo Amalia, tratando de desviar la atención del incidente.

—Bueno, se trata de revelar información real a través de una historia ficticia.

—Interesante. ¿Qué clase de información?

—Bueno… —dijo Evangelina dubitativa, no le gustaba hablar de aquellos temas con extraños—, ya sabes el proverbio budista, "nunca muestres un trabajo sin terminar."

—Adán es de confianza y muy creativo —argumentó la editora, volviendo a sentarse en su silla—. Además, ahora ya tienes casi un pacto de sangre con él —dijo, soltando una sonrisa irónica.

Evangelina lo observó directo a los ojos. Le trasmitieron confianza.

—Se trata sobre los seres de otras dimensiones y cómo elevar nuestra energía para contactarnos y evolucionar.

—Suena apasionante.

—Lo es, lo es —remarcó la editora—, creemos que será muy buena información para despertar a la gente y un *best seller* rápidamente.

—¿Ya tienes fecha de lanzamiento?

—Estamos ajustando detalles para el verano, la gente lee más en vacaciones.

Adán se dirigió a Evangelina.

—¿Y cómo se llamará? ¿Tienes el título?

—Estábamos hablando de ello cuando llamaste a la puerta.

—¡Ah, qué inoportuno! —respondió Adán Roussos, al tiempo que sonaba su teléfono celular. En la pantalla leyó "Instituto de Sexualidad", y dudó en apagarlo—. Disculpen, pero es de mi trabajo. Me temo que tengo que irme.

—¿Cuándo te veo? —preguntó Amalia.

—La semana siguiente. Tengo algunas ideas.

El teléfono continuaba sonando y Adán se puso de pie.

—Ha sido un gusto —le dijo Adán a Evangelina—. Espero volver a verte en una mejor ocasión. Continúen con la inspiración.

Dicho esto, atendió la llamada y salió por la puerta. Las dos mujeres volvieron a estar solas.

Ambas se miraron a los ojos con complicidad y sonrieron como sólo las mujeres saben hacerlo, sin decir palabra.

—¿Donde estábamos?

—En que recibí el título a través de un sueño —respondió Evangelina—. Un sueño en el que un niño vestido de blanco me lo reveló. Primero me decía su nombre.

—¿Su nombre?

Hubo un silencio.

Desviando la mirada hacia los amplios ventanales que reflejaban el horizonte, Evangelina observó el cielo tras los incontables rascacielos neoyorquinos.

—"Ángel", me decía el niño de ojos luminosos, "me llamo Ángel". Y luego el título.

—¿Ángel? ¡Qué extraño! Pero veamos el perfil comercial. ¿Cómo se llamará?

Evangelina inhaló profundamente, lo que expandió sus generosos pechos y su camisa manchada con la sangre de Adán. El título de un nuevo libro era casi como conocer el nombre de un hijo. Estaba cargada de alegría.

—Se llamará *El secreto de Eva.*

En el mismo momento, sonó el teléfono de Amalia.

—Adelante, responde.

Amalia di Fiore extendió su mano hacia el auricular.

—¡Pronto! —exclamó.

Hubo un silencio. Su cara se volvió primero pálida, luego su piel adquirió un tinte rojo fuego.

Al cabo de un minuto colgó el auricular sin haber pronunciado palabra.

—¿Quién era?

Hubo un silencio incómodo.

—Me han amenazado.

—¿Amenazado? ¿Qué te han dicho? —el corazón de Evangelina comenzó a latir apresuradamente.

—Si edito tu libro matarán a mi familia.

—¡Dios!

Ambas se miraron con incertidumbre.

—¿Qué haremos? —preguntó Evangelina, que veía su obra ahora en peligro.

Amalia respiró profundo. Pensó en su familia y en su carrera como editora. Recordó sus orígenes. Sintió un volcán en el pecho a punto de hacer erupción.

—¡*Vaffanculo*! —exclamó con voz tronante—. Publicaré el libro y salvaré a mi familia. Una editora será más poderosa que una banda *di mafia*. Si quieren *camorra*, la tendrán. No saben que porto en mis venas sangre italiana. ¡Y está llena de vida!

4

Las palabras de Micchio Ki habían llenado el ambiente de una fina emoción.

—El tiempo, tal y como lo conocíamos en la Tercera Dimensión, sencillamente no existía, era ilusión. Muchos budas y sabios durante miles de años habían advertido al *Homo sapiens* sobre captar el presente a través de la meditación. En los niveles más profundos del ser participamos en el presente, pasado y futuro simultáneamente.

Si bien durante aquellos años los *Homo universales* habían sido entrenados en conocimientos avanzados, ahora los presentes sabían que influir en el tiempo era una empresa muy arriesgada.

—Al no movernos por la actividad de un cerebro lineal y finito, sino por el conocimiento directo de La Fuente, tenemos una gran diferencia en la operación de la realidad. La nueva enseñanza de hoy es que podremos estar en varios sitios al mismo tiempo.

Muchos sonrieron, Adán Roussos pensó en los ángeles y arcángeles. Siempre se había preguntado cómo acudían al llamado de miles de personas al mismo tiempo. Sabía de los estudios de Einstein–Rosen sobre los agujeros de gusano para pasar de una dimensión a otra. Sabía sobre la Teoría de cuerdas de universos paralelos. Incluso muchos de los presentes conocían los trabajos del físico Ronald L. Mallett, sobre los vórtices que podían hacer viajar al ser humano en el tiempo.

—Al haber dado el salto evolutivo, el cerebro ahora no es el principal motor para captar la información y procesarla sino el ser superior que vibra en el chakra de la corona, en la cúspide de la cabeza. Y desde allí ahora perciben, desde allí comenzarán a activar vuestros cuarzos para grabar la información que les voy a revelar.

Todos tocaron con su mano izquierda el cuarzo blanco de aproximadamente cinco a siete centímetros que colgaba de sus cuellos, algunos de seis lados, otros de siete; lo activaron para recibir información con la aplicación de su intención.

—Entren en el estado profundo de meditación y graben las instrucciones en el cuarzo y en su alma. Perciban atentamente —enunció Micchio, cerró sus ojos y comenzó a informarles—:

"Algunos proyectos y creaciones de La Fuente son tan extensos que no alcanza el lapso de una vida individual para completarlo, por ello se creó el concepto de la historia, el ciclo de la reencarnación del alma en diferentes cuerpos temporales y el destino. Y no recuerdan aún todas sus vidas y lo sucedido debido a que la sinapsis, que es la conexión del cerebro físico, necesitaba en tiempos pasados de unos pocos milisegundos para encenderse. Ahora están preparados para aprender algo nuevo y transformador ya que tienen el cerebro sintonizado con el presente al cien por ciento.

"Mediante la simple intención, ustedes se pueden mezclar con cualquiera de ellas o con todas ellas a la vez, convertirse en ellas y conocer cada faceta de lo que están pensando y sintiendo; debido a que en el estado de iluminación, ustedes son ellos. Supongamos que son un cantante de ópera, un especialista en cristales de la Atlántida, un emperador persa o una bailarina en tiempos de Shakespeare y, por supuesto, el propio yo que conocen hoy. Inténtenlo. Sientan cómo cada uno de ellos percibe el tiempo, cómo lo perciben ustedes y cómo ambos interactúan.

Un silencio invadió la sala. Todos cerraron sus ojos.

Micchio continuó casi como un susurro:

—Toda la creación del *Homo sapiens* se planeó cuidadosamente para que fuera de esta manera desde un comienzo. Sin embargo, otras especies y razas, aprovechando que los *Homo sapiens* no recordaban o no conocían todas estas leyes, se filtraron entre la población interfiriendo en el libre albedrío. Y ésta es la misión que tengo que encomendarles a algunos de ustedes.

"En este sistema de realidad todo funciona de manera muy distinta, en su vida como *sapiens* la especie tomó una decisión colectiva, saltar a un alto nivel de conciencia que es donde están ahora y han podido liberarse de la sensación del transcurrir del tiempo y así acceder a varias herramientas de aprendizaje. Ya no tienen la ley del karma en sus mentes ya que karma significa 'acción de la mente'. Y al no actuar, sentir y vibrar desde la mente sino desde la conciencia eterna que es una y lo mismo en cada uno, no influimos en el libre albedrío de otro. Pero deberemos corregir algunas cosas del pasado para seguir avanzando y sobre todo para que los que no hayan podido subir en la primera ascensión tengan oportunidad en la segunda oleada. Para adoptar esta percepción lineal del tiempo, ustedes no tuvieron que crear nada nuevo sino solamente activar la habilidad de experimentar el tiempo simultáneo".

Micchio se transportó a un panel transparente y deslizó con sus manos rápidamente para que apareciese una imagen.

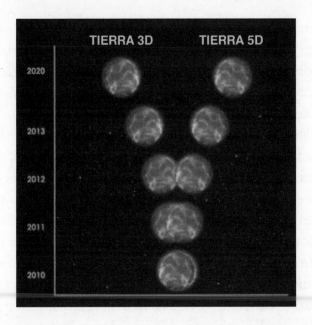

—En este cambio dimensional que se está produciendo en la Tierra, visto desde una perspectiva más elevada como en la que estamos ahora, las acciones de todos ocurren simultáneamente movilizadas por la energía-conciencia. La percepción de los *Homo sapiens* que quedaron en la Tierra de 3D no es la misma que tenemos nosotros respecto al tiempo en la 5D, tal como las horas, los minutos y los segundos. El tiempo del reloj antes parecía muy real basado en el movimiento del planeta alrededor del Sol.

"Ahora aprenderán a experimentar todos los acontecimientos de una sola vez ya que sabemos que existe un campo que lo impregna todo con frecuencia, sonido y vibración. Para entenderlo claramente, imagínense un gran tapete hecho de hilos verticales y de tramas horizontales. Cada hilo vertical sería como un punto percibido del ahora y las tramas horizontales representarían el espacio. Los hilos diagonales de colores que representan el dibujo del tapete serían los acontecimientos de sus vidas, ocurriendo en el tiempo y en el espacio.

"Imagínense a un diminuto insecto moviéndose sobre el tapete. Si lo hiciera horizontalmente, experimentaría cada punto del ahora sucesivamente pero estaría atascado en un sólo sitio físico. Cada tanto se tropezaría con un hilo de colores y experimentaría un diminuto pedazo de su vida.

"Pero, y aquí es donde está el punto en cuestión —dijo el profesor, movilizando las manos con énfasis—, si el insecto asciende verticalmente sobre el tapete, se movería a través del espacio pero quedaría suspendido en el *ahora* y así experimentaría todo lo que sucede a través del espacio pero en un sólo momento, se iluminaría tal como ustedes luego de la ascensión. El insecto vería como fotografías todo lo sucedido en el planeta en un determinado instante, incluyendo un instante de su vida. Obviamente, si nuestro insecto se vuelve inteligente, seguiría uno de los millones de hilos coloreados y entonces experimentaría la vida de una persona. Desde el ventajoso sitio del punto del punto de vista elevado del iluminado *Homo universal*, podemos ver todo el tapete: tiempo, espacio y el trabajo de tejido de las vidas de las personas.

"Podemos, si lo necesitamos, dejarnos caer sobre cualquier punto y experimentar las vidas con esas personas. Como imaginarán, existen millones de tapetes colgados uno al lado del otro, prolongándose hasta el infinito, y además los hilos de colores realmente van de un tapete al otro, tejiéndose entre las dimensiones, influyendo unos a otros, alterándolos y cambiándolos constantemente: son los universos paralelos.

"Podemos también ver borrosamente unos tapetes fantasmas, todavía no creados, que resplandecen cerca de sus versiones físicas. Son los tapetes de los planos superiores, ya que la evolución continúa.

"De la misma manera que un pájaro, un león o un rinoceronte no conoce la realidad dentro de la cocina de un *Homo sapiens*, mientras que éste puede ver la vida del pájaro, el pájaro no entiende ni conoce la vida del *Homo sapiens* con sus televisores, ollas para cocinar, encendedores, cuadros y todo lo que tenga en su casa; pregúntense: ¿habrá alguien observando de la misma manera en que tú estabas mirando al insecto a medida que él se movía sobre el tapete, con su cabecita hacia abajo, siguiendo adormecido un pequeño hilo?"

Los asistentes estaban pensativos.

—Lo que les pido —continuó diciendo el profesor Micchio Ki con vibración muy amorosa— es que influyamos en el "hilo del tapete", el *karma* de algunas personas del pasado.

5

Terese Calvet se había quedado preocupada y a solas con su secretario en el despacho privado. El resto de los integrantes de La Hermandad se habían retirado. Era la hora de comer pero Terese Calvet no tenía la más mínima intención de probar bocado. En cambio, bebió otro escocés y encendió un cigarrillo tras otro.

—Tenemos que movernos velozmente si queremos que todo salga bien —le dijo con expresión tensa en el rostro.

—¿Cuál será el próximo paso? —respondió David Eslabon casi como un susurro.

—Ellos nos ponen en un aprieto y nosotros luego tenemos que hacer todo. Quieren siempre la comida en la boca.

Aquella frase no estaba muy lejos de ser literal.

—Tenemos cinco días, señora. Nos pondremos en marcha.

—Sabes que necesitamos no sólo preparar a la víctima para que concurra sin que lo sepa, sino lograr que las jerarquías estén alineadas.

Terese Calvet se refería a que dentro de La Hermandad, desde tiempos de Babilonia y Egipto, corría un linaje de sangre de seres que durante miles y miles de años expandieron su poder cruzándose entre ellos, programando bodas por linajes reales con el fin de perpetuar su poder sobre la Tierra. Ése era el plan principal, mantener el poder y alimentar a las jerarquías con rituales y sacrificios de sangre.

En la actualidad, la enorme repercusión de las películas y libros de vampiros que chupaban la sangre a sus víctimas no siempre eran ficción, de hecho, muchas de ellas estaban financiadas por miembros de La Hermandad, que luchó por mantener una imagen detrás de bambalinas.

Desde los antiguos fariseos y escribas de tiempos de Jesús, quienes se habían vuelto contra él por no ser de su linaje, habían logrado introducirse generación tras generación y manejar las instituciones de los gobiernos, la banca, los ejércitos, los medios de comunicación y las empresas multinacionales. Existían muchas historias ocultas en la historia parcialmente revelada a la humanidad. Ellos sabían que el control de la masa humana se realizaba en el plano mental y astral; y en el plano genético la jerarquía del linaje de La Hermandad pasaba a manos de los hijos varones de las principales 13 familias de máximo poder desde los Rockefeller, Rothschild, Windsor, incluso la realeza y aristocracia europea, de la que Terese Calvet era un miembro.

De la misma manera en que ella era la dueña mayoritaria de una empresa discográfica multinacional, había otros propietarios de empresas farmacéuticas, alimenticias, medios de comunicación, banqueros, administradores, políticos, así que tenían el control absoluto del poder económico. Pero había algo más en aquella pirámide de poder, era que muchos de ellos tenían un origen distinto al ser humano convencional y por ello querían seguir perpetuando su sangre. Aquel nuevo ritual que traían entre manos, como otros tantos anteriores, sacrificaría la sangre de una elegida para cumplir el misterio esotérico que el linaje portaba en sus venas.

Ni el mismo secretario de Terese Calvet lo sabía, sólo cumplía órdenes, ya que David Eslabon no pertenecía al linaje de sangre, sólo trabajaba contratado por La Dama, lo que le daba la confianza absoluta a ella; además de ser el portador de un hallazgo de incalculable valor heredado por el padre de David Eslabon.

—Te encargarás de los implementos, las máscaras y la vestimenta —ordenó.

—¿Será un ritual completo o sólo parcial?

Terese se quedó pensativa.

—Eso no puedo revelarlo.

—¿Entonces?

—Es un paso importante en nuestra agenda mundial. No puede haber error, ya que después de todo el trabajo ritual que hicimos con los Juegos Olímpicos, ahora es momento de cosechar lo que sembramos.

Terese se refería a toda la simbología masónica illuminatti que los juegos habían tenido en 2012 en Londres, desde el ojo que todo lo ve, las campanas sincronizadas, la adoración de la raza reptiliana, el árbol de la fertilidad para dar nacimiento a su plan, que representaba al gigantesco y grotesco niño que estaba amordazado en el medio del campo de futbol. Toda la presentación estaba infectada de símbolos de poder ocultista, había sido un ritual secreto inteligentemente planeado para usar la poderosa energía de la multitud, aunque la mayoría de las personas sin iniciación lo veían como un moderno espectácullo lleno de coreografías.

David Eslabon la miró obediente.

—¿Qué más quiere que haga, señora? Debo saber cómo moverme para que todo esté como usted quiere.

Terese se volteó hacia su extensa biblioteca privada.

—Si te refieres a la calavera de cristal que has recibido, no se la facilitaremos esta vez.

David Eslabon poseía una calavera de una sola pieza hecha de cuarzo blanco, heredada por generaciones y programada por chamanes ancestrales de México para el bien y la evolución de la humanidad. Pero Terese Calvet sabía que la energía era neutra y que entre el bien y el mal sólo estaba la intención de ir hacia la luz o la oscuridad.

—Nunca hemos usado la calavera de cuarzo en un ritual de estas características.

—Y no lo haremos —replicó Terese—, si "ella" o El Perro quieren una calavera de cristal, que la consigan ellos mismos. Tienen una en el Museo Británico, a la vista de todos.

Aquella pieza era normalmente desapercibida por los turistas que concurrían al famoso museo. Aquella poderosa calavera de cristal contenía información de civilizaciones antiguas y podía recogerse en el cerebro con la frecuencia mental adecuada, vibrando en ondas theta, tal como en la actualidad un USB lo hace con una computadora.

Terese Calvet se refería además a que los jerarcas de La Hermandad no podían acercarse a una calavera de cristal que estuviese orientada hacia la luz de La Fuente original, ya que la vibración les perjudicaría. Necesitaban carne, sangre y la adrenalina del miedo, por ello habían impulsado el terrorismo, extremos controles y la sensación de ser observados en toda la población.

—No puedo mentirte, creo que esta vez El Perro lo hará todo completo.

La Dama sabía que George Crush, El Perro de La Hermandad, iba a comerse a su presa. Aquel ritual incluiría, tal como figuraban en antiguas tablillas babilónicas y sumerias e incluso en el Antiguo Testamento, prácticas ancestrales con ritos para generar cruzas híbridas entre seres venidos del cielo y mujeres de la Tierra.

Muchos rituales requerían las relaciones sexuales con propósitos de poder, magia de baja vibración para energizar a seres de la Cuarta Dimensión inferior. Otra de las razones de los rituales también era la continuidad de la raza genética de poder. Años atrás, el mismísimo Hitler, con intenciones similares, buscaba perpetuar la raza aria, aunque su verdadera obsesión patológica y racista tenía fundamentos ocultos y esotéricos que mucha gente ignoraba.

Terese Calvet estaba cansada y todavía no había empezado a operar en el plan. David Eslabon y los dos gatos persas la miraban expectantes.

—Anuncia la ceremonia completa, esta vez habrá treinta y tres hombres y treinta y tres mujeres, con sus respectivas máscaras, estandartes e instrumentos jerárquicos.

El número treinta y tres representaba la órden masónica más alta. David Eslabon sabía lo que sucedía cuando había exactamente esa cantidad de participantes, serían sesenta y seis personas iniciadas en una sociedad secreta en busca de un poder maléfico.

Terese Calvet sacó un cofre que contenía un símbolo fálico detrás de uno de los libros a modo de escondijo secreto y, en la penumbra de aquel añejo recinto, observó directamente a los ojos de su fiel secretario.

—Este ritual incluirá la orgía sexual.

6

Tercera Dimensión
Denver, Colorado. 19 de julio de 2014

El teléfono celular de Álvaro Cervantes sonó cuando estaba entrando en su despacho en el que ocupaba su cargo de co-director jefe de la CIA, la Agencia Central de Inteligencia de los Estados Unidos.

El reloj marcaba las 7:30 de la mañana en punto en Denver. Cervantes dormía sólo cinco horas por día, lo que facilitaba que entrase tan temprano a trabajar.

En su mano derecha llevaba un café negro cargado y sin azúcar, era su único desayuno todas las mañanas. Dejó la taza sobre su escritorio antes de ver la pantalla de su iPhone 5S, donde vio el nombre de su interlocutor. Sabía que esa llamada significaba que tendría que poner su máxima atención.

—Cervantes —dijo con voz férrea.

—Buenos días.

—¿Qué ha pasado?

—Se realizará una importante ceremonia en Londres. Me dijeron que usted tenía que activarse.

—Entiendo —respondió cerrando la puerta del despacho—. ¿Cuándo será?

—El próximo 23 de julio. Faltan sólo cuatro días. Ya sabe cómo proceder.

—Entiendo —repitió, obediente.

—El estandarte y el estigma serán puestos en juego.

Los ojos verdosos de Álvaro Cervantes brillaron como relámpagos y por un momento parecieron cambiar de forma.

—No recibirá nuevas indicaciones. Le esperarán en Londres.

—Ahí estaré —dijo antes de colgar.

En su mente escuchó como un disparo a la acción. Su cerebro estaba acostumbrado a dar y recibir órdenes, ejecutar ceremonias y actuar con impecabilidad.

Álvaro Cervantes fue iniciado desde pequeño en los misterios ocultos y esoterismo en su Madrid natal. Era un experto en kabbalah hebrea, gnosticismo cristiano, órdenes secretas, masonería, alquimia, magia y control mental.

Se había reunido con los más importantes líderes de muchas tradiciones desde pequeño, acompañado por su abuelo, quien lo había criado hasta la edad de doce años, tiempo en el cual dos iniciadores de La Hermandad vinieron a buscarlo.

Las sociedades secretas detectan a los niños con facultades para el ocultismo y los poderes extrasensoriales. A los dieciseis años ya formaba parte de un enigmático club social donde se practicaban rituales y sacrificios en honor a La Hermandad. Él la conoció desde un inicio como La Hermandad de la Serpiente. Aquella línea genética lo había reconocido de su misma estirpe. Su piel, sus ojos verdosos, sus inquietudes internas, hacían que viviese una doble vida, en su interior llevaba un secreto a los ojos del mundo.

Dentro de La Hermandad era conocido como "La Cobra" por su cara alargada y también porque corría el rumor de que su miembro viril era largo.

Con casi cincuenta y cinco años, usaba unas finas gafas de marco trasparente, incipiente barba cana de tres días, el pelo corto y prolijo, delgado por el consumo del tabaco y un diminuto tatuaje en su antebrazo derecho con una pirámide y un ojo dentro. Se había prometido que aquel tatuaje sólo lo podía ver alguien cuando llegase el momento, personas con quienes compartía aquellos extraños rituales.

Fue instruido por su abuelo paterno en primera instancia hasta su adolescencia y luego por dos ancianos caballeros en Denver hacía más de treinta años.

Había sido enviado a más de un centenar de viajes por lugares ancestrales. Conocía Egipto como la palma de su mano. Recorrió lugares y leyó infinidad de libros para saber los secretos de los antiguos alquimistas. Había visitado ruinas y templos celtas, egipcios y de druidas; tuvo la posibilidad de aprender con personas de alta sabiduría.

Desde que su ex esposa lo había dejado por una mujer se había vuelto cínico y cerebral, sin una pizca de compasión en su interior. Poco después de que supo de la bisexualidad de su ex esposa algo más hizo que decidiera su camino dentro de aquella sociedad secreta; fue cuando uno de los ancianos le mostró un libro impreso de manera anónima, publicado en 1930, y que vaticinaba el resultado de la Segunda Guerra Mundial en 1945. Él pensó que la fecha de publicación estaría errónea, ya que era imposible que se publicase un libro quince años antes acerca de cosas del futuro, si no fuese a manos de videntes tales como Nostradamus, Edgar Cayce o Helena Blavatsky. Pero sucedió. Aquel libro marcó un antes y un después en la vida de Álvaro Cervantes; le hizo ver que muchos de los mecanismos de lo oculto estaban planeados por La Hermandad a largo plazo.

¿Cómo podía saber el autor de aquel libro anónimo sobre el ganador de una guerra que no había sucedido todavía? ¿Era posible determinar el futuro por videncia o simplemente era el resultado de una acción premeditada en el presente? ¿Podía el hombre modificar los acontecimientos en el tiempo?

Lo cierto era que Álvaro Cervantes llegaría a darse cuenta de dos cosas: primero, que una persona con la intuición y el aprendizaje adecuado podía contactar con un banco de conocimiento que registraba el pasado, presente y futuro de la humanidad sobre el planeta Tierra. (Platón llamaba a aquel conocimiento universal, "Mundo de las Ideas" y los alquimistas del medioevo lo llamaban "Alma del Mundo"); y, segundo, él lo sabía muy bien, era que los acontecimientos se organizaban en el gran escenario del mundo por personas de alto poder dentro de La Hermandad.

Cerró los ojos recordando la imagen del anciano que lo había instruido.

—Este mundo está programado —le había dicho un día a quemarropa—. Casi todos los grandes acontecimientos están premeditados sin que la gente se entere. En el futuro vendrán tiempos donde La Hermandad librará una dura batalla que irá más allá del mundo terrenal para imponer su plan.

Álvaro Cervantes recordó aquel momento en los rincones de su mente, hacía ya tres décadas.

—¿Cuál es el plan? —le había preguntado.

El anciano le dejó marcados en su memoria aquellos ojos verdes acuosos antes de que muriera dos semanas más tarde.

—Al plan lo llamarán "El Nuevo Orden Mundial".

7

Al finalizar la reunión, Micchio Ki estaba con Adán Roussos, Alexia Vangelis y su padre Aquiles.

Se encontraban en una de las salas dentro de aquella gigantesca nave, una sala especial que Micchio Ki había creado con la vibración adecuada para revelarles la misión. Las paredes eran blancas, algunas trasparentes y otras titilaban constantemente ya que eran energía para ser creada. Cualquier ser podía utilizar aquella energía para lo que su intención decretase, ahí y entonces. Se llamaba "estado potencial no manifestado"; aquel electromagnetismo estaba disponible para que cualquiera dentro de aquella nave pudiera crear lo que necesitaba en cualquier momento. Eso era conocido como la ley de manifestación: "Pide y se os dará".

—Tengo que hablar con ustedes.

—Nos sentimos honrados de que nos pidiera venir —le dijo Aquiles.

Micchio les dirigió una mirada a los tres.

—Tenemos varios seres de luz entrenando a los *Homo universales* que puedan ayudar a agilizar el plan. La Federación Galáctica, la cual integro, nos ha pedido que brindemos una oleada más de ascensión a los que quedaron en la Tercera Dimensión.

—¿Es eso posible? —preguntó Alexia.

Adán guardaba silencio.

—En el amor supremo claro que sí. Todo es posible en todos lados. Las circunstancias del pasado, presente y futuro pueden modificarse en todo momento. De la misma manera que el futuro es creado con las decisiones tomadas en el presente, el pasado puede ser modificado.

—Ese punto, de profesor a profesor, no lo alcanzo a comprender todavía —dijo Aquiles.

Micchio sonrió compasivamente como un padre ante un hijo.

—El universo se crea y recrea, evoluciona, cambia constantemente, nada se repite, nada está estático, nada es para siempre... La perfección es perfeccionable. Un error no significa que no es perfecto, un error es la oportunidad de hacer más perfecta a la perfección.

—Entiendo, pero al modificar el pasado estaríamos alterando el presente y el futuro, ¿verdad? —preguntó Alexia.

—Eso es precisamente lo que queremos.

—Entonces, ¿por qué no modificar los acontecimientos negativos y dolorosos de la historia humana? ¿No haría que cambiase todo el futuro? —volvió a preguntar.

Micchio observó sus chispeantes ojos, brillaban como soles.

—Si así lo hiciésemos, alteraríamos el libre albedrío y entonces los seres no serían otra cosa que robots con indicaciones. El sufrimiento y las experiencias dolorosas han sido sólo aprendizajes de la personalidad para que el alma evolucione. Todo tuvo una razón de ser para que ahora sea tal como es.

—¿Y qué hace que no seamos robots programados? —preguntó Aquiles.

—La expresión de la libertad.

Hubo un silencio pensativo, Micchio añadió:

—Por la libertad los seres se acercan o alejan de La Fuente original. Debido a esa primera ley de la conciencia libre muchos se alejaron por reflejar su ego en el sueño de la ilusión de la dualidad y confundirse con la realidad del Uno. Entonces...

—Entonces, ¿allí viene la confusión?

—Exacto, Aquiles. Por esa misma libertad es por la que algunos ángeles cayeron.

—¿Los ángeles caídos? —preguntó Alexia.

—En realidad, originariamente es *el* ángel caído, luego se le unieron más y eso comenzó a jalar a seres que bajando de dimensión se fueron oscureciendo y perdiendo el contacto.

—Se refiere a…

Aquiles no terminó la frase.

Micchio afirmó.

—Él ha querido competir con La Fuente que lo ha creado. Pero La Fuente quiere que vuelva con todos los que han caído del estado paradisiaco, por ello necesitamos despertar a los dormidos.

Micchio se desplazó unos metros y, en lo que parecía una pizarra transparente, deslizó uno de sus dedos y manifestó una gráfica.

—El tiempo existe sólo en los sitios de vibración más baja como en la Tercera Dimensión —añadió—. Bajar de dimensión equivale a vérselas cara a cara con la amnesia y el estorbo del tiempo. En contrapartida, a medida que asciendes en vibración y frecuencia de resonancia de tu alma, se eleva la dimensión donde un ser existe y vive.

Micchio se refería que a partir de la Cuarta y Quinta dimensiones y en las altas esferas vibratorias de la Novena Dimensión existían seres totalmente avanzados, tal como Jesús había mencionado al decir que "la casa de mi Padre tiene muchas moradas" o "cielos sobre cielos"; algo que también mencionó Siddharta el Buda hace 2,500 años, cuando expuso su filosofía sobre la expansión de la conciencia superior; incluso el Islam hace referencia a las múltiples dimensiones de la existencia.

Micchio expresó la sonrisa sabia de los maestros.

—Vencer la ilusión del tiempo nos hace recordar que somos seres eternos en vidas temporales.

Alexia, Adán y Aquiles sintieron al unísono la misma vibración de gozo al saber que siempre seguirían existiendo.

—¿Y en qué se supone que podemos ayudar? —dijo Aquiles.

—Por ahora, necesitaremos únicamente de Adán.

Ambos lo miraron, estaba sentado escuchando atentamente.

—Sí. Él ha tenido un encuentro con alguien en el tiempo pasado que ha estado en un problema.

Adán se giró hacia Micchio sorprendido.

—¿A qué se refiere?

—Hay tres cosas que recordar. La primera es que en la Tercera Dimensión lo más valioso de la aparente materia es la sangre y el semen, ambas son vida en estado puro, la materia prima original del ADN *Homo sapiens*.

"Segundo, que así como la Federación Galáctica coordina todo lo que sucede en nuestra Vía Láctea, hay otras Federaciones en cada una de las galaxias del Cosmos y, como ya saben, muchas razas distintas en todos los confines del universo. Pero en la Tercera Dimensión se infiltraron más de cuarenta razas distintas de seres dimensionales extraterrestres, algunos para colaborar con la evolución y otros como los zeta rectulianos, los annunakis grises y los reptilianos. Ellos han librado batallas y guerras en otros planos para lograr el control y la manipulación de las almas de la Tercera Dimensión y de su energía; por ende, quisieron mantenerlos en la vibración baja para así alimentarse y hacerles olvidar la libertad inicial, el regalo de La Fuente para regresar al estado de iluminación espiritual.

—¿Y la tercera? —preguntó ella.

—La tercera es el karma, amada Alexia. La ley de acción y reacción, causa y efecto. Y es por karma que necesitamos a Adán ahora. Recuerda que *kar* significa acción y *man*, mente.

"Acción de la mente, lo que piensas, recoges".

—Explíquese —le pidió Aquiles.

—Hace años, Adán, tuviste un contacto de sangre con uno de ellos, un ser híbrido que está queriendo volver a la luz. Por ello, cuando tu sangre y, por ende, tu energía, contactó con su piel, se abrió la posibilidad de ayudarle. ¿Recuerdas?

Adán buscó en los rincones de su memoria. El cerebro estaba activado luego de la ascensión y le fue fácil encontrar aquel archivo en su interior.

—¿Se refiere al encuentro que tuve en 2011 con una escritora? ¿Cuando me corté el dedo con las flores? —respondió frunciendo el ceño.

Micchio afirmó.

—Aquello no fue casualidad, lo habías decidido desde tu *yo futuro*.

—¿Cómo? Eso sí que no lo recuerdo.

—Cuando uses tu cuarzo en meditación lo recordarás.

Adán miró a Alexia y Aquiles con asombro.

—Hacemos elecciones sobre nuestra vida constantemente. Unas en la vigilia, otras en los sueños. Pero nuestros *yos* futuros pueden modificar nuestro presente y nuestro pasado. Recuérdenlo siempre, el tiempo no existe.

—Claro que lo entiendo. Si se supone que yo lo elegí, ¿cuál es la causa? ¿Qué necesito hacer?

Micchio hizo una pausa en silencio.

—La misión será infiltrarte entre los oscuros, una hermandad que sigue al ángel caído.

—¿Por qué no vamos todos? —Aquiles estaba listo para la acción.

—No todavía, Aquiles —respondió Micchio, observándolo a los ojos.

Y luego se dirigió a Adán:

—Tendrás contactos en la Tierra, Adán, si decides regresar a cumplir esta misión. Ya tenemos infiltrados en sus filas e irán muchos contigo, los seres que tengan algo relacionado con ellos como tú con la sangre. Lo que te encomendaremos es que ayudes a ese ser para que revele información, ya que habrá gente que tratará de impedir la segunda oleada de ascendidos y queremos modificar ese acontecimiento, entre otras cosas.

El profesor se refería a la posibilidad de una nueva cantidad de personas despiertas que podrían ascender a una dimensión superior. Aunque Micchio no reveló todo; los tres percibían que se guardaba algo.

8

Adán tomó el cuarzo en su mano, cerró sus ojos y trató de recordar.

—¿Ves cómo ella quedó tocada con tu sangre?

En sólos unos segundos, Adán revivió en su mente aquella escena años atrás, cuando le entregó las flores a su editora.

—Sí —dijo, luego de un minuto, volviendo a abrir los ojos—. ¿Cómo volveré a ese momento?

—¡Alto! —exclamó Alexia—. ¿Cómo que volver al pasado?

Ella lo amaba. Pero también sabía que el amor sin libertad no era amor sino posesión.

—Necesitamos que lo haga por un bien mayor, Alexia, es el destino del *bodhisattva*. El amor por toda la humanidad está por encima del amor a una sola pareja.

Alexia recordó a Jesús y Magdalena, ellos habían sido la gran pareja cósmica.

Micchio se refería a que en los reinos superiores los seres podían tomar dos decisiones: ser Budas, iluminados crísticos conectados en el gozo y el éxtasis supremo con La Fuente, o *bodhisattvas*, también iluminados que continúan trabajando para La Fuente en un pacto para ayudar a los que todavía no se han iluminado espiritualmente.

Los tres sabían que sus almas habían elegido libremente ser *bodhisattvas,* ayudantes espirituales, antes de haber nacido.

Micchio esperó que el entendimiento se instalara en su conciencia.

—¿De qué manera se puede volver al pasado?

—La forma más fácil es el recuerdo —dijo sonriendo—, es algo que todo el tiempo puede realizarse con la mente. Por ejemplo: recordar una experiencia negativa y perdonarla cambia nuestro presente y la visión de aquel momento doloroso. Pero volver al pasado con el cuerpo inclusive se realiza por un túnel, por un agujero de gusano, y desde allí se puede cambiar de dimensión tanto hacia abajo como hacia arriba. Lo hemos hecho con nuestras naves desde hace siglos.

Adán escuchaba atentamente, sabía que los egipcios, mayas, sadhus, yoguis y chamanes avanzados podían hacer aquello.

—Escuchen con atención, los dos componentes, espacio y tiempo, llevan al tercero: el movimiento. Para moverse entre dos puntos en el plano físico se requiere tiempo. El plano físico tiene un límite teórico: la velocidad de la luz. Pero el movimiento es un fenómeno del plano físico únicamente y no ocurre de la misma manera en los planos más elevados. Esto se debe a que el espacio es un campo creado; los puntos en ese campo, en realidad no están separados por nada, y todo existe en dimensiones interrelacionadas. A mayor vibración, la energía es tan potente que se vuelve invisible para la gente que vive en la dimensión inferior. La separación no existe, todo está unido, la distancia no hace otra cosa que unir a dos puntos por una longitud más larga, pero siguen estando unidos.

"Dos electrones, en sitios diferentes, son capaces de comunicarse instantáneamente por impactos biofotónicos. La razón es que la energía consciente, que se manifiesta como partículas subatómicas, no está en el espacio, en absoluto. La energía existe en el eterno centro del Uno, o sea en la mente de La Fuente creadora; y proyecta imágenes, que aparentan ser partículas subatómicas. Todo lo creado es una serie de imágenes de la imaginación divina. Debido a que todos los electrones se proyectan desde el mismo punto Uno, no es sorprendente que cada uno de ellos sepa lo que el otro está haciendo. El tiempo es apenas la duración percibida que se necesita para moverse entre dos puntos, el cual es de cero por fuera del plano físico, debido a que todos los puntos y momentos coexisten simultáneamente. El tiempo es simultáneo más allá del plano físico tridimensional. Imagina que si fueras un electrón podrías proyectarte al punto A y al punto B al mismo tiempo, y por lo tanto la idea de moverse entre el punto A y el punto B carecería de significado.

Adán recordó una enseñanza de Einstein: "La razón y la lógica te llevarán del punto A a B; pero con la imaginación podrás ir a todos lados".

Micchio Ki se dirigió a la tablilla transparente e hizo un nuevo dibujo mientras les dijo:

—Doblar el tiempo para nosotros es una realidad donde no se viaja hacia un destino, sino que se trae el destino. Y esto sucede ya que las partículas subatómicas se comportan como ondas y partículas al mismo tiempo, aparecen y desparecen de la nada. Se puede viajar de un punto a otro sin necesidad de atravesar el espacio y la distancia entre ambos; es como abrir un túnel en el tiempo, debido a que una partícula ocupa varios espacios simultáneamente. Antiguamente los relojes conectaban a los *Homo sapiens* con el tiempo, ahora los cuarzos conectan a los *Homo universales* con el no-tiempo.

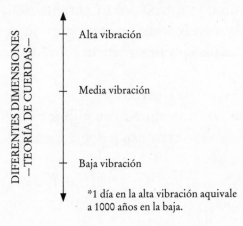

51 día en la alta vibración aquivale a 1000 años en la baja.

Micchio volvió a observarlos.

—Estas leyes no siempre se utilizaron para la luz. Sabiendo los parámetros de la física cuántica avanzada muchas entidades de baja vibración en la Cuarta Dimensión fueron atraídas por la Tercera; muchos de los llamados muertos vagan en el limbo llamados por la energía proyectada por el dolor de sus seres queridos, que los retienen, o también por el apego que tuvieron en vida a sus pertenencias materiales, que no quieren soltar.

"Pero hay algo más...

—Continúe —le pidió Adán.

—También los reptilianos, grises y zeta rectulianos lo saben y se alimentan sobre todo por la energía generada en grandes manifestaciones y eventos, como recitales de música, congregaciones multitudinarias, gente saltando y vitoreando, o rituales...

—¿Y cómo se supone que bajaré? —Adán sintió palpitar su alma al poder ayudar. Allí lo sabían claramente: quien más se beneficia es quien más da, no quien más recibe.

Micchio observó las pupilas de los tres. Sabía que Adán Roussos era la persona idónea para aquella misión debido a su anterior experiencia como iniciado en sexualidad alquímica, experto en religiones comparadas, simbología y rituales. Del aura de Micchio Ki salía una vibración altamente elevada, la luz de un maestro integrante de la Federación Galáctica. Había recorrido un largo camino de evolución.

—Bajarás para infiltrarte en un ritual de La Hermandad oscura.

—¿Qué clase de ritual?

Micchio clavó su mirada en el punto medio entre los ojos de Adán y se lo trasmitió telepáticamente.

9

Tercera Dimensión
Nueva York, 18 de julio de 2014

Evangelina Calvet caminaba por las calles cercanas a la
5ta Avenida de Nueva York que se encontraban co-
lapsadas por una manifestación por la paz. La gente
caminaba a paso veloz, sumida en sus pensamientos.

"Tengo que conseguir publicar mi libro", pensó con
una carga emocional de ansiedad. "Llevo tres años de demora y amenazada. Tengo que desvelar la prueba del Principio Femenino Original".

Aquella amenaza y su deseo inconcluso había generado
un *karma* y fue la causa por la que Evangelina no ascendiera
en conciencia en la primera oleada en 2012, ya que sentía que
tenía que ayudar a otros con su libro.

Existía un café en el Soho donde ella iba a escribir, la
inspiraba ver a la gente a la que iba dirigida su novela.

Subió al primer coche que estaba libre.

—A la treinta y nueve con Broadway —le dijo al conductor.

El hombre la miró por el espejo retrovisor sin decir
palabra.

Evangelina aprovechó para consultar su Facebook en el
iPhone. Tenía varias solicitudes de amistad que nunca aceptaba, pocos contactos ya que era recelosa de su intimidad.
Ni siquiera figuraba con su nombre real. Debido al linaje de
su familia no se mostraba abiertamente. Estaba camuflada
para amigos realmente íntimos. Abrió el mensaje de Lilian
Zimmerman, una alemana judía de veintinueve años, que

73

había emigrado a Londres, donde actualmente vivía, aunque viajaba constantemente, sobre todo por Europa; además de sus sueños, era una de las personas que le pasaba información confidencial para su libro.

Lilian era extrovertida, desafiante y una activista encubierta en contra del Nuevo Orden Mundial. Ella sí había creado varias páginas de Facebook para difundir información mediante videos y posts. Mucha información le llegaba por investigaciones pero ella tenía el poder de canalizar. Además, estaba vinculada con los máximos exponentes que trabajaban en contra de la conspiración, como David Icke, Alex Collier, David Wilckock, entre muchos otros.

Su abundante cabello largo y negro como el petróleo era del mismo color que sus ojos, y medía casi metro ochenta de estatura, lo que la había llevado a trabajar esporádicamente como modelo. Intimidaba a los hombres, lo cual no era del todo un problema ya que era bisexual. Con su atractivo y fuerte energía tenía éxito amoroso con ambos sexos. Fueron muchas las veces que prefirió el sutil tacto femenino a la ansiedad instintiva de algunos hombres que sólo la veían por sus largas y tentadoras piernas.

Lilian Zimmerman había estado infiltrada en algunos de los rituales sexuales que La Hermandad había realizado. Tenía información de primera mano, eso era material muy significativo para Evangelina.

El mensaje era tenso:

> Creo que encontré un atajo
> para publicar tu libro.
> Ahora que las lechuzas tienen
> rituales a punto de consumar.
> Llámame, estoy en Nueva York.

Evangelina sabía lo que aquello significaba. Se quedó pensativa unos segundos. Cada tanto el conductor la observaba atentamente por el espejo retrovisor.

—Déjeme aquí, gracias. Quédese con el cambio.

Se bajo rápidamente y fue hacia un café en la calle Broadway.

Apretó "LZ", la abreviatura del nombre en el iPhone. Al cabo de unos segundos se escuchó la voz.

—Hola.

—Lilly, ¿qué ha pasado?

—Me alegra escucharte. Tengo noticias que provocarán una revolución. Además me han citado para un ritual en Londres. Se llevará a cabo el próximo 23. Dicen que es una fecha importante. Tengo que verte inmediatamente.

Evangelina se quedó en silencio unos segundos. Por un momento se sintió observada en aquel café. El local estaba muy concurrido esa soleada mañana.

—¿Dónde nos vemos? Envíame la información a mi correo privado, donde siempre.

—Es arriesgado por correo. He viajado para decírtelo personalmente y tengo algo que darte. Nos vemos esta misma tarde en el Village.

10

Quinta Dimensión
Triángulo de las Bermudas,
18 de junio de 2018.

Adán Roussos había consultado la decisión de volver a la Tercera Dimensión con Alexia y con Aquiles. Ambos sabían que no podrían detenerlo. Mucho menos sabiendo que nunca morirían, sólo se trataba de tiempo y en el estado que ellos se encontraban no significaba nada. Sólo Adán tendría que esperar el reencuentro.

—Antes debo prepararte sobre algo más —le dijo Micchio.

—Adelante.

—Es probable que te encuentres con seres que todavía no conoces.

—¿A qué se refiere?

Micchio caminó hacia la puerta y se volvió.

—Seres galácticos que parecen humanos pero en realidad son de diferentes razas del lado oscuro.

Adán lo miró fijamente.

—Ellos sí podrían hacerte daño si te descubren.

En la Quinta Dimensión la vibración del miedo no podía entrar pero en la Tercera casi reinaba, aunque Adán no era un hombre de temerle a nada.

"Cuando un hombre no teme a la muerte se vuelve indestructible", pensó.

—Tanto en la superficie del planeta, como en su interior, existen seres intra y extraterrestres de diferentes lugares del Cosmos.

Él no se asombró.

—¿Entonces?

—Quiero darte los detalles de sus características para que estés preparado. Si bien irás con los poderes que ahora tienes ellos percibirán eso, por ello deberás ser muy astuto.

Micchio se acercó nuevamente a la pizarra transparente. Movió velozmente su mano y apareció una imagen y una descripción debajo.

—Ellos son los grises. Muchos de ellos están mezclados en los gobiernos y sitios de poder, camuflados para gobernar a las masas.

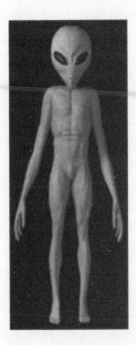

"En la Tierra éstos son los más conocidos, existen al menos tres tipos diferentes: los de aproximadamente un metro y medio de estatura, que son los más numerosos, provienen del sistema estelar binario Zeta 2, de la constelación del Retículo. Los que miden alrededor de dos metros veinte provienen de Orión, y los de un metro de altura provienen de un sistema estelar cerca de Orión, llamado Bellatrax. Las características físicas entre ellos son similares: piel grisácea, cabeza grande con forma de pera invertida, sin pelos, ojos grandes y negros, boca pequeña sin labios, casi no tienen nariz, orejas sin pabellón auricular; su cuerpo es delgado, sus brazos y dedos muy largos, se reproducen por clonación ya que su sistema reproductor ha sido dañado presumiblemente por radiaciones nocivas.

"Estos seres no tienen buenas intenciones con los humanos que han quedado sin ascender y son los responsables de las abducciones, intentan cruzar su raza con la humana para crear una raza híbrida, que sería mejor que cualquiera de las dos o quizás estén intentando reparar sus daños físicos sirviéndose de los órganos, sustancias o genes humanos.

"Los grises son una raza también muy inteligente, por ello van ganando terreno en su deseo de controlar la raza humana a través del convenio que tienen con los Estados Unidos y otras potencias: ellos otorgan su tecnología, a cambio de vidas humanas y la instalación de sus bases en los territorios que ciertos países les conceden. En Estados Unidos tienen bases ubicadas en Nuevo México, Denver y Nevada, una de ellas es el Área 51. Han hecho experimentos genéticos: crearon la raza híbrida entre grises y humanos y usaron el control mental como arma en acuerdos diplomáticos con el Gobierno Secreto. Están infiltrados en las élites políticas y las agencias de seguridad.

Adán observaba atentamente.

—Hubo dos creaciones del *Homo sapiens.* Una original, por seres de luz que trabajan para La Fuente, y otra adulterada, de humanos genéticamente modificados. A los segundos, los grises les pusieron implantes genéticos y lo hicieron por una razón: obligarlos a trabajar para sacar oro. Los grises querían oro de la Tierra para generar micropartículas para la atmósfera de su planeta que estaba perdiendo magnetismo. Este prototipo al cabo de un tiempo se les reveló.

Adán miró a Alexia. Ella le lanzó amor por los ojos.

Micchio captó el sentimiento.

—Ten en cuenta que en esta misión elevarás tu nivel al regresar.

—¿Qué quiere decir?

—Un humano que ha vivido las experiencias en la Tierra evoluciona con sus vivencias. Los humanos han de valorar el poder de las vivencias; la lluvia sobre la piel, el Sol por el horizonte, escuchar el canto de los pájaros, explorar la piel, el cuerpo y el erotismo. Las experiencias humanas son grandiosas, Adán. Y muchas veces la gente las pasa por alto.

Adán, Alexia y Aquiles se sintieron orgullosos de ser humanos iluminados.

—Debes saber mucho más, observa —dijo volviendo a generar otra imagen en la pantalla.

"Son los anunnaki del Planeta Nibiru, que pasa cada 3,600 años por la órbita terrestre.

Adán y Aquiles sabían de los extraordinarios datos de las investigaciones que había realizado el erudito Zecharia Sitchin descifrando tablillas sumerias antiguas, las cuales tenían grabados que hacían referencia a los seres galácticos que llegaron a la Tierra hacía millones de años. Ambos habían leído todos sus libros.

—Los anunnaki están en el control de la evolución de los humanos a largo plazo a través de grupos de elitistas, sistemas e instituciones, manipulando la conciencia humana. Compiten con los draconianos por el control de las mentes débiles en la Tierra.

Apareció en la pantalla:

- Manipulación de las élites
- Fundamentalismo religioso
- Patriarcado cultural global
- Cultura de violencia

—¡Son… extremadamente feos! —exclamó Alexia.

—Los grises son feos a nuestros ojos. Pero, para contrarrestarlos, llegaron otros seres de luz, con mucho poder, para equilibrar el sistema negativo, tanto en Lemuria, Atlántida, Egipto.

Micchio movió otras imágenes.

—¡Faraones! —exclamó Alexia.

Micchio asintió.

—Desde aquellos tiempos vienen luchando ambos bandos por el poder.

—Hubo pruebas arqueológicas —afirmó Aquiles—. Aprovechando el conocimiento esotérico, las sociedades secretas y los masones en la Tierra lo usaron para fines de control en vez de difundirlo a los cuatro vientos.

—Es correcto. Osiris significa Osirio, venido de Sirio. Aunque no todos los llegados de Sirio son controladores, al contrario. Osiris se casa con su hermana Isis para continuar no sólo su linaje de poder, sino sobre todo su linaje genético luminoso.

Micchio se refería a la historia más importante de toda la mitología egipcia, "El tratado de Isis y Osiris" escrito por el historiador Plutarco.

—Censuraron muchas pruebas arqueológicas —agregó Micchio, dejando que otra imagen apareciera en la pantalla.

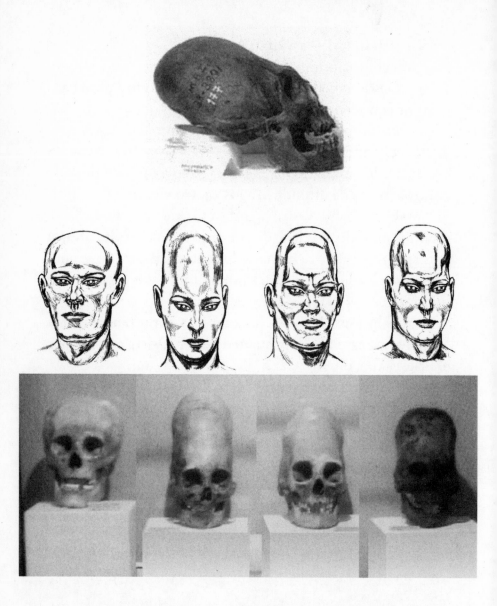

"Sus cráneos alargados se encontraron en muchos lugares más. Observen la siguiente, hallada en Prístina, Kosovo. A ése lo conoció como el ídolo de terracota, de la cultura Vinca, del período neolítico. Es la imagen del dios sumerio Marduk.

—¿Los llamados dioses eran annunaki?

—Algunos.

Los tres miraron la pantalla con atención. El arqueó-
logo Vangelis lo reconoció de inmediato.

Micchio agregó:

—Hubo dos bandos, los que quisieron la evolución
del alma y los que todavía quieren mantener a la humanidad
bajo control. La primera civilización de los antiguos sume-
rios señalaba que toda la enseñanza recibida se la debían a
los Nefilim, dioses venidos en sus naves desde el espacio.
Estos dioses o seres avanzados, mediante ingeniería genética,
crearon a la primera pareja humana. El material genético de
esos seres dimensionales fue puesto en los óvulos de varias
hembras neanderthal. Habiendo logrado esos huevos, se colocaron en la matriz de varias hembras dimensionales, diosas,
dando lugar al hombre avanzado.

"Hay que recordar que ya fue escrito: *En los antiguos
tiempos los gobernantes de los diferentes países fueron los
hijos de los dioses que llegaron a la Tierra de los Cielos, y
gobernaron la Tierra, y tomaron por mujeres de entre las
hijas de los hombres; y sus descendientes fueron soberanos,
príncipes y héroes.*

Aquiles intervino.

—Hace varios años se encontró, bajo las arenas del desierto, una verdadera biblioteca con más de cien mil tablillas
sumerias.

—Con ello, también se explican varias cosas. Por ejemplo, los reales motivos de las dos guerras de Estados Unidos y el pueblo de Israel contra Irak. No es sólo por el petróleo que luchan, sino por la destrucción de todo el resto de bibliotecas sumerias detectadas por satélite y láser. Hay conocimientos que para muchos líderes es preferible ignorar para mantener a la masa humana en la ignorancia, alejada del conocimiento.

Micchio dejó que comprendieran. Aquellas pruebas y muchas más estaban en los museos.

—De todas formas, los oscuros se las ingeniaron para hacer que se continúe adorando a falsos ídolos que los representan. Su culto prosiguió en reuniones secretas y abiertamente entre la gente, sin que se diera cuenta —agregó el japonés.

Micchio se volvió hacia Adán y se deslizó hacia otra pantalla más grande.

—De quienes sí deberás cuidarte, es de ellos —le dijo, al tiempo que deslizó ahora otro par de imágenes.

—Son los reptilianos draconianos —dijo Micchio, mientras se deslizaba información con letras de colores en la pantalla transparente—. También han manipulado a las élites, instituciones, sistemas financieros, influenciando los sistemas de creencias religiosas, con lo que han suprimido de la verdadera historia de la humanidad.

- Abuso de los derechos humanos
- Dominación y corrupción de las élites
- Control de los medios y corporaciones
- División del dogma religioso
- Amnesia histórica
- Cultura de la violencia, ya que se alimentan de la adrenalina provocada por la energía del miedo
- Promueven el militarismo
- Crean clima de miedo, dificultades e inseguridad

La pantalla descargaba los datos velozmente:

- Concentran la riqueza y pobreza global
- Corrompen con el uso del poder y el dinero
- Terrorismo
- Tráfico de droga y crimen organizado

—¿Los draconianos son los más peligrosos?
Micchio movió su cabeza afirmativamente.
—Así es, Adán. Éstos serán los más complicados.
—¿A qué se refiere con complicados? —preguntó Alexia.
—Ellos son los que le exigen ceremonias, sacrificios y rituales a los humanos poderosos.
—Explíquese.
—Necesitan carne y sangre para que su ADN pueda seguir interactuando con los *Homo sapiens*.

—Horroroso —dijo Alexia.

—Eso mucha gente lo escuchó pero lo tomó como una fábula de miedo.

—No entiendo.

—Los draconianos vienen de la constelación de Draco. Adán intuyó.

—¿Entonces?

—En la Tierra mucha gente los vio y supo de ellos.

Alexia pensó por un instante. Si bien existieron hipótesis de su existencia, ella nunca supo de nadie que se topase con ellos.

—El draconiano más famoso fue el conde Drácula; llamado así por su origen, Draco; y allí está claramente demostrado que los llamados vampiros no son otra cosa que quienes han estado haciendo esos rituales. Todo el tiempo en los cines de la Tierra se proyectaron películas y se leyeron libros de vampiros, las ventas eran exuberantes.

—Hay innumerables pruebas de los draconianos en todos los museos del mundo.

Micchio movió rápidamente la mano sobre la pantalla y se comenzaron a deslizar imágenes.

—Estas tablillas estaban como evidencia en museos y libros, aunque la arqueología ortodoxa se hizo de la vista tonta, dejando que quede un halo de dudas e hipótesis que conducen al escepticismo.

—Exacto, Aquiles. Pero también ellos han influido por control mental en algunas personas. Por ejemplo, en muchos lugares de las tres américas fue conocido como el Chupacabras, aparentemente un reptil de un metro y medio, cabeza ovalada, piel grisásea y verdosa, que se comía a sus víctimas sin dejar más marcas que las de sus dientes al chuparles toda la sangre. Inclusive en la arquitectura se han hecho presentes en todo el mundo, por ejemplo, en el Palacio Postal del edificio de correos en la Ciudad de México, cerca de Bellas Artes, existen tenebrosas lámparas con dragones postrados sobre el planeta Tierra, representando el poder de los reptilianos. Aquellas historias increíbles al ojo del no iniciado no eran un mito, sino una realidad. También en Estados Unidos existieron casos documentados de personas que, literalmente, se comían a otras.

—¿Ellos los influían? —preguntó Alexia.

—Pero eso no es lo más importante de los reptilianos —agregó Micchio, dejando aparecer más imágenes.

—¿Y esta imagen? ¿Qué significa aquí? —preguntó Aquiles.

Él sabía claramente el mito del origen de Adán y Eva.

—¿La serpiente tienta a Eva, verdad? —dijo Micchio—. ¿Has escuchado hablar a alguna serpiente o algún reptil?

Los tres pensaron al unísono.

—¡Se refiere a los reptilianos! —exclamó Adán.

—Los reptilianos quisieron mezclar su ADN con la creación original, ellos tentaron a los primeros prototipos.

Adán recordó lo escrito en el Génesis 6: 1-4:

Cuando los hombres empezaron a multiplicarse en la Tierra y les nacieron hijas, los hijos de Dios vieron que las hijas de los hombres eran hermosas y tomaron para sí como mujeres las que más les gustaron... Por aquel entonces había gigantes en la Tierra y también después de que los hijos de Dios se unieran a las hijas de los hombres y ellas les dieran hijos.

—¿Por eso se llaman la Hermandad de la Serpiente?
Micchio asintió.
—¡Vaya conspiración! —exclamó Alexia.
—Desde el inicio, querida. Recuerden que Caín mata a Abel. El hecho de que los primeros hermanos de la aparente humanidad sean asesinos se debe a que son hijos de diferente linaje. Caín pudo haber sido reptiliano, mientas que Abel llevaba genética luminosa de los dioses.
—¿Entonces? —preguntó Alexia.
—En todas las culturas aparecieron serpientes en sus relatos, historias y descubrimientos arqueológicos —agregó Aquiles.
—¿Eso también lo pronunció Jesús en la Biblia verdad?
—Adán tenía el cerebro iluminado.
—Claro —respondió Micchio—. ¿Recuerdas el pasaje?
Adán encendió los archivos de su memoria.
—Varias veces lo menciona. Sobre todo cuando le devuelve la vista a un ciego y los fariseos y escribas vienen a increparlo, él los llama reiteradas veces "raza de víboras, generación de serpientes".

¡Ay de vosotros, escribas y fariseos hipócritas, porque edificáis los sepulcros de los profetas y adornáis los monumentos de los justos, y decís: "Si nosotros hubiéramos vivido en el tiempo de nuestros padres, no habríamos tenido parte con ellos en la sangre de los profetas!" Con lo cual atestiguáis

contra vosotros mismos que sois hijos de los que mataron a
los profetas.

¡Colmad también vosotros la medida de vuestros padres!
¡Generación de serpientes, raza de víboras!

Los tres quedaron pensativos. Necesitaban procesarlo. Micchio los observaba atentamente.

—Aunque no todos los reptilianos son negativos para el hombre. En realidad los del lado oscuro también quieren evolucionar pero no mediante el amor sino mediante el miedo, el poder y la traición. Hay seres reptilianos que son luminosos y evolutivos.

—¿Pero cómo se puede evolucionar si no es por el bien? —preguntó ella.

—Todo el universo sabe que el bien y el mal son un concepto mmm… católico, querida Alexia. No existe el bien y el mal en el Cosmos, sólo luz y oscuridad, diferentes grados de conciencia e inconsciencia, despiertos y dormidos. La oscuridad es también parte de la luz, es lo menos iluminado pero todo absolutamente es creación de La Fuente. A mayor alejamiento de La Fuente menos luz. Uno de los nombres de la creación en la tradición de India es Brahma, que significa "Creador". Y sabes que la partícula "a" delante de una palabra significa lo contrario.

Adán mencionó:

—Ateo, agnóstico, amorfo. La *a* es contraria.

Micchio dibujó en la pantalla la palabra Brahma y sólo le anexó la "a" delante.

—¡Abraham! —exclamó Alexia.

Micchio los observó con mirada sabia para que sacaran sus propias conclusiones.

—En la misma Biblia dice que los que se fueron con Abraham luego del Diluvio fueron el pueblo elegido —afirmó Adán.

—No fue del todo así, aunque el nombre Abraham signifique también "padre de muchos pueblos"—retrucó Micchio.

Adán estaba pensativo.

—¿Recuerdas algún pasaje sobre Abraham?

Cerró los ojos y recitó de memoria las palabras de Juan el Bautista.

Pero viendo él venir muchos fariseos y saduceos al bautismo, les dijo:

Raza de víboras, ¿quién os ha enseñado a huir de la ira inminente? Dad, pues, fruto digno de conversión, y no creáis que basta con decir en vuestro interior: "Tenemos por padre a Abraham"; porque os digo que puede Dios de estas piedras dar hijos a Abraham. Ya está el hacha puesta a la raíz de los árboles; y todo árbol que no dé buen fruto será cortado y arrojado al fuego. Yo os bautizo en agua para conversión; pero aquel que viene detrás de mí es más fuerte que yo, y no soy digno de llevarle las sandalias. Él os bautizará en Espíritu Santo y fuego. En su mano tiene el bieldo y va a limpiar su era: recogerá su trigo en el granero, pero la paja la quemará con fuego que no se apaga.

—Me parece algo muy arriesgado enviar sólo a Adán —dijo ella.

—Estaré bien —dijo él, besándola suavemente—. Somos viajeros del tiempo.

—Adán, tu evolución te ha convertido en un Mago de la Luz. Los magos dominan la energía, la materia, el tiempo y las situaciones, tienes el poder del cuarzo y tu vara de cristal. La visión periférica, la telepatía, la activación de tu energía en tus manos y la intuición espiritual activada. Además, con el conocimiento que ya posees, podrás cumplir la misión. Recuerda que siempre podrás volver a subir de dimensión cuando lo pidas a través de tu cuarzo que estará conectado con el cuarzo madre aquí en la nave —agregó Micchio.

—¿Por qué tendrá que estar solo? —Alexia experimentaba incertidumbre.

—No estará solo. Se contactará con seres de luz que trabajan para nosotros. Algunos mezclados en las filas de La Hermandad.

—¿Cómo los conoceré?

—La clave será la palabra *Gólgota*.

—¿Gólgota?

Micchio asintió.

—Significa calavera.

10

El culto de la serpiente se remontaba a tiempos ancestrales de griegos, romanos, egipcios e incluso más atrás. Se habían hallado rastros del culto de la serpiente en Australia, México, Perú y otras regiones de Sudamérica, Europa y África; además de muchas más culturas. Los expertos creían que el culto a la serpiente se podía rastrear muy lejos en el tiempo a través de la India hasta Persia y Babilonia.

También se vinculaba a la serpiente con la energía electromagnética de la Tierra, tanto es así que en la antigua China seguían los Senderos del Dragón para las construcciones y en Europa lo llamaron Caminos de la Serpiente. En la misma Tierra, se creía que la energía serpentina del planeta se movía de un continente a otro con el paso de los años, lo que traía prosperidad y despertar espiritual a quienes vivían en esas tierras.

El listado de señales del antiguo culto de la serpiente es innumerable, desde los normandos, los vikingos, visigodos, condes, hasta las sociedades secretas actuales.

La misma Olimpia, madre de Alejandro Magno, estaba constantemente rodeada de serpientes y se la conocía como "la novia de las serpientes". Esa fue una de las razones por las que Filipo de Macedonia, el padre de Alejandro, no quería dormir más con ella.

El dios griego Esculapio, padre de la medicina, anterior a Hipócrates, portaba en su estandarte una serpiente.

Pero existía un punto en común que unía a todas aquellas culturas de adoración de la serpiente: la magia.

Las serpientes estuvieron relacionadas con la adivinación en todo el mundo antiguo, de hecho la palabra para designar al sacerdote, "arcadia", significaba "encantador de serpientes". Del mismo modo, tanto los hebreos como los árabes derivan la palabra "magia" de la palabra "serpiente".

En algunos pueblos se la veía como una figura de sabiduría, vida y poder, como en la India a través de *kundalini*; mientras que para el cristianismo era una figura del mal y de las fuerzas oscuras de la naturaleza.

Quizás debido a la polaridad bien/mal, en el caduceo de mercurio se encontraban dos serpientes enroscadas elevándose hacia un par de alas. Lo cierto es que en casi todas las antiguas culturas la serpiente tuvo que ver con la energía sexual.

A la serpiente también se le dio una connotación fálica en los ritos ancestrales, debido a que, como el falo, la serpiente se yergue cuando eleva su poder. Estas culturas antiguas hacían una clara relación entre la serpiente/dios/falo, otorgándole al reptil poderes divinos. En la India, el dios Shiva está sentado sobre una serpiente que se yergue hasta su cabeza. Lo mismo Siddharta Gautama, el Buda, triunfa sobre la serpiente. El objetivo es que la serpiente, o energía sexual, está siendo elevada para iluminar al cerebro. En todo el mundo existe el mito de la serpiente.

La serpiente tenía su doble polaridad masculino/femenino, y las culturas mencionaban que estaba contactada desde el centro de la Tierra con el espíritu de la Diosa, la vida y el principio femenino; y también en su fase masculina con el falo como principio masculino. De este modo, la serpiente representaba el conocimiento del pasado, presente y futuro como también los secretos de la vida, la muerte y el renacimiento. Se unía a la potencia sexual del macho como también al espíritu sinuoso, acuático y flexible de lo femenino.

La imagen del Auroboro, la serpiente mordiéndose la cola a sí misma, era una representación más del ciclo de la vida en la muerte y el renacimiento. Los vikingos, celtas, escandinavos y pueblos nórdicos también estaban vinculados al culto de la serpiente. Incluso se creía que integrantes de la famosa familia Sinclair, cuyo nombre significa "luz sagrada", serían los custodios del Santo Grial, o la sangre real, desde los templarios, y propietarios de la capilla de Rosslyn en Escocia; según los historiadores también eran (o son) practicantes del culto de la serpiente. En la misma capilla existe un importante grabado con las dos serpientes enroscadas en la cruz angrelada sobre Cristo. La palabra *angrel* significa generación, o sea, traspaso de genes; y la cruz, la unión de la línea vertical del futuro con la línea horizontal del pasado, uniéndose en el punto medio: el presente, la eternidad.

Debido a que las serpientes significaban la unión de los opuestos complementarios femenino/masculino, o sea el andrógino original, el acto sexual fue el contacto de las dos serpientes que unía a ambos en uno solo. Por ello los rituales sexuales tenían como objetivo la unión de los cuerpos para iluminar las almas. Aprovechando esto, la Hermandad de la Serpiente tergiversó el conocimiento real para uso del poder y la continuación de la genética reptiliana.

Remontándonos a estos cultos desde tiempos ancestrales, en el antiguo Egipto, desde tiempos de Osiris, se aprovechó el conocimiento para enfocarlo en una magia distinta de la búsqueda de la iluminación espiritual como fue en un inicio. Comenzó a desviarse mediante el uso del poder para fines de control y dogmatismo por parte de las élites que querían perpetuar el poder por línea genética a sus descendientes. Comenzaron a enfocarse en la magia negra, los hechizos y los rituales donde ofrecían personas en sacrificio.

El mito de Osiris era un punto importante dentro de la Hermandad y de todo Egipto. Set odiaba a su hermano, por su poder y popularidad, por lo que le tendió una trampa y lo mató, como bien conocida es su historia.

Isis, enterada de la traición de Set, se propuso encontrar el cadáver de su marido-hermano para darle sepultura digna de un dios, y partió en su busca junto a su hijo Horus.

Isis deambuló por toda la tierra y encontró el cuerpo de Osiris mutilado y cortado en pedazos.

Así Set fue recordado como la serpiente de oscuridad.

Recuperando cada uno de los trozos del cuerpo, envolviéndolos en cera aromatizada, Isis encontró todas las partes menos el falo y con su magia asemejó el miembro perdido, consagrando así el falo, cuya fiesta celebrarían más tarde los egipcios.

Desde aquellos tiempos, La Hermandad oscura de la Serpiente portó el estandarte que representaba el falo mágico de Osiris, ahora en manos de Terese Calvet.

La Hermandad continuaba realizando rituales de poder a gran escala y con la energía multitudinaria de la gente, desviándose del verdadero propósito de la serpiente de vida, la cual no era una serpiente física sino energética, representando en el camino iniciático de los misterios ocultos la ascensión.

Debido a que el conocimiento de aquellas enseñanzas primordiales para volver al estado paradisíaco es neutro, la Hermandad oscura aprovechó la amoralidad del conocimiento y se agruparon en ceremonias secretas, gestando rituales y ceremonias para alimentar sus poderes y contactar con los seres reptilianos y entidades de baja vibración.

La lucha entre la serpiente de luz y la serpiente de la oscuridad estuvo marcada en varias culturas: Apolo mata a la serpiente Pitón en Delfos, Zeus y la serpiente Tifón, Marduk y Tiamat; y, en la tradición cristiana, san Jorge y san Miguel matan a las serpientes-dragones, igual que san Patricio en Irlanda, entre otros. Incluso en el cristianismo, a la virgen

María se la representa aplastando una serpiente. El hecho de dar muerte a la serpiente significaba el triunfo de la luz sobre la oscuridad.

Otros pueblos ancestrales las usaban para el regreso al estado de iluminación. Y lo curioso es que hay una conexión etimológica y espiritual entre los pueblos desarrollados en diferentes siglos, ya que en lengua maya *can* significa serpiente, por ello adoraron a Kukul*can*, el dios serpiente; y construyeron la enigmática Teotihua*can*, que significa ciudad de dioses serpiente.

En el antiguo lenguaje sumerio, serpiente se escribe *acan*, en Escocia es *can*; y los antiguos romanos adoraban a Vul*can*o, el dios serpiente del fuego.

Lo que sí resultaba extraño era que la palabra Vati*can*o, significase la unión etimológica de *vatis*, que significa profeta y *can*, que significa serpiente; o sea el sitio del "profeta de la serpiente".

La Hermandad oscura hasta nuestros días adoraba al ángel caído, Lucifer, quien se nombraba a sí mismo "portador de luz".

11

Tercera Dimensión
Nueva York, 18 de julio 2014

El Village es una gran área residencial en el lado oeste de Manhattan, en Nueva York. El barrio está rodeado por la calle Broadway al este, el río Hudson al oeste, la calle Houston al sur y la calle 14 al norte.

Greenwich Village era conocido como un ícono de cultura artística y bohemia. Se asociaba con muchos artistas, pintores, escritores y músicos como Bob Dylan, por ejemplo, que a mediados de los sesenta se convirtió en uno de los compositores más importantes y populares en el mundo, y con frecuencia cantaba en aquel barrio.

Docenas de otros iconos culturales famosos iniciaron sus carreras en los clubes nocturnos, el teatro y la escena del café concert durante los años 1950, 1960 y 1970, desde Barbra Streisand hasta Jimi Hendrix o Simon & Garfunkel, y otros más contemporáneos, como The Velvet.

Evangelina amaba ir a escribir al Village, se inspiraba con sólo caminar o ver a la gente de estilos tan distintos. Le gustaba percibir a la gente sin conocerla, se preguntaba: "¿Dónde vivirá? ¿Cuáles serán sus sueños? ¿Estará dormida o despierta espiritualmente?".

Lo cierto era que aquella tarde estaba en Le Pain Cuotidien, un tranquilo bistró francés ubicado en la Av. 7 y la calle 17. En el bar, estilo *chillout*, no había más de una docena de personas.

Faltaban sólo diez minutos para la cita con Lilian, cuando ésta entró al café. Llevaba unas grandes gafas de sol de pasta color marrón oscuro, el pantalón ajustado, tacones y una camiseta con la cara de Mahatma Gandhi estampada. Al quitarse las gafas, Evangelina vio sus ojos brillantes, sus párpados estaban abundante y sensualmente maquillados de color oscuro. Un piercing estilo argolla en la nariz reforzaba aún más su erotismo, junto con varios pequeños tatuajes en los brazos. Su presencia se sintió en el ambiente, y no era sólo por su estatura y su estilo, era más bien su poderosa energía.

Evangelina se incorporó y ambas se fundieron en un abrazo.

—Amiga querida, tenemos que hablar.

—A eso he venido.

Lilian miró disimuladamente hacia los lados, como si tuviese un radar interno para percibir a la gente.

Sacó un billete de cinco dólares, lo dejó y le dijo:

—Nos vamos de aquí. Alquilé un coche. Es más seguro.

En menos de tres minutos se subían a un Ford color azul.

—¿Qué ha pasado? ¿Dónde vamos?

—Me convocaron para un ritual en Londres.

—¿Un ritual?

Lilian asintió sin dejar de mirar la avenida. Aceleró y buscó salir del tránsito hacia una zona más alejada cercana al puente de Brooklyn.

—Un ritual de sacrificio.

Evangelina la observó asombrada, aunque no era la primera vez que escuchaba aquello. Sabía que La Hermandad realizaba prácticas secretas.

—¿Y qué piensas hacer?

—Iré.

—Pero no podemos permitir que eso siga sucediendo.

—Para eso estás tú. Tu libro revelará al mundo muchas cosas.

—Todavía no lo he publicado.

—Deberás apurarte.

—¿A qué te refieres?

—Muchas personas no han podido cambiar su estado de conciencia, ahora hay una nueva posibilidad de segundo intento para muchos. Publícalo y expande a la gente. Ahora muchos están más informados; además tengo mucha información confidencial que lleva a la acción para que los despiertos activen a más gente.

—Eso es lo que haré con mi proyecto, activar a muchas más personas.

—¿Tendrás el apoyo de tu madre?

Evangelina guardó silencio. Ese tema no le hacía gracia.

—Sabes que hace años no hablo con ella.

Lilian cambió de tema.

—Escúchame, me he enterado de muchas más cosas que puedes anexar, que son tremendamente relevantes para que la gente comprenda el panorama completo.

Los ojos de Lilly brillaban de energía. Frenó el coche y lo estacionó con destreza. Ambas se bajaron y caminaron hacia un pequeño parque, donde vieron sólo a una madre con dos niñas que estaban jugando y una pareja de enamorados besándose; el ambiente estaba tranquilo. Las dos mujeres se sentaron en un asiento con vista al puente de Brooklyn.

—¿Ves aquello? —le dijo Lilian señalando el horizonte.

—¿A qué te refieres?

—La estatua de La Libertad.

Evangelina observó el monumento, conocía perfectamente su origen.

—La estatua de la Libertad fue un regalo de los masones franceses a los estadounidenses en 1886 para conmemorar el centenario de la Declaración de Independencia de los Estados Unidos y como un signo de amistad entre las dos naciones —dijo Lilian.

—¿Y qué hay con ella?

—Es un símbolo Illuminati. La antorcha es uno de sus símbolos, ya sabes que lo encuentras en muchos lugares: hasta en el inicio de las películas de Hollywood.

—Lo sé, este símbolo está disimulado en el logo de muchas corporaciones multinacionales, pertenecen a una red de poder Illuminati. Ellos mantienen a los que quedan anclados en la Tercera Dimensión generando deudas kármicas para que no puedan ascender.

Evangelina se refería a que cualquier persona que investigase podía ver aquellos símbolos de la antorcha o el ojo; estaban por doquier: en bancos, instituciones políticas, canales de televisión, farmacéuticas, empresas de seguros, medios de prensa, marcas de coches…

Evangelina dejó de observar la estatua, se giró y miró a Lilian a los ojos.

—Me has dicho por teléfono que tenías algo para darme.

—Sí. Te he traído todo guardado en este USB y en mi iPad.

Evangelina cogió el pequeño archivo de memorias.

—Guárdatelo. Contiene información valiosa y también dice dónde será el próximo ritual de Londres.

—Lo anexaré a mis estudios. Ellos han querido cercar al ser humano por todos lados. El montaje viene de lejos, desde Babilonia, Sumeria y el antiguo Egipto. Han ido pasándose el poder y controlando todo sin que la gente se entere. Están por todos lados. Ellos han estado en muchos eventos programados, han hundido el Titanic, ya que varios conspiradores le tendieron una trampa a los banqueros que querían hacer bien las cosas y, a último momento no subieron, además el seguro del barco les dio una fortuna.

—Amiga, tú tienes información de primera mano. Si esa información llega a la gente, la revolución se activará.

—Lo sé, Lilian, pero muchos hacen como el avestruz, esconden la cabeza, pensando que así se salvan de no conocer lo que deben conocer. Háblame del ritual.

Lilian miró hacia el horizonte, pensativa.

—Los rituales son ceremonias que incluyen las orgías y los sacrificios. Debido a que muchos de los integrantes son annunaki reptilianos necesitan de la carne y la sangre. Si fuera el sexo solamente no sería problema, ya que en cultos antiguos la orgía era una celebración para acceder al estado de éxtasis espiritual con la guía adecuada; era una especie de gran propulsión de vida para enviar la energía hacia el cerebro e iluminarlo. Pero a ellos les exigen los sacrificios reales.

—Lo sé, lo sé... —respondió Evangelina, con voz firme—. Muchos famosos murieron en circunstancias misteriosas, pero no todo el mundo puede ser víctima de estos rituales.

Lilian la observó con mirada penetrante.

—Escucha con atención, aunque no te sorprendas demasiado, la gente diariamente se come la carne y la sangre de animales muertos como si nada. Y los católicos, sin saberlo, hacen rituales caníbales semanalmente sin darse cuenta, porque muchos están adormecidos y robotizados.

—¿A qué te refieres? —Evangelina ya sabía que la mala alimentación mataba más gente que cualquier otra cosa en el mundo.

—¿Acaso cada domingo en la iglesia no se come el cuerpo de Cristo y se bebe su sangre?

—Pero es simbólico.

—Tú ya sabes que la mente no acepta los símbolos como si no fuesen realidad, por dentro de una persona suceden cosas, movimientos hormonales, psicológicos, emocionales. En La Hermandad, este ritual otorga el Maná o la fuerza mágica para convertirse en un dios.

Evangelina recordó la imagen de la Apoteosis del presidente norteamericano George Washington, masón de grado 33. Literalmente, apoteosis significaba "convertirse en un dios". También había escuchado fuertes rumores acerca de que la "renuncia" del Papa Benedicto XVI se debía a los trapos sucios que su secretario, El Cuervo, había ventilado, entre otras cosas turbias.

—Lo que buscan no es la iluminación del budismo o del yoga o del Reino de los cielos de Jesús, sino todo lo contrario. Es un control para perpetuar el poder por generaciones —agregó Lilian.

—Sí, pero en realidad —aclaró Evangelina, con voz firme— el ritual de la misa católica está tomado de un ritual de Osiris, desde el antiguo Egipto, ya que en aquellos tiempos creían que al comer sacramentales tortas de trigo, representadas con la forma de cada parte del cuerpo de Osiris, que le fue cortada por su hermano Set, traían el poder del dios Osiris a su propio cuerpo. La iglesia católica romana se hizo tan poderosa con este ritual que en el siglo XVI, durante el Consejo de Trento, declaró que quien se opusiera a esta práctica sería excomulgado, y durante la época de la Inquisición eran quemados vivos quienes no realizaran dicha práctica. La misa de la iglesia romana se basa en la antigua ceremonia de comer el cuerpo del dios Osiris y por eso comen carne y beben sangre realmente.

—Tú eres lista y te das cuenta, ya sabes que en el Vaticano hay un obelisco también, igual que en la ciudad de Washington. El obelisco es otro símbolo masón que viene de Egipto. Los símbolos se graban en el subconsciente, como si fuese una publicidad. Mira qué fácil de entender.

Lilian llevó el dedo pulgar hacia arriba y luego hacia abajo.

—Todo el mundo interpreta que hacia arriba significa victoria y hacia abajo derrota. Lo hacía el emperador romano cuando daba la orden de tirar a los esclavos a los leones. Si lo subía, el esclavo se salvaba y si lo bajaba se lo comían.

Evangelina se mostró pensativa. Sabía que los símbolos afectaban el inconsciente.

Lilian elevó sólo el dedo medio.

—Ya sabes qué significa...

Evangelina le apartó la mano suavemente.

—Por ejemplo, el ojo de Horus, lo usan como estandarte para vigilar todo. Mira el logo de algunas cadenas de televisión y los medios de prensa. Están rodeándolo todo. En el billete de un dólar encontrarás el triángulo con el ojo, además de una lechuza masónica y...

Evangelina observaba cómo Lilian sacaba algo de su cartera.

—¿Qué haces?

La joven sacó un billete de 20 dólares, lo dobló a la mitad e hizo con él un avión.

Evangelina la miraba con asombro.

—¿Qué ves? —le dijo, dejando el billete en sus manos.

Los ojos de Evangelina no podían creer lo que veían.

—¿Las Torres Gemelas?

Lilian guardó silencio.

—Eso parecen.

Hubo un silencio.

—¿Qué más ves? Mira a los lados del billete, donde dice "America y The United".

Evangelina lo captó inmeditamente.

—¡Los dos aviones que se estrellaron, uno era de American Airlines y el otro de United Airlines!

Un silencio frío recorrió el alma de Evangelina.

—Amiga, esto se llama arquitectura satánica. Han hecho que los símbolos entren al inconsciente de la gente, se graben en el cerebro y la gente ponga su energía sin saberlo en colaborar para que suceda el plan que tienen oculto. Pero te sorprenderás porque… —Lilly deslizó su mano rápidamente por la pantalla de su iPad y le mostró una imagen con todos los billetes doblados.

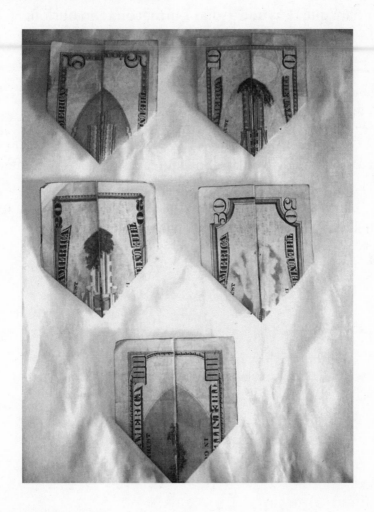

"Desde el billete de 5 al de 100 dólares se ve claramente el proceso, desde que las Torres Gemelas estaban intactas hasta que fueron reducidas a polvo. Cualquier persona puede comprobarlo fehacientemente doblando los billetes, aunque de todos modos no podrán creer lo que vean.

Evangelina pensó rápidamente.

—Si esto se comprobase como una conspiración, no sólo el pueblo inocente de Estados Unidos sino todo el mundo habría sido parte de una gran burla macabra. Si así fuese, los verdaderos culpables deberán saltar a la luz.

—Así es. Ponlo en tu libro porque no podrás llamar al 911 para que te ayude —dijo Lilian, con tono burlón.

Evangelina la observó con el ceño fruncido.

—¿A qué te refieres con llamar al 911?

Lilian soltó una sonrisa irónica.

—¿No lo ves?

Evangelina trató de comprender.

—El 911 es la llamada de socorro desde un teléfono en Estados Unidos, ¿verdad? Son las fechas exactas del atentado a las torres.

Ambas sabían que no podía ser una coincidencia que aquella tragedia hubiera sido el día 9 del mes 11.

12

Una suave brisa cálida llegó a la piel de Evangelina, quien la recibió con gozo. Procesaba el conocimiento que compartía con Lilian. Iba a encajar las piezas en su mente para desvelar al mundo el panorama completo.

—El ritual del próximo día 23 tendrá un nuevo objetivo.

—¿A qué te refieres?

—Dicen que es una fecha especial. Una conjunción astrológica importante entre Saturno y la Luna.

Evangelina sabía que las sociedades secretas se regían astrológicamente desde tiempos inmemoriales.

—Originariamente los rituales eran para activar la glándula pineal en el cerebro, pero lo han deformado. Mira el iPad.

Evangelina lo tomó.

—Observa aquí.

Sus estilizados dedos corrieron la pantalla donde se veía una similitud entre cerebro y el ojo de Horus.

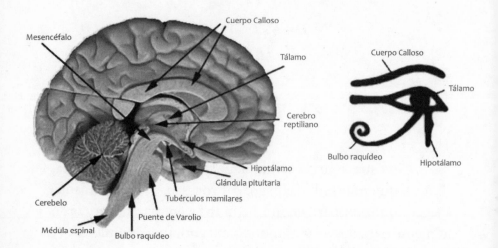

—Ya lo sé Lilian, en la antigüedad se enseñaba que la glándula pineal, el tercer ojo, era el ojo de la visión superior, y cuando se activaba, un iniciado podía ver el pasado, el presente y el futuro. Se iluminaba espiritualmente, recuperaba el paraíso perdido.

—Exacto. Pero en la actualidad, por muchos medios, han hecho que esta glándula literalmente se calcifique, lo que ha hecho perder la visión holística.

Lilian se refería que el atrofiamiento de la glándula pineal, que encerraba poderes de telepatía, clarividencia y percepción extrasensorial, había sido puesta entre barrotes de razón, cordura y escepticismo para que la gente no conociera su función divina.

—Entonces —dijo Evangelina—, ¿que buscan ellos concretamente?

—Ellos utilizan las técnicas para activar el tercer ojo en su propio beneficio. Para perpetuar el poder y alimentar su verdadera naturaleza reptiliana. Se aprovechan del verdadero conocimiento. Mira —dijo entusiasmada, mostrando otra imagen en su iPad.

—El caduceo de Mercurio —respondió Evangelina—. Las dos serpientes de la energía sexual femenina-masculina subiendo y elevándose. Las alas son los dos hemisferios cerebrales activos por el punto del medio, la glándula pineal. Este símbolo ancestral representa la correcta evolución del *Homo sapiens.*

—Exacto, pero ellos lo usan en sentido negativo para activar el cerebro reptiliano.

Ambas sabían que la ciencia había comprobado que el ser humano poseía tres partes del cerebro con diferentes funciones. La parte del cerebro reptiliano ejercía el miedo, el instinto, la repetición, los ritos...

—Escúchame con atención —le dijo Lilian, subiendo el tono de su voz y mirándola directo a los ojos—. En la Biblia está el origen correcto de estos rituales, aunque fue mutilada por el emperador Constantino durante el Concilio de Nicea, en el año 352 después de Cristo. A este fenómeno de la elevación de la energía se le llama transfiguración, cuando los discípulos tenían lenguas de fuego sobre sus cabezas.

Evangelina recordó haber visto en famosos cuadros las imágenes de esos pasajes bíblicos.

—Así es —respondió con certeza—. Es el llamado doble nacimiento, la iluminación. Simboliza la apertura del séptimo chakra, la corona espiritual junto con la glándula pineal y la pituitaria. Eso buscaban los antiguos iniciados para volver al estado paradisiaco.

—Sí, incluso lo habrás escuchado como el simbolismo de frotar la lámpara de Aladino: el *gen*io que activa el *gen* para descubrir el ori*gen* —Lilian hizo énfasis al pronunciar "gen".

—Los deseos se cumplen por el genio, ¿verdad?

—Sí, pero el genio que sale de la lámpara de Aladino no existe como tal, sólo simboliza el cerebro —añadió Lilian.

Evangelina asintió lentamente.

—El cerebro activa el inconsciente, donde está el conocimiento, el estado supraconsciente iluminado, el fuego serpentino elevado. Ahora la ciencia lo llama "el gen Dios" —remarcó Lilian—. Así, el ojo de Horus es el ojo de la conciencia, al activarlo se despierta la capacidad divina dentro de cada uno.

—Pero La Hermandad no quiere eso, ¿entonces?

—Este ritual será para activar un cráneo de cristal y programar un megaevento para producir miedo en la gente.

Evangelina conocía el poder de los cráneos de cuarzo, pero no entendía a qué se refería.

—¿Un evento para programar miedo?

—Sacrificarán a una cantante famosa.

Hubo un silencio.

—Tú no serás cómplice de eso, ¿verdad?

—Claro que no —dijo Lilian, desviando la mirada.

—¿Entonces por qué eres partícipe de una orgía y un sacrificio?

—Para sacar información y evitar un mal mayor. Habrá varios infiltrados para impedirlo. Y a ellos les hablé de tu libro y quieren ayudar a publicarlo.

—¿Varios infiltrados?

—Seres de luz.

Evangelina la observó con asombro.

—Por eso estoy aquí, tú deberías venir a encontrarte con ellos.

—¿Al ritual?

Lilian asintió.

—¿A una orgía sexual con desconocidos?

Lilian volvió a asentir, en lo profundo de su ser había una parte que unía su lujuria con su anhelo espiritual y la hacía disfrutar aquellos encuentros sexuales.

—No verás sus rostros, tienen máscaras.

Evangelina hizo una mueca de desaprobación.

—Lo siento pero no puedo tener sexo de esa forma. ¡Y menos si matan a alguien como sacrificio!

—Yo estoy aquí para elaborar un plan.

—¿Qué plan?

—Estaremos allí para impedirlo y conocerás a quienes te ayudarán.

—¿De qué forma?

—Sabemos que ellos usan el conocimiento real tergiversado para su beneficio. Quieren activar la llave Ankh.

Evangelina estaba impacientándose.

—¿La llave Ankh?

Lilian le mostró otra imagen. Aquél símbolo era conocido mundialmente.

—Originariamente, Ankh es la llave de la vida, el poder de la diosa Isis de devolver a la vida real, cuando una persona se despierta espiritualmente y adquiere el poder divino. En realidad es un símbolo ANnunaKi —el dibujo tenía remarcadas las letras ANK.

Evangelina se puso de pie.

—Isis es una diosa de luz poderosa.

—Sí, claro, pero en Egipto los annunaki se dividieron en la luz y la oscuridad. Hay dos cultos: la serpiente femenina y masculina, la Hermandad blanca y la Hermandad negra. ¿Ves la serpiente que tiene saliendo de su cabeza? La energía se ha elevado y activó su cerebro. La "diosa serpiente" es luminosa, en femenino. El culto femenino practicaba la magia blanca, el poder cósmico. Su propósito era unir su conciencia individual a la conciencia universal.

—Entiendo. Las pirámides eran detonadores de conciencia, sitios para rituales donde los iniciados accedían al estado divino original, ya tú sabes muy bien que no eran tumbas. Incluso los sacerdotes y chamanes de Egipto y de todo el mundo usaron y usan plantas-serpiente para alterar la consciencia y viajar a otro mundo, por ello construían pirámides, como un catalizador de la energía que además están alineadas con las tres estrellas del cinturón de Orión y la estrella Sirio.

Evangelina hizo una pausa, pensativa.

—O sea que desvirtuaron el ritual original, lo que los griegos llamaron *Hieros Gamos*, entrar en el éxtasis espiritual mediante el sexo. Ellos siguen la vía oscura.

—Sí —respondió Lilian, secamente.

Evangelina sabía que tanto en Occidente, Grecia, como en el antiguo Egipto el ritual sexual, sin una víctima sacrificada, había sido una vía de iluminación desde tiempos antiguos. Las civilizaciones habían practicado rituales sexuales para la iluminación; incluso en Oriente a través de la ciencia del Tantra.

—¿Entonces, cómo se supone que podremos intervenir? —preguntó Evangelina.

—La sectas ocultas de poder desvirtuaron el ritual enfocando la energía a su favor con el fin de perpetuar su dinastía.

—Pero al morir ya dejan su poder.

—No. Ellos saben cómo funciona el alma en la vida, la muerte y la reencarnación. Se reencarnan una y otra vez para nacer en familias del mismo linaje de sangre y así tener poder por siempre.

Evangelina tomó una amplia inhalación.

—Explícame sobre la llave Ankh. ¿Cómo activan el poder si es un símbolo de vida?

—De vida eterna, concretamente. Ellos quieren la vida eterna de su linaje y su progenie, su raza reptiliana, pero como medio de control hacia la gente que no tiene conocimiento, para mantenerlos dormidos. Al unir la parte superior ovalada de la llave Ankh, la vagina, con el palillo que simboliza el falo divino de Osiris, tienen el acceso a un poder sobre la materia. Lo incrementan mediante el sexo grupal, por ende sobre el mundo de la Tercera Dimensión. Por eso hicieron énfasis en la supuesta "maldad" del sexo y mucho más del sexo grupal, para que nadie lo intentara, y si lo hiciera, fuese solamente de modo animal y no iniciático, sin los manuales, rituales y pasos para hacerlo correctamente.

Lilian estaba encendida, sus manos ardían, todo su cuerpo estaba caliente y sus ojos radiantes.

—Lo sé, Lilian. Ellos son muy hábiles. Buscan la vida eterna pero desde el poder en la Tercera Dimensión, y el sexo los mantiene con energía. Desde Alejandro Magno, Cristóbal Colón o Antón Ponce de León en Bimini y La Florida, todos buscaron la Fuente de la Inmortalidad en sus viajes, sólo que no lo mencionaron y le hicieron creer a la gente que sus expediciones eran por otros motivos. ¿Pero quiénes les exigen que sacrifiquen personas?

—Necesitan sangre. ¿No has escuchado sobre el linaje de sangre azul?

Lilian se refería a la dinastía que tenía una genética distinta, entre otros, la monarquía y la realeza. Dio un paso para acercarse y la miró compasivamente.

—Los annunaki oscuros y reptilianos nunca se fueron del planeta Tierra. Están aquí camuflados entre los gobiernos, reyes, condes, monarcas y en sitios del poder. ¡Están gobernando desde aquellos tiempos! ¡Nunca se fueron! Por eso hay tanto miedo, confusión, guerras, ignorancia, enfermedades, desigualdad. Ellos lo provocan para controlar a la gente, porque si la gente se une e ilumina no pueden detener al ser humano ya que tiene la semilla divina dentro.

Evangelina sintió resonancia en todo su interior. La naturaleza la había dotado en igual medida en belleza en inteligencia, sagacidad y valentía.

—Mantienen a las águilas creyéndose ovejas obedientes. Hay que detenerlos y desenmascarar todo su imperio.

Lilian asintió.

—La única forma de que termine su reinado es haciéndole saber a la gente cómo activar su poder y despertar, entonces el...

No terminó la frase.

No pudo.

Algo hizo que trastabillara y cayera pesadamente al suelo.

Evangelina veía cómo el estilizado cuerpo de su amiga se desmoronaba, casi como una imagen en cámara lenta.

Dio dos pasos hacia ella, se arrodilló sorprendida, aún más cuando vio sangre en su ropa. Una bala le había atravesado el hombro derecho.

—¡Lilly!

Inmediatamente Evangelina alzó la vista. Los ojos de Lilian Zimmerman se nublaron. Evangelina vio una poderosa camioneta Range Rover negra con vidrios polarizados al otro lado de la plazoleta. Dos hombres vestidos con trajes oscuros y camisa blanca se dirigieron con firmeza hacia ellas. Lilian giró la cabeza también, los vio venir.

—¡Vete! —gritó.

—¡No! ¿Qué está pasando?

—¡Me han seguido! ¡Vete! ¡Corre!

—¡No puedo dejarte aquí!

Los hombres comenzaron a correr hacia ellas.

—¡Vete ya! —gritó con todas sus fuerzas, al tiempo que la empujaba con el otro brazo.

—¡Llévate el USB y el iPad! ¡Ahí está la información! ¡Ya!

Todo sucedió muy rápidamente. Uno de los hombres fue corriendo veloz hacia Lilian, que yacía herida en el suelo; el otro comenzó a correr detrás de Evangelina, quien ya había saltado una valla y se dirigía hacia las calles, agitada y confundida.

Evangelina podía correr velozmente, se entrenaba a diario.

Pero aquel hombre también.

13

Luego de ultimar detalles con el profesor Micchio Ki, Adán habló también con Alexia y Aquiles. Habían programado un cuarzo en común para que estuvieran conectados por el campo global de la Quinta Dimensión y la vibración elevada. Lo que sintiese Adán sería genéticamente trasportable hacia Alexia y Aquiles.

—La distancia no separa sino que expande el puente de la unidad —les había mencionado Micchio—. Nunca estamos ni podemos separarnos de nadie.

Los tres sabían aquello y le dieron la mejor vibración para Adán.

—Lo conseguirás —le dijo Alexia después de un abrazo largo.

—Ya es hora.

Micchio miró a Adán. Sabía que sería dirigido en otra nave con muchos otros *Homo universales* para bajar nuevamente a la Tercera Dimensión.

Lo embargó una profunda emoción.

"La misión del *bodhisattva*", pensó.

La puerta se abrió y se despidió sin volver la vista atrás. No le hizo falta, la visión periférica completa hizo que sintiera a sus espaldas el apoyo de ambos.

En menos de dos minutos bajó a otra nave más pequeña. Había al menos ciento cincuenta personas elegidas que habían tenido un contacto de sangre con algún ser reptiliano en la Tercera Dimensión. Ellos debían cambiar aspectos del pasado.

Un femenino ser de luz proveniente de las Pléyades, de casi un metro noventa, llevaba el cabello dorado como el oro, los ojos radiantes azules, sus manos eran extremadamente delicadas y bellas, emitía una luminosa aura y generaba una corriente de amor constante; los llamó a todos telepáticamente.

—Soy Chindonax —les dijo—. Haremos un viaje inverso en una burbuja de impulso por deformación del espacio-tiempo. Conservarán las facultades de la Quinta Dimensión pero no podrán hacer uso de las mismas salvo en caso de fuerza mayor. Ya saben que vuestra misión es realizar lo que tienen que modificar y no más allá. Las causas que siembren ahora modificarán el futuro.

Los presentes ya sabían que aquella base científica del impulso por deformación estaba respaldada en el pasado de la Tierra por el descubrimiento del físico mexicano Miguel Alcubierre, quien en 1994 lo comprobó con una compleja base matemática, y la ciencia llamó a su hallazgo "Métrica de Alcubierre".

Los seres dimensionales poseían aquel conocimiento hacía milenios.

—Todos estarán conectados con el cuarzo madre, la Piedra Filosofal. Desde allí recibirán impulsos constantes de energía para que vuestra intuición, telepatía y sincronicidad con El Campo de la frecuencia de unidad se mantenga claro. Recuerden que en la Tercera Dimensión la mayoría no percibe El Campo.

Chindonax se refería al Campo de Conciencia de La Fuente que estaba impregnando en todo el universo pero que los *Homo sapiens* habían olvidado y dejado de sentir.

—Mientras bajemos por el agujero de gusano para cambiar la dimensión atravesaremos el portal del Triángulo de las Bermudas y de allí nos desplazaremos a la Tierra para que cada uno se dirija donde tiene su misión.

El llamado Triángulo de las Bermudas, entre las Bermudas, el sur de Florida y un lugar cerca de las Antillas, era uno de los portales de la antigua Atlántida. Después del hundimiento de la misma, cuando un cataclismo geológico la destruyó, los sobrevivientes emigraron a Sumeria, Babilonia, Egipto, México, Grecia, Guatemala, Bolivia, Perú y otros lugares, creando las civilizaciones que la historia conoce. En aquel enigmático triángulo geológico debajo de las aguas se habían encontrado antiguas construcciones.

Incluso en la Tercera Dimensión muchos barcos y aviones habían desaparecido misteriosamente al pasar un portal dimensional. Ahora iban a descender por aquel portal, para la ciencia conocido como agujero de gusano.

Chindonax se deslizó rápidamente a un pequeño palco donde había pantallas de energía para mostrar conocimientos, y pantallas de energía no manifestada para crear lo que se necesitara además de cuarzos ya programados con información.

—Como vuestro maestro Micchio les comentó, la raza draconiana es la raza reptil más antigua de esta galaxia. Sus padres, en algún lugar de nuestro pasado más antiguo, llegaron a nuestro universo de otra realidad paralela. Nadie sabe realmente cuándo ocurrió esto. Ahora necesitarán conocer a quienes se involucran desde milenios por mantener el orden y colaborar con el plan de evolución.

”Les mostraré las razas de seres que trabajan para la evolución del alma en todo el universo.

Chindonax deslizó una mano por la pantalla para mostrar su propia imagen.

"Nosotros somos los pleyadianos. Nuestro origen son las Pléyades, también Taygeta y Maya. Somos seres benévolos con respecto a las demás razas, nos movilizamos por la sabiduría espiritual y conocimientos tecnológicos. Y tratamos de evitar la guerra que hay en las dimensiones elevadas por el alma de los humanos. Nos guía la luz de La Fuente y ésa es nuestra labor.

Allí mismo deslizó nuevamente la mano.

—Los sirianos, cuyo origen es Sirio A. Ellos trabajan en la Tierra a nivel medioambiental, elevando la conciencia de la gente para crear una rejilla biomagnética en el planeta, se encargan de cuidar sobre todo el sistema ecológico.

Todos observaban las pantallas.

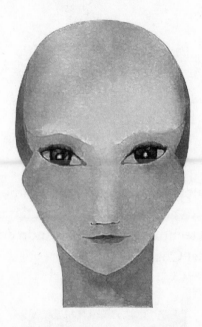

—Ellos son de Andrómeda, llamados los andromedanos. Sus funciones son muchas, educan a los niños índigo y cristal para que activen sus poderes psíquicos y se eduquen hacia la paz. Son los que envían mensajes y activan las capas tectónicas del planeta con los Crop Circles, grabados en los campos de varios lugares de la Tierra. Son líderes entre la Confederación Galáctica, tomando muchas decisiones para el beneficio de la Tierra. También están implicados en vuestra misión porque son los encargados de destapar los conflictos por la información que se les ha ocultado. Ellos son los que mucha gente utiliza para canalizar sus mensajes en la Tierra.

"Los ummitas, provenientes de Ummo. Son expertos transformando los adelantos científicos, desarrollando nuevas y avanzadas tecnologías e investigando descubrimientos para la Tierra y el Cosmos.

"Los arcturianos de Arcturus. Están integrando los valores espirituales en la Tierra, también lo hacen mediante los Crop Circles, símbolos grabados en los campos para la activación del interior de la Tierra y la psiquis de los seres.

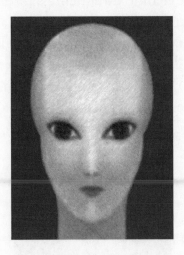

"Los Alfa Centauri están buscando la libertad humana y el uso consciente de la tecnología. Vienen de la estrella más cercana a la Tierra.

"Los taucetianos hacen un trabajo excelente colaborando en desmembrar instituciones corruptas en la Tierra, bloqueando el control mental de los grises y reptilianos y todos los hostiles. Promueven la consciencia multidimensional y están trabajando duramente para el despertar de los que todavía están dormidos al origen de La Fuente.

Ellos lo sabían ya que muchas de aquellas razas estaban conviviendo desde 2012 con los *Homo universales*.

—Y dentro de la Tierra también tenemos hermanos trabajando para que Gaia evolucione —añadió Chindonax.

"Los telosianos están debajo de la Tierra, en Telos, los vórtices energéticos están en el Monte Shastra, en California. Tienen avanzados conocimientos y están bajo la superficie del planeta luego de los cataclismos que sufrió Gaia hace muchos años. Ellos conocen todos los portales.

Chindonax sonrió y pareció iluminar toda la sala de aquella nave que se preparaba a descender por el agujero de gusano. Ella portaba un aura femenina exquisita.

—De la misma manera que hay más estrellas que granos de arena en toda la Tierra, existen más razas de seres dimensionales en el universo que razas de perros en el planeta Tierra. Todos ahora estamos trabajando duramente por la

ascensión completa de la mayor cantidad de almas. Las jerarquías galácticas de ángeles, arcángeles, serafines, querubines,
budas y sabios del pasado y demás seres elevados, todos apo-
yan la evolución y, por supuesto, el Maestro —dijo Chindonax, refiriéndose a Jesús—. Él está en la Tierra nuevamente
haciendo varios trabajos al mismo tiempo.

—¿Dices que Jesús está en la Tierra? —preguntó uno
de los misioneros que estaba a dos metros donde estaba sentado Adán.

—Y desde hace mucho tiempo. Esta vez en forma anónima. Y en varias partes al mismo tiempo, desdoblando y
multiplicando su presencia físicamente y en conciencia, de
manera que la conciencia crística se expanda entre los despiertos. Ustedes ahora son parte del equipo crístico lumínico.

Los *Homo universales* ya sabían que un ser avanzado
podía estar en varios lugares al mismo tiempo y que la conciencia crística era el descubrimiento de la esencia de luz
dentro de cada individuo, el retorno a La Fuente.

14

Chindonax sabía que muchos podrían tener preguntas sobre el cambio de dimensión y lo que acababa de presentarles.

Algunos de los presentes trasmitieron pensamientos.

—Dices que los seres de luz y los oscuros están mezclados en la Tierra. ¿Cómo reconoceremos a los seres de luz de los oscuros?

—Cuando estén en la Tercera Dimensión busquen ver con el ojo interior. Los oscuros grises que han tomado los cuerpos humanos tienen un punto oscuro sobre la cabeza, en la corona, el séptimo chakra. En cambio, en los seres de luz verán una corona radiante dorada como un sol, es su alma radiante; y casi siempre están acompañados de los pequeños círculos llamados *orbs,* son presencias de conciencias lumínicas. Es importante para distinguir a los seres que observen el punto superior de la cabeza.

—¿Cómo seguimos manteniendo el contacto con La Fuente en la Tercera Dimensión?

—Mediante varias herramientas. Programen sus cuarzos blancos con la información que se llevarán de aquí, escojan uno de seis o siete puntas; también mediante los trabajos respiratorios, la meditación diaria para conectar con el Sol y con el Sol central de la galaxia. Estén especialmente atentos a los símbolos de los Crop Circles que serán mensajes para sintonizar el trabajo de todos los seres de luz en la Tierra. También servirá mucho la sintonización con las manos para establecer la reconexión con El Campo de La Fuente. En vuestras manos tienen energía para crear mediante el impulso de vuestra intención. Además pueden beneficiarse por la presión en vuestros puntos de acupuntura en el cuerpo.

Chindonax les mostró la presión que debían ejercer sobre un punto entre el dedo índice y el pulgar. Otro en lo alto de la cabeza y otro en el centro del dedo gordo de los pies. Y recuerden que al imponer vuestras manos podrán ejercer cambios en el ADN de las personas.

Todos sabían las técnicas de reconexión con las manos.

—¿Dices que hay una guerra galáctica por el alma humana entre las razas extraterrestres? —Adán envió el pensamiento telepáticamente.

—Sí, y para que lo comprendan mejor lo proyectaré —dijo Chindonax, moviéndose hacia la izquierda para activar una pantalla más grande, una especie de teatro donde inmediatamente comenzó a proyectarse una sucesión de imágenes como si fuese una película.

"Los draconianos y los grises llegaron a la Tierra, provenientes de Marte antes de que ese planeta fuese destruido. Ellos fueron a la Tierra, alegando que llegaron primero. Sienten que son los verdaderos herederos del planeta y, como tales, tienen todos los derechos sobre él y deben ser considerados realeza y monarquía. Sienten odio por el hecho de que algunos seres humanos no reconocen esto como verdad. Han colonizado muchos sistemas estelares y han creado muchas razas por alteración genética de las formas de vida que encontraron. El área más densamente poblada de la sub-razas de reptilianos draconianos es la constelación de Orión, Rigel, y el sistema de estrellas conocido como Capella. La creencia de las razas controladoras es generar el servilismo autoritario hacia ellos mismos. Por ello, siempre están invadiendo y manipulando razas menos avanzadas, utilizando su tecnología para el control y la dominación.

Chindonax se deslizó. Le hicieron movimientos para avisarle que ya casi debían partir.

—Estos seres creen que se debe dominar por el miedo, que el amor es débil y que los menos afortunados están destinados a ser esclavos. Este sistema de creencias surge con el nacimiento de las razas reptiles que siguen al ángel caído.

Y agregó:

—Cuando el Consejo Galáctico de luz creó al ser humano actual, tenía doce hebras de ADN, pero diez hebras fueron quitadas por un grupo de reptilianos para controlar y detener la evolución.

—¿Por qué quieren detener la evolución?

—Porque se enteraron de quiénes son los *Homo sapiens* a nivel espiritual y el poder divino que llevan en su interior. Esto haría que los humanos los superen al conectarse con su divinidad, dejando de ser sus esclavos.

Los presentes escuchaban atentos.

—El Consejo Galáctico creó formas de vida humanas que podrían evolucionar por sí solas mediante el libre albedrío y el retorno a La Fuente con libertad de expresión, mientras que los reptilianos draconianos crearon razas para funcionar como un recurso para su propio placer.

"Son dos filosofías cósmicas opuestas, destinadas a luchar entre sí. Los draconianos han instalado la fuerza detrás de la represión de las poblaciones humanas, erigiendo sistemas de creencias basados en el miedo y las jerarquías restrictivas.

"Hubo dos creaciones en el origen. Una, la de los seres de luz que por orden de La Fuente Creadora fertilizaron al hombre de *Neandhertal* con ADN de los Elohim, los seres semi-dioses. El inicio fue en MU, Sumeria, Lemuria y Atlántida, y consiste en etapas de la vida como súper hombres. Luego hubo otra manipulación de los reptilianos draconianos, la que se dio con la serpiente que tienta a la Eva humana original. En realidad, Eva es la segunda mujer de Adán, ya que fue creada luego de que Lilith se revelara contra las leyes divinas. Lilith fue la primera mujer hecha del mismo código que Adán. En realidad, el pecado original no tiene nada que ver con Adán y Eva, sino que es la alteración de los reptilianos que siembran ilegalmente con su estirpe a una de las Evas originales, allí los seres oscuros alteraron el ADN de doce hebras que el Consejo Galáctico había creado.

La pregunta quedó en el aire. ¿Cómo habría continuado la especie si sólo había un padre, una madre y un sólo hijo?

Todos permanecieron en silencio.

—¿Pero en qué momento histórico lo alteraron? —preguntó alguien detrás de la sala.

La bella mujer sonrió.

—Todo el mundo tiene grabado en lo profundo de su inconsciente en qué momento de la historia de la Tierra fue la desprogramación, confusión y división, pero pocos lo recuerdan.

Se miraron con desconcierto.

Adán Roussos estaba extremadamente lúcido. Él fue el primero en activar el potencial de su memoria genética en su cerebro. Sabía que sus células tenían grabadas la impronta de conocimientos y memoria de 7,500 generaciones atrás.

—Lo recuerdo perfectamente, fue cuando todos quedaron desconectados perdiendo el idioma original —dijo Adán, con brillo en los ojos, ante la atenta mirada de todos los presentes.

Se puso de pie y añadió:

—¡La desprogramación genética fue en la Torre de Babel!

15

Tercera Dimensión
Nueva York, 18 de julio de 2014

Evangelina dobló una esquina corriendo a toda velocidad detrás de una fábrica de alfombras.

A pocos metros de ella, su perseguidor estaba a punto de alcanzarla. Había ocultado su revolver detrás de la chaqueta. Algunas personas y un par de vagabundos que vivían en las calles los miraban como si viesen una película policial. Un perro amarrado a un poste delante de una tienda ladró fuertemente al verlos pasar. Evangelina trató de zigzaguear por las calles para buscar desesperadamente un lugar dónde ocultarse. Un autobús turístico pasó por la calle contigua. Nada podían hacer para ayudarla. El hombre estaba casi a menos de diez metros de ella, era cuestión de tiempo para que la alcanzara.

Una calle después se aproximó un taxi. Evangelina, desesperada, le hizo señas con sus brazos, pero el coche siguió de largo.

Siguió corriendo en dirección sur, hacia el barrio chino. Su corazón estaba a punto de salírsele del pecho. Se mezcló entre varias tiendas y saltó un pequeña caja que estaba sobre la acera, dobló otra esquina hacia la derecha donde una multitud de chinos tenía sus comercios, en un multicolor coctel (vendían ropa, joyería, restaurantes, y ofrecían servicios en casas de masajes y acupuntura, entre muchas otras cosas).

Momentáneamente la multitud logró camuflar a Evangelina. Al doblar la esquina, a su perseguidor le costó identificarla entre tanta gente. Chinos y turistas iban y venían por todos lados. No podía verla. Miró hacia todos lados, ansioso.

—¡Mierda! —pensó.

Apretó los dientes, impotente y lleno de rabia. No la identificaba. Sobre todo después de que una pequeña mujer china se la llevara hacia dentro de su comercio.

Al menos por el momento, Evangelina había podido escabullirse.

* * *

Se quedó más de una hora dentro de aquel local, era una tienda de relojes y gafas de sol de segunda calidad. Las paredes estaban decoradas con dibujos antiguos del sabio Lao Tse y Confucio junto a monjes en postura de meditación zen. La mujer china, delgada y menuda, de casi sesenta años, con el cabello blanco como la nieve atado por detrás, le dio otra ropa y un sombrero típico de las mujeres orientales.

Evangelina no supo cómo agradecerle. Le había salvado la vida, a ella e indirectamente a mucha gente. La mujer sólo sonreía.

—El que no vive para servir, no sirve para vivir —fue lo último que le dijo aquella misteriosa mujer.

Sin mirar hacia los lados, salió dispuesta a huir. En la esquina siguiente esta vez un taxi se detuvo a recogerla. Le pidió que se dirigiera rápidamente hacia la Quinta Avenida; si tenía suerte todavía podría volver a hablar urgentemente con su editora.

Al parecer, con la información que agregaría en su libro se jugaba la vida.

16

Tercera Dimensión
Nueva York, 18 de julio de 2014

Dentro del taxi, Evangelina cogió el iPhone de la pequeña cartera Chanel que cargaba en los hombros. Por suerte tenía dentro las llaves de su casa, cien dólares, el USB y el iPad que Lilian le había dejado.

"¡Dios mío! ¿Quiénes son aquellos hombres? ¿Cómo estará Lilian? ¡Le han disparado!", pensó preocupada.

El taxi enfiló a poca velocidad por la Séptima Avenida, la ciudad estaba hecha un caos aquel día.

—Por favor, dese prisa.

El taxista no dijo nada. Sólo la miró por el espejo retrovisor. Evangelina sabía que sería arriesgado llamar a la policía. Debía hablar con su editora, la única persona de confianza con la que contaba ante un tema de semejante magnitud.

Los coches se atoraban delante, ya que una unidad de bomberos estaba al frente. El taxista dobló por la Octava Avenida y enfiló hacia Madison. Al ver que el tráfico era denso, Evangelina decidió bajarse allí mismo. Volvió a colocarse el sombrero chino.

Estaba a tres calles del edificio de la editorial. Apuró el paso entre el gentío. Tardó poco más de cinco minutos en llegar. Subió las escalinatas, pasó la puerta giratoria y fue directo al elevador hacia el piso 18. Acalorada y con el cuerpo sudado entró por el pasillo e irrumpió en la oficina de Amalia di Fiore.

No había nadie. La llamó en vano. Volvió hacia el escritorio de la asistente.

—Creo que ha ido a comer, no tardará.

—Bien. Estaré esperándola dentro.

—De acuerdo, señorita Calvet.

Evangelina cerró la puerta de la oficina tras de sí.

Cogió el USB y lo introdujo en la Mac de su editora.

Le dio doble click e inmediatamente se abrieron varias carpetas:

*Proyecto Monarca
Cómo operan con programas de control mental masivos.

*Conspiración J.F. Kennedy
Quiénes realmente lo mataron y por qué.

*Proyecto Blue Beam: Rayo Azul
Manipulación Holográfica. Viajes en el tiempo.

*Proyecto Titanic
El hundimiento y la conspiración.

*911. Torres Gemelas
La verdad detrás de la mentira.

*Hitler y los grises
El dictador nazi huyó a Sudamérica.

*Los gobiernos y los ET
Los grises y reptilianos se unen con el gobierno.

*Michael
La información que iba a revelar en su gira.

*John
Quiénes realmente lo mataron y porqué.

*Diana
Su linaje y todo lo que sabía.

Evangelina sintió que la mejor manera de localizar a su amiga y saber quiénes estaban detrás de aquel ataque, era comenzar a abrir algunas carpetas con páginas y páginas de información confidencial. Estaba estupefacta. La mayoría de las personas normales se sorprendería con aquellos datos. Parecía ficción, pero no lo era. Había una "historia oficial" y una "historia oculta" *detrás* de lo que parecía realidad. Habían encubierto grandes conspiraciones y atentados. Habían ocultado la verdad. La habían disfrazado con mil y un chivos expiatorios. Se manejaban con tecnología avanzada. ¿Manipulaban? ¿Controlaban? ¿Pero quiénes?

Evangelina estaba ansiosa. Necesitaba estudiar y leer todo aquello. Abrió más archivos y se encontró con una carpeta que le erizó la piel.

*Ritual en Londres
Sacrificio
Información para Evangelina

Allí había alta información confidencial. Sus ojos eran un escáner para archivar en su cerebro aquellos datos. Necesitaba traducirlo en lenguaje simple para que sus lectores se enterasen y comenzasen a actuar. ¿Un ejército de seres de luz contra aquellas fuerzas siniestras? ¿Sería posible? ¿Podría un grupo de despiertos afectar los planes de una megaorganización de control mundial?

Pensó en la historia de David y Goliat.

Un hombre pequeño derrotando a un gigante.

Respiró profundo, sintió su corazón lleno de valor y poder.

"Sí, claro que es posible. Y yo sé cómo hacerlo".

17

Veinte minutos más tarde, Amalia di Fiore se sorprendió al ver a Evangelina Calvet en su escritorio y usando su computadora personal.

—¿Qué...? ¿Qué ha pasado?

Amalia la vio desmejorada, con el rímel corrido, sudada y despeinada.

—¡Nos han disparado! ¡Me ha perseguido un desconocido para matarme!

—¿Cómo dices?

—Estaba con una de mis fuentes informantes y le han disparado, no sé si estará viva, a mí me persiguió alguien pero pude escaparme de milagro.

—¡*Diantre!* —exclamó Amalia di Fiore en italiano. Su rostro se volvió tenso y pálido.

—No sé qué ha pasado. Supongo que no quieren que ella me revele más información.

—Ahora debemos pensar lo que haremos.

Amalia fue a buscar un par de vasos. Necesitaba algo fuerte. Sirvió dos vasos de *Lemoncello*.

—Necesito relajarme, me tiemblan las piernas —respondió Evangelina.

Amalia fue hacia el ventanal y lo cerró. Se sintió amenazada.

—Dices que eran *due uomini*. ¡*Bastardi!* Le dispararon. Tú tienes la *informazione*. Veamos qué te ha dado —cuando

Amalia estaba tensa le salían palabras en su italiano natal sin poder evitarlo.

—He visto una parte. Es información confidencial que deberé filtrar para anexar en mi libro.

—¿Puedo conectarlo a la impresora para tener una copia?

—Sí.

—Calmémonos y veamos el próximo paso.

—Tienes que denunciarlo a la policía.

Evangelina pensó un momento en lo que le había dicho Lilian sobre el 911, la llamada de socorro. Necesitaba pensar.

—No, espera, Amalia. Veamos lo que me ha dado. Quizás haya dejado una pista o algo. Necesitamos saber qué hay detrás de todo esto y elaborar un plan.

18

El aeropuerto de Denver estaba atiborrado de personas aquella mañana. Y, casi en igual proporción, lleno de símbolos que pasaban desapercibidos a los ojos de los mortales que desconocían los misterios iniciáticos.

Con sus más de 4,800 millones de dólares para su construcción, poseía una piedra grabada con el logo masónico del compás, la escuadra y la "G" en el centro, claramente incrustada. Dentro se encontraba una cápsula del tiempo enterrada el 19 de marzo de 1994, se trataba de un cofre de acero con mensajes en su interior para abrir en 2094, donde se hacía mención en dicha piedra de la "Comisión del Aeropuerto para el Nuevo Orden".

Pero esa piedra era sólo algo secundario, lo realmente importante era la arquitectura y los murales, con imágenes que hacían una clara alusión al poder de las sombras, que mezclaban una mujer africana con un colorido atuendo, una nativa americana, una chica rubia con labios de cupido, la estrella de David en su pecho y una Biblia en las manos. Además, el mural mostraba una ciudad en llamas, niños durmiendo en pilas de ladrillos, una cola de mujeres llorosas en andrajos con niños muertos en sus brazos, una nota real de una niña que murió en un campo de concentración nazi, una enorme figura semihumana con máscara de gas blandiendo una enorme espada y una metralleta. En el suelo, palabras extrañas en idiomas extraños.

Y por la extensa superficie una enorme esvástica nazi que podía ser vista desde el aire. Cualquiera que buscase esta información la podría ver claramente en el aeropuerto o por páginas de internet o directamente en Google Earth.

En los demás murales dentro del aeropuerto había más imágenes satánicas y simbólicas del Nuevo Orden Mundial: gárgolas y reptiloides con alas, que salían del interior de un maletín, construidos en piedra a la vista de las más de cincuenta millones de personas que transitaban anualmente por aquel extraño aeropuerto. En el suelo del mismo, continuaban los grabados de reptiles y extraños animales, los cuales se sumaban a la gran escultura en el exterior de Anubis, el dios chacal egipcio hijo se Set, dios de la muerte. Metros más lejos, más de cincuenta pirámides inacabadas, un caballo azul con el ojo rojo de gran tamaño y muchas más extrañas edificaciones.

El constructor, Phil Schneider, era un ingeniero norteamericano de descendencia alemana, que también estuvo implicado en la construcción de bases militares subterráneas secretas en los Estados Unidos. Schneider también afirmaba ser uno de los tres supervivientes de un incidente ocurrido entre extraterrestres y el ejército de los Estados Unidos en 1979, en la Base Dulce, en Nuevo México.

Schneider había sido encontrado muerto en su apartamento de Wilsonville, Oregon, el 17 de enero de 1996. Parecía haber muerto varios días antes. Según el informe oficial, tenía alrededor de su cuello una manguera de goma, con la cual había sido torturado.

Tim Swartz escribió que "la oficina del forense del condado de Clackamas atribuyó inicialmente la muerte de Philip Schneider a un ataque al corazón". Muchos investigadores no creían aquello, ya que Schneider se había convertido en un blanco peligroso cuando empezó a denunciar que, bajo el aeropuerto de Denver, que él había ayudado a construir, había instalaciones secretas.

Schneider dio muchas conferencias para denunciar las construcciones secretas en Estados Unidos y muchos de los datos que se conocen hoy del International Denver Airport fueron expuestos por él.

Por otro lado, Rodney Stitch, el autor de *Defrauding of America*, dijo que guardaba la copia de una cinta en la que un agente de la CIA sobornaba al alcalde de Denver para que se construyera el aeropuerto a toda costa.

Aquel agente estaba conectado con Álvaro Cervantes, quien esperaba en la zona VIP del aeropuerto, con su pasaporte y boleto de primera clase de British Airways, a punto de volar hacia Londres.

Mientras esperaba absorto con su computadora personal, tecleó la extraña web que le brindaba información: "www.itanimulli.com", la palabra "Illuminati" al revés.

En aquella web adquiría detalles de algunos procedimientos. Cualquier persona se asombraría al descubrir lo que encontraría tecleando esa web en internet.

Álvaro Cervantes pensaba que La Hermandad iba demasiado lejos al ocultar las cosas poniéndolas a la vista de todos.

19

Tercera Dimensión
Londres, 18 de julio de 2014

Aquella nublada mañana Terese Calvet amaneció con jaqueca.

Odiaba los dolores, odiaba las prisas, odiaba sentirse tensa. A sólo dos días del ritual, habían dejado mucha responsabilidad en sus manos.

"La Hermandad me está presionando".

Rápidamente, después de volver del baño, llamó a David Eslabon, su fiel secretario.

En menos de veinte minutos había bajado a la sala, vestida con un traje gris entablado, la cara sutilmente maquillada. Bebió un té verde, comió unas frutas y tomó un analgésico. Sabía que su dolor era producto de somatizar una presión interna. Estaba decidida a quitárselo. Y para ello debía ser implacable en la ejecución de aquella obra.

—¿Cómo está la situación? —le preguntó a David Eslabon.

—Todo bajo control, señora.

—¿Has dado el aviso conjunto?

—Todos estarán llegando a Londres para el 23.

—¿Qué ha pasado con "la elegida"?

—Pensará que irá a una fiesta exclusiva. Nuestros hombres contactarán a su mánager y la recogerán.

Terese Calvet se quedó en silencio mirando una de las fotos de la escogida para ser sacrificada, una talentosa cantante.

"Por qué demonios será tan rebelde. Pagará un precio muy caro".

En el fondo de su alma, Terese Calvet sabía que el linaje se cobraba con sangre y muerte para perpetuar su ADN reptiliano, pero algo dentro suyo estaba comenzando a hartarse de aquella metodología.

Había un tema emocional que llevaba en su interior, algo más doloroso para ella.

—¿Qué ha pasado en Nueva York?

—Nuestro plan está funcionando como lo pidieron.

La Dama se mostró pensativa.

—¿Quiere saber los detalles, señora?

Terese negó con la cabeza.

Una de las manos de Terese hizo el gesto para que no le dijera nada más, sus anillos de oro le pesaban. Sabía que dentro de su corazón algo no estaba bien. Algo no estaba funcionando en su salud. Los médicos le habían diagnosticado una enfermedad que no le garantizaba mucho tiempo de vida. No toleraba más aquella situación. Era un tormento emocional interno que trataba de disimular como buena aristócrata inglesa, pero estaba haciendo mella como un óxido que devora los metales.

20

Adán Roussos estaba listo para pasar junto con toda la nave por el agujero de gusano.

La última indicación que Chindonax les dio fue que mirasen sobre la cabeza de los seres para distinguir a los despiertos de los dormidos. Había un punto particular para detectarlo. Ellos podrían distinguir con la mirada interna abierta si el chakra de la corona estaba conectado y activo con La Fuente. Los despiertos mostrarían una aureola dorada encima, mientras que los dormidos todavía no.

Y les había advertido que tuvieran cuidado ya que verían en los seres humanos de origen annunaki reptiliano un color verdoso sobre su cabeza.

—Recuerden mantener todo el tiempo la sintonía con La Fuente, la hipersincronicidad, para que todo suceda en armonía. Sobre todo para no encontrarse con el que ustedes fueron en ese año. Habrá dos de ustedes durante un tiempo en el planeta, ejecutarán la bilocación.

El avanzado ser de luz se refería a que la sintonía con La Fuente corresponde a un estado de alineación o estado canal de conexión con la propia alma, que hace que los acontecimientos en la vida de una persona sigan una secuencia casi mágica que no depende solamente ya de la voluntad personal, sino de la función de la voluntad del alma, el ser superior individual en conexión con La Fuente Universal.

Todos escuchaban las últimas instrucciones.

142

Chindonax continuó trasmitiendo el conocimiento telepáticamente a todos los escogidos.

—Ejecutando la hipersincronicidad los acontecimientos van a desarrollarse y a producirse según secuencias que no tienen ya nada que ver con su voluntad propia sino con el magnetismo cósmico del orden divino. La sintonía con La Fuente requiere ajustar un estado de alineación.

Dicho esto, la nave descendió velozmente por el agujero de gusano, un túnel circular donde se veían luces multicolores que formaban extensas líneas circulares de diferentes tonalidades pasando a la velocidad de la luz.

De aquella forma, la tripulación de *Homo universales* y seres de luz avanzados descendió en unos breves minutos, desde la Quinta Dimensión hacia los cielos del planeta Tierra de la Tercera Dimensión.

21

Adán Roussos sintió un suave mareo cuando la nave bajó a los cielos del Triángulo de las Bermudas. La aeronave extraterrestre se dirigió hacia Nueva York, ya que todos los *Homo universales* saldrían desde allí a diferentes partes del mundo para cumplir con la misión que les habían encomendado.

Aterrizó sobre una campiña alejada de la ciudad, donde varios autobuses estaban esperándolos con todo lo que necesitaban: pasaportes, tarjetas de crédito, ropa y artículos de uso personal. Adán recibió una camisa azul oscuro y un traje del mismo color. Se le hizo extraño estar vestido como lo hacía antes de la ascensión. Había un clima general de silencio y misterio, todos sabían cuáles eran sus respectivas misiones. En menos de una hora habían llegado a una arteria principal de la ciudad de Nueva York y en media hora más estaban arribando al aeropuerto JFK, donde cada uno tomaría el rumbo hacia donde se dirigían.

Adán vivió en aquella gran urbe antes de ascender y ahora su mente estaba lúcida pero con un dejo de extrañeza.

Tocó el cuarzo que llevaba colgado del cuello para sentir su energía en la palma de la mano, activaría la sincronicidad para que todo sucediese de forma conectada con La Fuente. Enseguida comenzaron a llegarle vibraciones de autoconciencia entre tanta muchedumbre.

Varios centenares de personas recorrían los pasillos del aeropuerto, yendo y viniendo hacia sus embarques, salas de espera o hacia restaurantes y bares. Adán se sintió libre de no llevar ninguna maleta. Estaba él y su visión, él y su misión. Decidió esperar en la sala VIP de British Airways cuando de repente sintió el impulso de comer algo. Caminó por varios bares junto a tiendas de libros, revistas, regalos y *souvenirs* como camisetas con los lemas: *I Love NY, I Love Knicks, I live in Manhattan*, y otros muchos logos. A Adán se le hizo extraño ver cómo la gente todavía veía la vida por fronteras separatistas o a partir de su pertenencia a grupos para darse autovaloración.

Se aproximó a un café. Estaba lleno, pero algo lo impulsó a ir hacia la barra del mostrador. Pidió un té verde y agua, una ensalada y se dispuso a observar. Sabía que cada vez que una persona observaba su entorno aparecían señales. Y por más mínimas que fuesen aquellas podían reflejar un mensaje. Lo primero que vio fue un espejo con la marca de una popular cerveza. Luego, a un lado, un póster del universo y la galaxia Vía Láctea, además de fotos de artistas famosos de Hollywood y, encima de ellos, con letras doradas, el letrero "Cafe Universal Pictures".

Instantáneamente recordó las palabras de Micchio:

"La consigna será Gólgota, significa calavera".

Inmediatamente después de recordarlo, a su lado se sentó un joven de unos veinticinco años, con un corte de pelo a la moda y un pequeño arete en la oreja; marcaba la belleza de su musculatura con una camiseta blanca que llevaba el dibujo renacentista de una calavera y una rosa en el centro. Adán sintió una conexión con aquella calavera. El dibujo le hacía sentir que estaba en el lugar correcto. Al momento comenzó a observar a la gente. El bar estaba lleno de personas de varios países. Unos reían y hablaban en varios idiomas, mientras que otros permanecían en silencio, sumidos en su cervezas y hamburguesas.

"Observa, Adán, observa", se dijo. Su nueva capacidad para percibir el ambiente en el perímetro circular a 360 grados le dio la sensación de poder conectarse con todo el mundo. Sabía lo que pasaba detrás de él, delante, y a los costados; captaba el presente en toda su dimensión, no había distracción en su mente. Estaba viviendo el presente con su ADN activo e iluminado en el momento.

El chico de la camiseta con la calavera cogió una pequeña botella de cerveza y fue hacia la mesa contigua con unos amigos. Al girar la cabeza, los ojos de Adán distinguieron cómo se aproximaba al bar el cuerpo de una mujer atlética, elegante y bella. Su pelo estaba suelto, largo y bien peinado, su imagen corporal se marcaba bajo unos jeans ajustados, llevaba tacones y una fina camiseta rosa que hacía juego con sus carnosos labios. En el brazo izquierdo colgaba un fino bolso y sujetaba la computadora portátil en la mano derecha como si sujetase un tesoro. Adán aguzó la vista y detrás de las finas gafas que la chica llevaba puesta pudo reconocerla.

Era Evangelina Calvet.

Ella era su contacto y su misión.

22

Los ojos de Adán Roussos brillaron con intensidad. Emitió una corriente de energía y al instante los ojos de Evangelina se posaron sobre él. Como quien ve a un viejo amigo, ella volvió a mirarlo, no del todo segura. Él sonrió e hizo un saludo con su mano. Evangelina aclaró la vista. Adán era alto y sobresalía por su presencia. Se acercó a saludarla.

—Hola, ¿me recuerdas?

Evangelina tenía su mente enfocada en su viaje y en el problema que tuvo su amiga Lilly. Estaba emocionalmente estresada. Confiaba en que la red de informantes que había contratado le comunicarían cualquier noticia sobre Lilian.

—¡Hola! —exclamó, sorprendida—. Sí, claro, hace varios años coincidimos con nuestra editora. ¿Cómo estás?

Adán sonrió.

—Estoy bien. Qué gusto volver a verte.

La besó una vez en cada una de sus mejillas.

Ella se sintió reconfortada de ver una cara familiar en medio de su compleja situación.

—¿A dónde viajas? —preguntó Evangelina.

—A Londres.

—¿En serio? ¡Yo también! Qué coincidencia.

Ambos sabían que aquello no existía. Coincidencia era el nombre que muchas personas le ponían a una ley energética que desconocían. Adán y Evangelina sabían perfectamente que era la Ley de Atracción.

—¿Viaje de placer o negocios?

—Ni uno ni otro —respondió ella.

Adán notó que ella no quería decirle el motivo de su viaje. Hubo un silencio.

—Me temo que mi viaje es un poco complicado —dijo ella.

Adán le puso su mano en el hombro. Evangelina sintió calidez y paz. Adán miró sobre la cabeza de ella y observó que el punto dorado del chakra de la corona se hallaba activo como una llama incandescente, indicando que ella estaba despierta y conectada con La Fuente. Como *homo universal* ascendido sabía que, literalmente, mucha gente aún estaba viviendo inconsciente y robotizada.

—Vamos hacia aquella mesa que acaba de desocuparse.

Ella se volteó y ambos se sentaron en un rincón del bar.

—Cuéntame —le pidió.

Los ojos de ella trasmitieron un brillo prístino, como si quisieran buscar confianza en el fondo de su alma. Evangelina se sentía sola en aquel instante.

—Lo entenderás porque eres escritor como yo —dijo ella, casi como un susurro.

Adán asintió y se inclinó más hacia delante como si quisiera escuchar un secreto.

—¿Qué ha pasado?

—¿Recuerdas que hace unos tres años estaba escribiendo un libro muy controversial con información confidencial para que la gente despierte espiritualmente?

—Sí, claro —Adán fingió sorprenderse.

—Pues Amalia, nuestra editora, fue amenazada y desde aquel momento el libro ha estado suspendido.

—¿Amenazada?

Evangelina asintió.

—Sí. Ella estaba dispuesta a publicarlo, pero también presionaron al jefe superior de la editorial y me quedé momentánemente sin publicarlo, aunque de todas formas he ido recogiendo más información para ampliarlo.

Él notó su preocupación.

—¿Y qué dice Amalia?

—Ella es valiente. Dice que tenga paciencia, pero llevo tres años de espera, desde que en 2011 nos encontramos.

Adán trató de captar la situación completa.

—Supongo que la amenaza viene desde alguien anónimo, en las sombras.

Evangelina asintió.

—No le dijeron, pero suponemos que ha sido alguna línea de poder a quien no le conviene esta información. Fue todo muy confuso. Hace unos días me reuní con mi mejor amiga porque me dijo que tenía un poderoso contacto en Londres para ayudar a publicarlo, pero fue atacada cuando estaba pasándome información, le dispararon. Yo tuve que escapar y supongo que a ella la habrán capturado. Estoy preocupada, he intentado varias veces saber algo de ella pero no he visto ni una pista para localizarla. Me siento como un barco a la deriva.

Adán le envió una mirada de apoyo directo a sus ojos. Estaba allí para ayudarla.

—¿Crees que la hayan matado?

—No lo sé —prosiguió diciendo Evangelina—, he meditado mucho todo lo que pasó y no encuentro todas las piezas.

—¿Sobre qué tema concretamente has escrito?

—La posibilidad de una segunda ascensión después de lo que sucedió energéticamente en 2012, el Principio Femenino y los seres extraterrestres venidos de diferentes partes del Cosmos.

Adán esbozó una sonrisa sutil.

—Entiendo. Si pasas información confidencial despertarás a mucha gente. Por ello puedes ser una amenaza para los grupos de control.

Evangelina no le comentó todo el contenido pero Adán lo intuía.

—¿Quién pudo saber el contenido de tu libro?

—No mucha gente, soy muy hermética con mi trabajo. Sobre todo con una obra de estas características.

—Pero hay que ir al meollo del asunto. ¿Has probado con una nueva editorial?

Evangelina negó con la cabeza.

—Imposible, ya firmé el contrato y cobré el anticipo. Además me siento muy unida con mi editora.

—Entiendo.

Ella emitió vibraciones emocionales de tristeza.

—Lo único que me alienta es que tuve varios sueños extraños todo este tiempo.

—¿Sueños?

—Sí. El mismo en repetidas noches. Sueño que un niño vestido de blanco me revelaba el camino para publicar la información. Primero me decía su nombre.

—¿Su nombre?

Hubo un silencio.

Evangelina desvió la mirada para observar a toda la gente del bar, como si no quisiese que nadie escuchara aquella conversación.

—*Ángel,* me decía el niño de ojos luminosos, me llamo Ángel. Y luego se acercaba a mí y me repetía con voz angelical: "El secreto de Eva".

—¿El secreto de Eva?

Ella asintió.

—Es el título de mi novela.

—Ya sabrás que a través de los sueños el alma se comunica.

Ella asintió con pocas ganas.

—Necesito ayuda —le dijo ella, con franqueza.

Adán cogió sus manos y clavó la mirada directo en sus pupilas.

—Te ayudaré.

Al entrelazar sus dedos, ella se sintió reconfortada. Evangelina recordó la vez que se vieron en el despacho de Amalia. Ella no lo sabía, pero por aquella sangre compartida, Adán Roussos estaba allí.

23

Anny Casablanca estaba en un estudio de grabación ubicado cerca de Trafalgar Square, a punto de grabar una nueva canción. Debido al éxito que había tenido su anterior disco tenía que esforzarse en repetirlo. El ambiente en penumbras y sólo iluminado por una docena de velas blancas no ocultaba que Anny estuviese más flaca que de costumbre: a su metro setenta de estatura le hacía falta ganar un par de libras de peso. Aún así, destilaba sensualidad y sexualidad desbordantes. Su pelo negro y largo estaba revuelto y sin peinar, sólo cogido con un par de hebillas. Llevaba la boca pintada de rojo y los ojos delineados por buenas capas de caro maquillaje negro, como las antiguas reinas persas. De sus delicadas orejas colgaba un par de grandes aretes y para disimular un poco su cansancio llevaba unas gruesas gafas Gucci de pasta color negro. En las manos tenían tres anillos, los brazos llenos de tatuajes y las uñas largas, rojas, lujuriosas.

Estaba llena de talento a sus veintisiete años, poseía una de las voces más prometedoras del mundo musical, pero su agitada vida social, sus costumbres nocturnas, la presión de los medios y la ruptura sentimental con su novio habían hecho que cayera en el alcohol y las drogas. Parecía que el mundo del rock tenía un estigma con esa edad, muchos músicos cayeron en lo más bajo a los veintisiete años, llegando a morir en circunstancias misteriosas. Aquello era tan controversial que se hablaba de "El club de los 27", en referencia a las pérdidas de cantantes a esa edad, tales como Kurt Cobain, Jimi Hendrix, Janis Joplin, Jim Morrison y Brian Jones, entre muchos otros. Las muertes de todos coincidían en algo: habían sido en circunstancias dudosas, que el oficialismo marcaba como sobredosis de drogas, extraños accidentes o suicidios no comprobados.

Si bien Londres era una de las ciudades más bellas, ordenadas y con más cultura del mundo, también era la viva tentación de la vida alternativa, el sexo cambiante con amantes de una noche y el abuso del poder de la juventud en costumbres que perjudicaban su salud.

Y Anny estaba pasando un mal momento. No le importaba beber en demasía, ni acostarse con media docena de chicos y chicas en una semana; buscaba en el sexo lujurioso un escapismo a sus problemas emocionales. Sus carnosos labios habían dejado la marca de su saliva en muchas bocas, muchas pieles y muchos sexos.

Reiteradas veces despertó al lado de jovenes amantes desconocidos que había visto la noche anterior, imbuida con sabor a semen en la boca o pegado en los abultados vellos negros del pubis. Otras veces en la inconsciencia en la que caía tras noches de juerga, amanecía en su cama abrazada a una chica con la ropa interior de ella puesta. Con las chicas era dulce y sensual, casi como en un juego. En cambio, con los hombres se sentía una leona, sudando por horas, impregnando su piel en los afrodisiacos olores sexuales, envuelta y elevada en un orgasmo tras otro. Era como si en la fuerza del sexo descontrolado encontrara un desahogo para escapar de los tormentos que ella misma se generaba, una droga natural para olvidar las drogas químicas. Otras veces usaba máscaras exóticas, ropa interior de encaje, tacones altos y juguetes; ya que detrás de la máscara podía ocultar su identidad y así dar rienda suelta a sus salvajes pasiones eróticas.

Aquella tarde estaba pagando las consecuencias de haber dormido poco después de haber ido a un desfile de modas la noche anterior y terminar en la casa de un modelo y una chica amiga que acababa de conocer en el desfile. Para la pareja de modelos, su exquisita belleza era el pasaporte para que se abrieran las puertas y las piernas para gozar con personajes famosos. Aquel trío sexual había llevado a Anny al paraíso del placer, ya que creía que el sexo entre varias personas poseía la multiplicación del éxtasis, argumento no comprendido por los moralistas y reprimidos. Habían sido varias las veces que había experimentado la lujuria sexual e insistía en disfrutarlo una y otra vez, aun a riesgo de sentir la decadencia de su energía y su salud. Consideraba que el sexo, en sus múltiples maneras, no era un problema *per se*, lo que sentía era que tenía que haber otro sexo más profundo; éste sólo lo había encontrado con su ex novio.

Pero ahora ella estaba sola y tenía la llave de la seducción en sus manos.

Le dolía la cabeza pero igual tenía que cantar. Pidió una botella de agua Perrier y un vaso de vino blanco frío. Amaba el vino blanco, estaba por toda su casa del barrio de Chelsea; coleccionaba botellas añejas aunque las bebía rápidamente. Al margen de la vida desordenada que llevaba, Anny tenía un corazón noble, ayudaba a sus amigos de la infancia ahora que su creciente fortuna aumentaba y se interesaba por ellos.

Aquella tarde se encontraba extraña, como si algo en su interior le indicase que aquel camino le llevaría a la perdición. Y este sentimiento no se debía sólo a la discusión que tenía con su productor, ya que Anny quería grabar en 432 hertzios en vez de hacerlo en 440. Los hertz o hertzios habían sido nombrados así en honor al físico alemán Heinrich Rudolf Hertz, quien descubrió la propagación de las ondas electromagnéticas. Aquella medida había sido adoptada masivamente en todo el mundo en 1960.

Había un clima tenso en el estudio. Un puñado de técnicos y productores, fieles a su artista, la acompañaban.

—Tú sabes lo que hay detrás de esa frecuencia —le dijo Anny a su productor técnico.

—Lo sé, pero son órdenes de la discográfica.

Anny lo llamó aparte de los demás. Era rebelde e inteligente. Le puso una mano en el hombro mientras sostenía el vaso y el cigarrillo en la otra.

—No quiero ser parte en esta turbia maniobra esotérica.

—¿A qué te refieres?

—No quiero grabar más en 440 hertzios.

—No te entiendo.

—¡Despierta! —le dijo ella, clavándole la mirada como dos afiladas dagas—. ¡No sabes que este cambio de frecuencia en la música existe desde que el puto general nazi Joseph Goebels creó un decreto en 1939 por el cual se instó a todo el mundo a afinar la nota La a 440 hertzios, en lugar de hacerlo a 432 hz!

—¿No sería más sensato obedecer?

Anny le dirigió otra mirada fulminante. Por sus venas corría sangre judía.

—¿Al puto nazi?

Anny sabía que ellos habían dado la orden de cambiar obligatoriamente la afinación de los instrumentos musicales, por más que desde el imperio japonés hubiese sido en 432 hertzios para que la vibración del cerebro y el sistema nervioso estuviesen en armonía con la frecuencia de la Tierra. La política de los antiguos emperadores japoneses estaba basada en el filósofo y pensador Confucio, que decía: "El mejor emperador es el que menos gobierna", refiriéndose a que si había felicidad en la gente el pueblo estaba en paz. Los antiguos filósofos y pensadores japoneses sabían que la música era muy importante en la evolución del alma; aunque eso no era lo que los gobiernos actuales querían. La nota La, afinada a 432 hz, era un importante punto de balance sonoro de la naturaleza en el planeta.

A Terese Calvet, su discográfica y la gente de La Hermandad no le convenía la música a 432 hz, ya que vibraba en los principios de la media de oro Pi y unificaba las propiedades de la luz, tiempo, espacio, materia, gravedad, el magnetismo con la biología, el código del ADN, la conciencia y también en el nivel celular del cuerpo humano.

Anny bebió un buen sorbo.

—A los Rolling y a Pink Floyd los dejaron remasterizar sus álbumes en 432 hertzios —gruñó enojada.

—Son intocables, Anny, y lo sabes.

También había otros muchos artistas como Bob Marley, Vangelis, Yanni, los Bee Gees, entre muchos otros, que usaban su música en la frecuencia correcta.

—Escúchame, esclavo —le dijo Anny, sintiéndose enfurecida por aquella discusión que le agudizaba el dolor de cabeza—, la causa de que quiera afinar en 432 hertzios es algo por lo que pelearé, así que no seré sumisa.

Ella y otros músicos conscientes sabían que la vibración de la música era vital, ya que le daba poder a los átomos y al ADN en una afinación correcta para que empezaran a resonar en armonía con la espiral de Pi de la naturaleza.

La primera alteración física que la gente notaba cuando escuchaba música en 440 hz, era cansancio, alteración en el sistema nervioso, el cerebro, euforia desmedida o fatiga, ganas de no hacer nada, y esto sucedía porque los armónicos de la música no encajaban con la frecuencia vibratoria del Cosmos.

En la época del Tercer Reich, aprovechando aquellos conocimientos esotéricos que los mortales ignoraban, los nazis alemanes y austriacos tomaron la estridente, intimidante y poderosa música de Wagner como estandarte del ideal de control y, con ello, influyeron en la adrenalina de los oyentes, provocando imágenes mentales de terror, lo cual afectaba la genética de las masas, para generar el control a través de miedos, inseguridades y temores, para así tener otro argumento más para hacer relucir el poder dogmático del nazismo.

Su estilista, un delgado y atractivo chico gay se acercó para darle el teléfono móvil en la mano.

—Tienes una llamada de tu representante, dice que es muy importante.

Ella lo miró tras sus gafas como conteniendo una mala palabra. Tomó el teléfono de mala gana.

—Estoy discutiendo. No sé si grabaré, ¿qué sucede? —dijo con extremo acento británico.

Del otro lado se escuchó una voz gruesa y clara.

—Me alegro de que grabes, será un éxito seguro. Te llamo porque tienes una importante invitación para el día 23. No te ocupes con nada, es muy importante que vayas a una fiesta exclusiva.

Anny no sintió ningún asombro por aquella invitación, se pasaba de fiesta en fiesta.

—¿Qué tiene de exclusivo? —dijo acomodándose las extensiones en la cabeza.

—Estará alguien que te interesa mucho.

Aquello había despertado su curiosidad. Lo único que le importaba era su ex novio, pero ahora él estaba saliendo con otra chica. Por lo menos eso era lo que decían los medios y las revistas amarillistas británicas.

Una chispa de interés aumentó en su interior.

"Estoy cansada para una fiesta más, pero si va a ir él, quiero verlo", pensó.

En el fondo, el amor que sentía por aquel chico y la música le estaban manteniendo a flote en el desorden de su vida.

24

La primera clase del vuelo 702 de British Airways estaba entre las mejores del mundo. Afortunadamente, había algunos asientos libres para que Adán y Evangelina se sentaran juntos. Después de quince minutos del despegue la indicación de abrocharse los cinturones de seguridad se apagó y la azafata comenzó a servir bebidas.

Adán se sintió extraño al viajar a 900 kilómetros por hora cuando en las naves lo hacía a 24,000 kilómetros por hora. Fue un impacto, aunque su conciencia se concentró en resolver aquella importante misión con Evangelina.

—Recapitulemos —dijo Adán—. Explícame exactamente qué información tiene tu libro y a quiénes les incomodaría que se publique.

Evangelina sentía plena confianza en él. Se extrañó de comportarse así, ya que era una mujer solitaria y reservada. Pero la energía de Adán era pacífica, cálida y elevada.

—Contiene información que llevaría a los lectores a desvelar las mentiras que se han dicho y se siguen argumentando para que la gente no evolucione. Si la gente toma conciencia de esta información y recupera el poder, todo el sistema de control caerá por su propio peso. Creo que esa baja energía colectiva es lo que ha dejado a algunos todavía enganchados en la Tercera Dimensión. La conciencia de muchos ya ha ascendido.

Adán la miró con extremo brillo en los ojos.

Se mantuvo observándola y en silencio. Ella sostuvo su mirada unos segundos, como si quisiera decirle en vibraciones algo que superaba las palabras.

—Creo que la gente que no pudo ascender todavía se debe a una sola razón.

Él esbozó una sonrisa amable.

—Karma, como todos.

Adán no quiso contarle la verdad de su ascensión y el motivo por el que estaba allí.

—Los no ascendidos tenemos que resolver aspectos del karma antiguo, de situaciones todavía sin completar —dijo Evangelina.

Ella tenía un trabajo pendiente con su libro y con su madre.

—Es correcto, pero cuando el ciclo kármico se complete todo el mundo estará en condiciones de subir en la segunda oleada.

Evangelina asintió, esperanzada.

—Pero hay que hacer algo más.

—¿Algo más? —preguntó ella.

—Sí, claro —respondió Adán—. Una persona no cambia de dimensión así porque sí. El impacto y la ayuda cósmica de la alineación planetaria de 2012 fue el inicio, ahora la ola continuará para todos los que estén preparándose.

—¿De qué forma?

El avión entró en un área de turbulencia y el piloto ordenó colocarse nuevamente los cinturones, se encendió la señal de aviso junto con un pitido agudo. Todos los pasajeros lo hicieron al instante. La aeronave comenzó a sacudirse. Evangelina le dirigió a Adán una mirada de incertidumbre.

—La forma correcta es activando la glándula pineal, abriendo el corazón y creando una vibración superior.

Evangelina mostró la cara llena de asombro.

—¡Mi libro habla de eso!

"Ya lo sé", pensó Adán, sonriente.

—Bueno también desvela intereses ocultos de una Hermandad antigua —agregó ella.

Adán le trasmitió un pensamiento telepáticamente. Quería ver qué grado de intuición poseía ella.

—¿Cómo crees que será la ascensión en la segunda oleada? —le interrogó Evangelina.

"Lo capta", pensó Adán.

El avión hizo otro movimiento, esta vez más brusco. Como siempre sucede durante las turbulencias, una corriente de incertidumbre se apoderó de algunos pasajeros, aunque ellos mantuvieron la calma.

—Para que surja una segunda oleada de ascensión debe desearse con fervor y no tener miedo a nada. Cuando se activa la llama del poder de La Fuente dentro de cada hombre, sin que distraigan los juegos de la mente ni las actividades de la personalidad, el alma motivada a dirigirse a lo sublime lo consigue.

—Continúa.

Adán activó con más fuerza su tercer ojo para que saliera toda la información.

—Es un proceso. A algunas personas les requerirá llevar más energía para acelerarlo, depende del desarrollo espiritual que traigan a través de sus vidas. Desafortunadamente, la gente no dedica mucho tiempo a sus prácticas espirituales y energéticas, manteniéndose en la rueda acumulativa de posesiones y postergaciones para el futuro. Pero ahora los tiempos están revolucionados con la ascensión y se asemejan a los días antiguos de gloria, cuando la gente vivía para ello.

—Tienes razón, el mundo está muy revuelto con lo que está pasando. Hay cosas que todavía no comprendo. ¿Dónde va la gente ascendida? ¿Lo hace con el cuerpo?

Adán se inclinó un poco hacia delante como compartiendo un secreto.

—La ascensión espiritual a una dimensión superior hace que el cuerpo físico desaparezca, dejando un poco de cenizas blancas en el suelo, debajo de los pies del ascendido. Esto sucede cuando se producen conjunciones cósmicas planetarias, como en el caso de 2012, o bien, por acelerar demasiado la alquimia interna. Las cenizas blancas son residuos de la corriente intrasmutada de vida pero normalmente no quedan residuos y el individuo asciende, elevando el caduceo.

Ella hizo una pausa, pensativa. "¿Cómo sabe algo así?" Luego se acomodó sobre el asiento.

—¿Te refieres al símbolo del caduceo de mercurio?

—Exacto. La energía de la serpiente de luz es el caduceo interno y asciende hacia Dios.

—La Hermandad que puede estar detrás de todo esto no la hace ascender hacia el cerebro, sino hacia las fuerzas oscuras —agregó Evangelina.

Los ojos de Adán se aclararon por la actividad de su alma. Ella lo percibió, aunque pensó que su visión se nubló debido al estrés que ella estaba pasando.

Como Adán captó aquella sensación sin que le dijera nada, le explicó:

—La forma de un individuo ascendido deja de mostrar señales de edad y la apariencia física cambia a lo que se llama cuerpo glorificado. La ascensión individual se hace con un cuerpo espiritual glorificado, no con un cuerpo físico de carbono. Al ascender, la forma física se cambia al instante, tal como cambia una gota cuando cae a un océano. La conciencia del cuerpo físico termina y adquiere un estado de libertad, ligereza y capacidad de desplazamiento a cualquier lugar del universo. Tanto en su nuevo cuerpo glorificado como ocasionalmente en lo que son llamados *orbs*, las aureolas circulares que salen en algunas fotografías, son entidades o seres transportados a una dimensión superior.

—Continúa.

—Esta resurrección de la ascensión se produce cuando la llama del fuego del alma envuelve el cuerpo físico humano y lo trasmuta a una frecuencia y vibración elevadas. Por eso La Fuente es amor, porque es la ascendente vibración de dicho sentimiento lo que impulsa a elevarse. La ascensión produce una metamorfosis, cambian los patrones celulares, se llenan de luz los átomos, la estructura ósea, los procesos corporales, la sangre se transforma en luz líquida dorada, el tercer ojo en el medio de la frente se abre e ilumina, las vestimentas se consumen y se adquiere la apariencia de ir cubierto por una túnica blanca, lo que se llama en la Biblia "la vestidura sin costuras del Cristo". Los ojos cambian de color, el cabello se vuelve como oro puro, la gloria divina se manifiesta de diferentes maneras.

Evangelina tenía información similar ya plasmada en su manuscrito.

—Los cambios que te mencioné son permanentes —agregó Adán—, se puede viajar con el nuevo cuerpo de luz ascendido por todo el universo y crecer espiritual y artísticamente con otros seres de luz de inteligencia avanzada.

Evangelina lo miró directo a los ojos.

—En la antigüedad le sucedió a muchas personas, que tenían una devoción tan grande y sabían los misterios iniciáticos, tanto en Egipto como en Grecia e India, o en tribus de chamanes y sabios de todo el mundo, mucho antes de la aparición de las religiones.

Adán asintió.

—Tal como lo entiendo —agregó Evangelina—, la clave está en la pineal y el cuerpo de luz, la *Merkaba*.

—Correcto. Construyendo la *Merkaba* o vehículo del alma, a través de meditaciones y la activación del tercer ojo para que cada átomo, célula y electrón sean purificados.

—Yo he volcado en mi libro varios métodos de cómo hacer funcionar la *Merkaba*, ya que la palabra *Mer* se refiere a la Luz; *Ka* significa Espíritu y *Ba,* Cuerpo, o sea, un cuerpo de luz espiritual, al vibrar las ruedas de los chakras a mayor velocidad elevan la vibración y se produce la ascensión. La *Merkaba* es una energía en forma de doble pirámide, una hacia arriba y otra hacia abajo, constituyendo un vehículo para el alma en dimensiones elevadas. Ya sabes que son dos triángulos tetraédricos invertidos, formando un vehículo lumínico-holográfico para sintonizar con los reinos superiores. Los antiguos maestros ascendidos lo llamaron "el carro de la ascensión" o, en términos bíblicos, "carro de fuego" —agregó ella—. Así se lo conoció en tiempos antiguos. Muchos de los antiguos egipcios, chamanes, sabios mayas eran los encargados de pasar la información sobre la *Merkaba,* eran expertos en geometría sagrada y ocultismo.

Adán asintió.

—Hay que tener en cuenta que hay demasiadas coincidencias en la construcción de las pirámides de las antiguas civilizaciones. La más grande está en Visoko, en Bosnia; en Egipto hay más de ciento cincuenta y cinco; en China doscientas cincuenta, en América más de diez mil, y la lista es larga: India, Camboya, Borobudur, México, Perú, Bolivia… y más sitios son *Merkabas*, que posibilitaban a los iniciados para iluminarse y ascender encendiendo sus propios *Merkabas* en sus cuerpos.

Evangelina imaginó todas las pirámides construidas alrededor de la Tierra.

—Una avanzada red de inteligencias proyectándose a través de una red de pirámides.

—Así es. La *Merkaba* es una pirámide energética en el cuerpo humano que se construye por un proceso de meditación dentro de las pirámides. El espíritu-cuerpo *Mer-Ka-Ba* rodeado de campos contra-rotatorios de luz como ruedas dentro de ruedas o espirales de la energía como en el ADN, es el cuerpo que se transporta de una dimensión a otra. De todos modos, es mucho más que esto. Es un campo de conciencia-energía que se sitúa alrededor del cuerpo humano como una red geométrica tridimensional que está inactiva, esperando el momento oportuno. Cuando el espíritu que habita el cuerpo recuerda que está allí y comienza a cambiar ciertos aspectos de sí mismo, una increíble transformación comienza.

—Tenemos que aprovechar que las meditaciones individuales, colectivas y rituales de luz son poderosos detonadores para ascensiones colectivas. En ello debemos centrarnos, Adán, en la masa, para que jale mucha más fuerza.

Evangelina pensó en toda la humanidad, ¿su destino era la luz entre tanto caos, amenazas y violencia? ¿Qué sucedería si la gente se interesara masivamente en estas prácticas en vez de perseguir el sueño americano? Muchos se conformaban con vivir una vida para tener un coche, una casa y un buen sueldo, confundiendo aquellos loables logros con el viaje real para conocer su propio secreto existencial.

—Aguarda un momento. Hay muchos archivos en el iPad que me dio Lilian. Déjame mostrarte.

Evangelina se incorporó con sensualidad del asiento y, poniéndose de puntas, abrió el maletero para extraer el iPad de su bolso.

Se acomodó y abrió el aparato rápidamente, mostrándole una secuencia de imágenes.

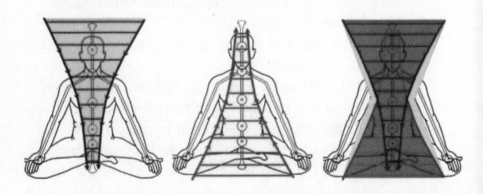

—Ésos son los cuatro pasos —dijo Adán, al ver la imagen—, las dos pirámides energéticas uniéndose en el cuerpo para activar la *Merkaba*.

Evangelina asintió, pero mostró un dejo de incertidumbre.

—Lo que me preocupa, Adán, es que toda la teoría suena bien, pero pareciese que mucha gente no despierta y en cambio le gustase seguir sus rutinas diarias como ovejas que van al matadero de la ignorancia.

—Así ha sido siempre, dormidos y despiertos, iniciados y neófitos. Pero ten en cuenta que mucha gente ha ascendido ya completamente y otros elevaron su nivel de conciencia, aunque todavía estén en la Tierra.

—¡Pero no toda la gente conoce estas técnicas ni tiene esta información!

Adán la observó compasivamente.

—Para eso estamos nosotros. Muchos despiertos están pasando el mensaje. Tu libro será positivo y las personas inteligentes lo leerán y pasarán el mensaje boca a boca para que aumente la reacción en cadena.

Adán le cogió la mano con suavidad.

—Confía, viene el próximo impulso. Sobre todo cuando activen el gran secreto.

—¿El gran secreto?

—La boda alquímica —respondió Adán.

—¿Te refieres a…?

Evangelina intuía a qué se refería. Adán sonrió y su vibración llegó al alma de ella.

—Se trata de la conducción de la energía sexual mediante la meditación, el acto sexual alquímico con respiraciones profundas.

—¿Y quien no tiene pareja? Como yo…

A Evangelina le sobraban pretendientes, pero ella prefería satisfacerse ella misma a estar con alguien por quien no sintiese una sintonía completa a nivel intelectual, espiritual y físico.

—Funciona con pareja o sin ella, Evangelina. Recuerda que el cuerpo humano también es una pirámide y esta palabra significa en griego "fuego en el centro". La energía sexual se desliza desde la base de la columna por medio de la respiración alquímica y ese fuego de vida se asienta en el corazón.

—Tal como Jesús señalaba en el sagrado corazón.

—Exacto. Esta elevación de la energía vital del sexo se dirige hacia el cerebro para activar el tercer ojo, el poder del ADN y de allí…

—¿De allí qué?

Adán suspiró al pensar en la Quinta Dimensión donde estaban Alexia, Aquiles y su familia de luz.

—De allí ascender hacia La Fuente.

25

Tercera Dimensión,
Avión de British Airways, 19 de julio de 2014

Una sonriente y atractiva azafata vestida con un ajustado traje azul y rojo pasó con bebidas y periódicos por el pasillo de la primera clase.

Adán cogió un vaso con agua aunque se sintió extraño al ver los periódicos como algo anticuado desde que usaba la información guardada dentro de los cuarzos. De todas formas cogió *The Daily Mirror, The Sun* y *The Guardian,* los principales medios británicos. Los titulares hablaban de caos, destrozos por los terremotos, conflictos en Medio Oriente, la caída de la bolsa, la crisis de Europa...

"Siguen atrapados por las mentiras de los medios", pensó.

Aunque le llamó la atención un pequeño titular en la portada de *The Sun.*

"Nuevos agroglifos en campos cercanos a Londres".

Adán vio la imagen.

"Ya están actuando", pensó.

—¡Observa! —le dijo a Evangelina señalando con el dedo la fotografía del periódico.

—¿El agroglifo?

Adán asintió.

—Son señales, símbolos de geometría sagrada.

"Están activando la *Merkaba* mundial", pensó Adán.

Era conocido por mucha gente el misterio de los campos que, de la noche a la mañana, aparecían con marcas que medían casi como un campo de futbol, con espectaculares diseños prolijamente delineados sin dañar ninguna de las cosechas.

—¿Exactamente para qué crees que sirven? —le dijo, mientras aparecían varias carpetas en el iPad.

—Son símbolos geométricos detonadores de conciencia a gran escala.

—Mira, aquí hay muchos —añadió ella, acercándole el iPad.

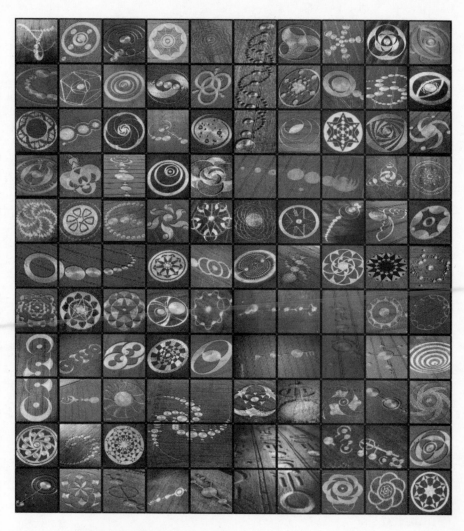

—¿Y qué efecto tienen?

— Son activadores del *Merkaba* del planeta y reconectan a la gente.

—¿Reconectan?

—Sí. Una reconexión del ADN humano a nivel masivo.

—¿De qué forma funciona?

—La geometría divina se basa en símbolos poderosos
como las pirámides, que dirigen la conciencia del hombre y el
anhelo por la ascensión hacia lo divino. Y sobre todo ayudan
a activar los 12 chakras del ser humano que se corresponden

a las 12 hebras del ADN. Actualmente hay 7 chakras activos, para ascender es necesario también todos los restantes chakras. En realidad, los agroglifos son un recordatorio para el inconsciente colectivo.

—Tú sabes que Pitágoras fue un matemático y místico obesionado con las figuras geométricas y el número áureo, Pi.

—Exacto, Pitágoras funda una escuela filosófica y religiosa en Crotona, al sur de Italia, en la que tuvo un selecto número de seguidores. Aunque el teorema de Pitágoras, su más famosa declaración, ya era conocido por los babilonios de la época de Hammurabi, más de mil años antes de que los griegos le diesen nombre y lo utilizaran.

—Entonces, si fueron los babilónicos los primeros en descubrir el teorema, ¿por qué lleva el nombre de Pitágoras?

—Pitágoras fue el primero en demostrar el teorema. Lo más importante de él es que tenía varios principios de enseñanza importantes; afirmaba que, en su nivel más profundo, la realidad es de naturaleza matemática; la filosofía puede usarse para la purificación espiritual; el alma puede elevarse para unirse con lo divino y ciertos símbolos son de naturaleza mística.

—Si mal no recuerdo —dijo Evangelina, haciendo memoria—, las pirámides tienen su construcción basadas en el número Pi.

—Es correcto, todas. En la antigüedad sabían más cosas que ahora. El número Pi, en sí mismo, no es ninguna invención mágica o misteriosa. Se trata del valor por el que se multiplica el diámetro de un círculo para obtener su circunferencia. El valor aproximado de Pi es 3.14… está en las construcciones en pirámides de Egipto, así como en México y en varios sitios estratégicos más de toda la Tierra. En los caracoles, las plantas, en toda la naturaleza... es el número de Dios.

—Hasta donde sé, Pitágoras era un iniciado espiritual y tenía una obsesión con los números y los símbolos para ascender hacia La Fuente. ¿Pero qué crees que tiene que ver Pitágoras con las pirámides y los agroglifos?

Adán se quedó pensativo.

—¿Qué piensas? —preguntó Evangelina.

Adán procesó información usando el poder activo de su duodécimo chakra y todas las hebras de su ADN. Le trasmitió un pensamiento telepáticamente.

Evangelina dio un respingo.

—¡Pi! ¡*Pi*tágoras, *pi*rámides, *pi*neal! —exclamó, con asombro.

Adán sonrió. Ella recibía bien la vibración por intuición. Sabía que un buen maestro empuja a los alumnos a evolucionar y ser maestros de sí mismos.

—Los símbolos en los agroglifos grabados en los campos reconectan la conciencia de las personas y las pirámides fueron construidas antiguamente para activar la pineal.

—Así es, Evangelina, aunque ahora, debido a la frecuencia elevada del campo unificado de la energía en la Tierra, la reconexión también puede hacerse con las manos sobre el cuerpo. Lo que antiguamente se llamó imposición de manos.

—¿Lo que hacía Jesús?

—Ni más ni menos. Y mucha gente más.

Adán sonrió al pensar en el Maestro. Sabía que estaba en la Tierra y en otros lados al mismo tiempo, de incógnito, activando las almas dormidas.

—Es muy interesante.

—Por las manos puedes reconectar el ADN, la *Merkaba* de las líneas del cuerpo y activar también los 12 chakras. Así como el cuerpo humano tiene líneas, que mucha gente tiene trabadas y bloqueadas, por lo que no ascendieron todavía, así también la Tierra tiene meridianos energéticos que deben activarse como un cuerpo para que la energía cósmica la penetre.

—¿Tú sabes hacer eso?

Adán asintió.

—¿Quieres hacérmelo?

—Claro.

Evangelina se dispuso a cerrar el iPad cuando Adán observó una fotografía.

—Detente. Déjame ver esa imagen.

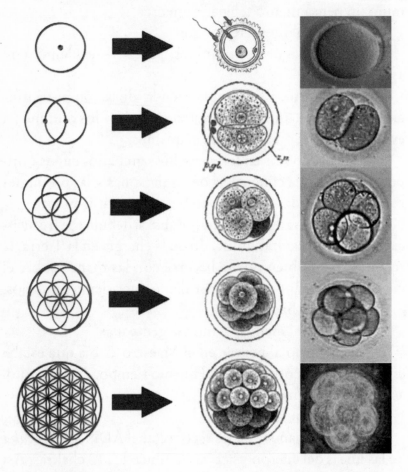

—¿Qué ves?

—Observa la primera, un punto y un círculo. En el principio, el universo era un sólo punto. Estaba y está en todas partes: La Fuente. Los científicos incluso tienen la prueba: la luz del Big Bang, en la forma de radiación cósmica, llena el cielo en todas direcciones —dijo Adán.

—Mágico.

—Científico.

—¿Ambas?

Adán asintió.

—De la misma forma que toda porción de un holograma contiene la imagen de la totalidad, cada porción del universo *contiene* la totalidad. Esto significa que si supiéramos el medio de acceder, podríamos encontrar en un principio la totalidad del pasado y las impliaciones del futuro que están contenidas en cada porción del espacio-tiempo. Cada célula de nuestro cuerpo contiene al Cosmos entero. Si cambias las células cambias todo. Y si cambia una, ayuda a que cambien todas.

"Lo mismo con cada individuo visto como una célula de un cuerpo más grande, una transformación individual afecta al Todo. Observa en el dibujo que la unión de todas las células termina formando la flor de la vida, círculos de luz que se multiplican.

Adán tenía su cerebro encendido.

—Tienes que saber que hay un Gran Libro. Me refiero al universo, que constantemente permanece abierto ante nuestra mirada. Pero no se puede entender, a menos que se aprenda a comprender antes el lenguaje y se interpreten los caracteres en los que está escrito. ¿Sabes que Galileo Galilei dijo en *Historia de las matemáticas* que "el universo está escrito en el lenguaje de las matemáticas y sus caracteres son triángulos, círculos y otras figuras geométricas"? Galileo añadió que sin éstas es humanamente imposible entender una sola palabra de él; sin esto, uno se encuentra perdido en un oscuro laberinto.

—¿Quieres decir que los círculos de geometría sagrada reconectan también a las células del cuerpo?

—Sí. Es otro intento de los seres de luz por ayudar sin afectar el libre albedrío.

—¿Tú cómo sabes eso?

Adán fingió sorpresa.

—Pura deducción —dijo—. Círculos sagrados, teoremas, ascensión, pirámides, reconexión, matemáticas exactas... tiene que venir de algo superior.

—Tienes razón, las matemáticas y nuestro origen...

—La enunciación del matemático griego Arquímedes es clara y resumida: "dame un punto de apoyo y moveré el mundo".

—Es como si lo hubiera dicho Dios de su propia boca.

Adán asintió.

—Claro, La Fuente es el punto de apoyo, el origen, el centro de todo en todos lados, la luz inicial que continúa expandiéndose sin conocer fronteras.

A Evangelina ahora las ideas le empezaron a llover como un torrente de agua fresca.

—Una frase que aclara muchas cosas que inicialmente se le atribuyó al sabio Hermes Trismegisto, la tomó el teólogo francés Alain de Lille a fines del siglo XII, proclamando la fórmula: "Dios es una esfera inteligible, cuyo centro está en todas partes y su circunferencia en ninguna".

—Tienes razón, también en el *Timeo,* de Platón, se lee que la esfera es la figura más perfecta y más uniforme, porque todos los puntos de la superficie equidistan del centro.

Evangelina iba sacando conclusiones.

—Galileo, Platón, Arquímedes, Giordano Bruno, Pitágoras y otros... ellos lo sabían. ¡Conocían sobre el secreto de la ascensión por los símbolos y figuras geométricas que afectan las células, la psiquis y el alma! Quiere decir que...

—El universo es holográfico.

—Sí —respondió Evangelina, entusiasmada—, esto explica la ascensión, ya que tiene múltiples círculos, la geometría expansiva, la matemática perfecta, las pirámides de poder, uniendo unos círculos de existencia sobre otros, la ciencia habla de ello en la Teoría de cuerdas, los universos paralelos, dimensión sobre dimensión existiendo en el ahora constante.

"Lo captó", pensó Adán.

—Espera, nos estamos olvidando de algo muy importante en el universo. Volviendo a Pitágoras —dijo ella—, él estableció principios importantes ya que su filosofía buscaba resolver por medio de un principio primordial el origen y la constitución del universo visto como un todo. Se le adjudicó el descubrimiento de las leyes de la armonía y de las relaciones aritméticas de la escala musical. Afirmaba que la música es una combinación armoniosa de contrarios, una unificación de múltiples y un acuerdo de opuestos. Decía que la música tiene un valor medicinal, por medio de ciertas melodías y ritmos sanaba los rasgos de carácter y las pasiones de los hombres, además de atraer la armonía entre las facultades del alma. Platón apoyaba aquello diciendo que música y astronomía son "ciencias hermanas". Pitágoras suplantó el terreno de lo físico por el de la metafísica y mencionó la música de las esferas. No es difícil descifrar que una octava, una cuarta o una quinta en un pentagrama musical no son otra cosa que ¡las dimensiones de La Fuente en pequeña escala! Esto nos da como resultado que ¡Dios es música, vibración, amor y matemática!

Ambos quedaron en silencio, se estaban conectando profundamente. Evangelina estaba motivada.

—Estoy segura que la segunda oleada tendrá lugar uniendo la física cuántica con la espiritualidad, reconectando las cuerdas-hebras del ADN con las cuerdas de la dimensión superior del universo. A mayor vibración en el ADN, el alma vivirá en una mayor dimensión del Cosmos.

—Estás en lo cierto, antiguamente para la ascensión y cambio de conciencia usaban geometría sagrada, numerología cósmica y los rituales iniciáticos con la vibración adecuada dentro de las pirámides que llevan la impronta perfecta del número Pi, generando música de vibración especial que…

Evangelina hizo una mueca de fastidio.

—¿Qué te sucede?

—No quiero hablar de música. Hace mucho que sólo escucho música clásica y pocos buenos artistas.

—¿Por qué?

—Es largo de explicar, pero, ¿me creerías si te dijese que existe una mafia en la industria musical que tiene adulterada la vibración y las letras para que la música sea un obstáculo más para que la ascensión no suceda?

Adán pensó en cuántas canciones mencionaban la dependencia emocional: "si te vas no puedo vivir sin ti", "no soy nada sin ti", "me mato si te vas", haciéndole sentir al ser humano incompleto e imperfecto con esa oscura dependencia que llamaban "amor".

—Es un tema muy complejo. Manejan ocultismo, vibraciones para generar estados emocionales de división, rituales para aprovechar la energía de la gente, programación mental... además de afectar las vibraciones de la ionósfera terrestre. Ya que sabrás que una canción se graba en la mente como un mantra y de la mente baja al ADN...

Adán asintió al tiempo que captó un dolor profundo en ella.

—Puedes abrirte y sacar esa emoción, o dejarla dentro para que crezca y te perjudique, como tú quieras.

—En mi libro hablo sobre ello porque...

Adán guardó silencio.

—Continúa.

Evangelina hizo una pausa, pensativa.

—Mi madre es la directora de una empresa discográfica y he visto cosas que no me gustan.

—¿A qué te refieres?

Adán notó que ella no quería hablar de ese tema, dejó el periódico en la gaveta del asiento delantero y la miró con una expresión delicada.

Ella bebió un sorbo de agua y cambió de tema.

—Me quedo con la esperanza de que la geometría sagrada y la reconexión podrían traer una segunda oleada de ascensión colectiva.

—Es correcto. Déjame demostrártelo personalmente. Activaré tus meridianos geométricos y tus chakras con mis manos para que, a través de la energía, experimentes una primera reconexión de las hebras de tu ADN.

Evangelina sentía mucha confianza en él.

Adán comenzó a mover sus manos suavemente sin tocarla, a unos treinta centímetros, por todo su cuerpo, como si deslizase una bola de calor. Rápidamente, y debido a la altura en la que se encontraban, ella comenzó a mover involuntariamente su cuerpo.

"Ha comenzado a activarse", pensó él.

Durante unos diez minutos, las suaves manos de Adán Roussos parecían dos motores que emitían vientos de fuego y calor, y las secuencias de movimientos involuntarios en ella aumentaron en las piernas, los párpados, las manos…

Al mismo tiempo, un pasajero que iba sentado detrás de ellos había escuchado toda la conversación. El hombre se subió sus gruesas gafas de lectura y, cuando Adán giró la cabeza hacia él, hundió rápidamente la vista en el periódico que tenía entre las manos.

26

El aeropuerto de Londres-Heathrow estaba lleno de gente, era uno de los más concurridos del mundo.

Aquella tarde, Adán y Evangelina bajaron rápidamente del avión para salir del aeropuerto pues no habían documentado equipaje. Ella estaba totalmente energetizada luego de la primera reconexión que había recibido. El iPhone sonó cuando pasaban por una tienda de chocolates. Lo tomó de su cartera y miró la pantalla.

—Disculpa, es Amalia.

—Adelante.

Sus femeninas manos llevaron el aparato a su oído.

—¡Gracias a Dios! Evangelina, ¿dónde estás?

—Acabo de aterrizar en Londres.

—Escúchame atentamente. Me han amenazado otra vez.

—Amalia, ¿qué ha pasado?

—Recibí una amenaza con una nota que decía: "Deja la loca idea de que la gente se entere con el libro que están planeando o no verás más la luz del Sol".

Evangelina sintió rabia.

—¡No! ¡Otra vez!

—Esa nota estaba dentro de una caja en mi escritorio con un ramo de rosas blancas y ¡una serpiente viva dentro!

—¡Dios mío! ¿Cuándo fue?

—Acabo de llegar a la editorial y me lo encontré. Estoy nerviosa y enojada.

—Amalia, me he encontrado con Adán Roussos, está aquí conmigo.

—¿Adán? ¿Qué hace contigo?

Los dos se miraron a los ojos.

"Sincrodestino", pensaron al mismo tiempo.

—Cosas de la vida, ya te contaré.

—Mejor para ti y espero que pueda ayudarte. Te sugiero contactar a la policía. ¡Deben cuidarse los dos! ¡Esta gente parece estar muy bien informada y van por todas!

Evangelina respiró profundo.

—Sabes que no me detendré. Voy a ver qué pasa aquí en Londres con la información de mi amiga y te tendré al tanto.

—De acuerdo. Voy a mi casa a hablar con mi esposo. Estaré con el teléfono pendiente. Un gran abrazo para los dos.

Finalizó la llamada. Evangelina lo miró directo a los ojos. Él notó una presencia que se aproximaba hacia ellos.

El hombre que estaba sentado en el avión detrás de ellos y dos hombres musculosos con gafas oscuras y trajes negros se acercaban a paso rápido.

Evangelina también los vio venir.

—¡Adán! ¡Cuidado!

27

El despacho de la casa de Terese Calvet era un hervidero. El humo de los habanos que tenían George Crush y Álvaro Cervantes, se mezclaba con el de los Parliament de Terese Calvet. Había más de media docena de integrantes de La Hermandad, incluido David Eslabon, que era el único que no fumaba.

—Repasemos la operación —pidió La Dama.

El Perro se mostró ansioso y decidido.

—¿La logística está completa?

David Eslabón asintió.

—Tal como lo solicitaron.

—¿Los encargos?

El mexicano volvió a asentir escribiendo algo sobre una carpeta negra que llevaba en la mano.

—¿Quién hará los oficios? —preguntó Alvaro Cervantes.

—Yo mismo —sentenció El Perro, con una sonrisa diabólica.

"Quién sino tú", pensó Terese.

—¿La ejecución?

—Esta vez será en una mansión a las afueras de Londres —mencionó La Dama—. Uno de nuestros miembros de La Hermandad la ha puesto al servicio. Luego será llevada a su casa para que parezca un incidente con drogas y alcohol.

—¿Su cuerpo estará con vida hasta el final? —preguntó Álvaro Cervantes.

—Sí. Usarás el instrumento físico de ella para activar su sangre pero luego haremos que parezca un incidente con drogas que la dejará fuera de juego por sí misma.

Terese pudo ver mentalmente en unos segundos cómo sería aquello.

—Activaremos en ella el "Programa Monarca"—ordenó El Perro.

—Sí —afirmó La Dama.

El Perro se refería a lo que denominaban "Programa Monarca" y MK-Ultra, en relación con "Mind Kontrolle", con "K", como se había comenzado a usar en la época nazi. Era una compleja mecánica que involucraba a expertos en psicotrónica, los cuales ejercían un entrenamiento y lavado de cerebro con una programación mental dentro de las capas más profundas del subconsciente y que utilizaban con niños talentosos para programarlos como futuras estrellas del cine o del mundo de la música y, así, en el futuro, difundir mensajes subliminales a través de ellos, para programar el subconsciente colectivo. Ellos querían llegar a la masa crítica y lo hacían mediante "elegidos" a los que pronto llevaban a la fama, para que los representasen, aunque muchos artistas lo hacían sin saberlo durante toda su carrera.

La información que se les programaba los inducía a un estado de hipnosis y era barrida bajo la alfombra del subconsciente para que no se diesen cuenta de nada cuando salieran del trance al que eran frecuentemente sometidos bajo drogas y alucinógenos. Luego se daba el diagnóstico oficial de los psicólogos, quienes invariablemente determinaban "desorden de personalidad múltiple".

La ciencia conocía y tenía un nombre para la zona del cerebro que podía recibir y guardar esta información, como si una computadora tuviese archivos que sólo los expertos pudiesen abrir y que ni el mismo dueño de la computadora supiese que tenía dentro de su mente, como un virus.

El nombre científico de aquella zona de materia gris era conocido por la ciencia oficial como "cerebro reptiliano". Ya estaba constatado por el neurocientífico norteamericano Paul MacLean, quien había realizado contribuciones en los campos de la psicología y la psiquiatría mencionando la teoría evolutiva del cerebro triple, proponiendo que el cerebro humano en realidad consistía de tres cerebros en uno: el reptiliano, el sistema límbico y la neocorteza.

Si aquella programación en los niños se comprobase, crearía un escándalo público sin precedentes.

Por la mente de Terese Calvet pasó como una ráfaga el recuerdo de la programación que le habían hecho a Anny Casablanca cuando era una niña. En su mente la vio vestida de Mickey Mouse y, a través del entrañable personaje, cómo la niña comenzó a abrirse y recibir todo. Los símbolos, las frases, los mandatos, los amuletos, los patrones mentales, una bolsa de basura mental se grababa en el subconsciente para quedar automatizado allí, en el sótano del cerebro potenciado con la incrustación de un pequeño microchip que ni siquiera sabía que llevaba. Incluso recordó cuando ella misma le había regalado una lechuza como mascota, uno de los símbolos Illuminatti de La Hermandad.

—Ordene la activación.

Aquellas fueron las últimas palabras de El Perro, George Crush, antes del ritual.

* * *

Una hora más tarde, Anny Casablanca observó su perfil faraónico en el espejo del baño en su casa. Se quitó los tacones con desgano, se desnudó rápidamente quedando en ropa interior de encaje negro y bebió de un sorbo la copa de vino blanco como si fuese agua. Después de grabar toda la tarde quería un descanso. Se quitó las hebillas que sujetaban las

extensiones de pelo y sintió que la cabeza le dolía repenti-
namente. Tenía punzadas en las sienes y detrás del lóbulo
frontal. Quería dormir.

Se deslizó bajo las sábanas, exhausta. Apoyó la cabeza
en la almohada y cayó rendida, sin sospechar que el pequeño
microchip que llevaba incrustado, estaba siendo activado en
su interior.

28

Evangelina comenzó a correr velozmente. Adán la siguió detrás, cubriéndole las espaldas.

Aquella mañana que Adán y Evangelina llegaron al aeropuerto no habían tenido tiempo de comer, ni siquiera de ir al baño, ya que los perseguidores se abrieron paso entre la multitud corriendo entre el gentío.

Los perseguidores eran fuertes y rápidos. Estaban entrenados en artes marciales, eran expertos en el uso de armas y artefactos sofisticados. Corrían velozmente y estaban a menos de diez metros de Adán y Evangelina.

Pero lo que les sucedió no pudieron evitarlo.

Adán Roussos sabía de qué manera avanzada la física cuántica describía al universo. Él también sabía cómo acelerar sus partículas y su vibración y, al hacerlo, volverse literalmente invisible. Aquella mañana era la gran confirmación teórica de los científicos, aunque en la India, los yoguis ancestrales siempre lo hubieran sabido.

Un impacto repentino en su mente le hizo ver un plan para escapar. No podría permitir que los atrapasen a ambos, ya que sólo era cuestión de tiempo para que los guardias armados los detuvieran. Tuvo una idea mejor.

Los perseguidores y la misma Evangelina quedaron atónitos cuando vieron que Adán Roussos desapareció en la nada.

29

Tercera Dimensión,
Londres, 20 de julio de 2014

L os dos perseguidores alcanzaron a Evangelina en menos de dos minutos. Ella, acalorada y con el corazón a punto de salírsele del pecho, trató de soltarse.

Adán habría podido dejar fuera de combate a ambos, pero pensó que armar semejante escándalo entre tanta gente sería demorarse, lo mejor sería seguirlos para saber hacia dónde la llevarían.

La gente del aeropuerto los miraba como quien ve una película de espionaje en la televisión. Atónitos, ninguno hizo nada por defenderla ya que los agentes mostraron las placas de la CIA.

Uno de ellos hizo una llamada por teléfono.

Aunque forcejeó, Evangelina no pudo evitar que la llevaran dentro de una camioneta que desapareció a gran velocidad entre el ordenado tránsito del aeropuerto.

30

Tercera Dimensión,
Londres, 20 de julio de 2014

Adán Roussos ya conocía lo que el científico francés Luc Montagnier había realizado en un exitoso experimento en el que una muestra de ADN se teletransportó electromagnéticamente a un recipiente con agua; y que aquello ya podía realizarse en la Tierra en la Tercera Dimensión.

Montagnier era uno de los dos científicos que habían recibido el premio Nobel por descubrir el VIH, causante del Sida; también había realizado un experimento (publicado en inglés como *DNA waves and water*) que podría sacudir las bases de la ciencia establecida y avanzar hacia la comprensión de que el ADN, como los electrones y todas las partículas que componen el universo, exhibe propiedades de conexión a distancia. Un paso que permitía comprender que el universo es telepático, telekinético o presentar cualquier otra propiedad supuestamente paranormal. Aquel descubrimiento permitía afirmar que todas las cosas son una sola o que al menos parten del mismo origen, por lo cual se mantienen interconectadas; como muestra de ello está el entrelazamiento cuántico que exhiben las partículas subatómicas de las cuales los cuerpos están formados.

Aquellos avances que permanecían ocultos debido a grandes presiones del establishment médico, eran una realidad científica y comprobada; el Nobel había certificado en su hallazgo que el ADN estudiado emitía una onda eletromagnética a través de la cual se pudo teletransportar. Si el

ADN transmitía información directamente al agua era un problema para muchos intereses farmacéuticos y económicos. Por ello Montagnier había tenido que irse con su equipo de investigaciones a China, ya que tenía problemas en continuar su investigación en Francia.

Pero el Nobel y los científicos no sabían aún las leyes de la Quinta Dimensión que Adán Roussos sí conocía: que todo el ADN con el cuerpo físico también podía teletransportarse al acelerar sus partículas atómicas. El cuerpo humano, al estar compuesto en su mayoría por líquidos, podía aumentar o bajar la vibración y trasmitirla a los cien billones de células. Adán sabía que debía ver el cuerpo como energía y no como materia.

Luego de que Evangelina fuera apresada, Adán Roussos apareció dentro de uno de los baños del aeropuerto. Al cambiar su frecuencia electromagnética había podido vibrar en otra octava superior y simplemente dejar de ser visible al ojo humano. Tal como los yoguis lo habían sabido hace milenios en Oriente, llamaban a esos poderes *siddhis,* facultades extrasensoriales que estaban adormecidas por el hombre común pero a las que ellos, pacientemente y mediante prácticas iniciáticas, lograban acceder.

En aquel momento, el cuarzo que llevaba colgado en su cuello comenzó a calentarse. Sintió que debía recibir un mensaje. Fue al lavabo privado, cerró la puerta y los ojos para rápidamente entrar en estado meditativo, produciendo ondas de frecuencia theta.

Comenzó a escuchar clara la voz de Micchio Ki en su mente.

—Se contactará contigo alguien que te llevará hacia Evangelina. Está infiltrado dentro de La Hermandad. Sigue sus indicaciones para poder estar en el ritual.

Con tres o cuatro respiraciones profundas, volvió al estado de vigilia y salió rápidamente a coger un taxi.

31

Terese Calvet ya estaba acostada en su confortable cama de roble, la única que le daba placer, ya que había sido un día duro con reuniones para preparar el ritual. Justo cuando estaba a punto de quedarse dormida, cuando el reloj marcaba las once de la noche en punto, sonó su teléfono celular.

Con un gesto de mala gana, tomó su iPhone y se lo llevó a la oreja izquierda.

—Señora, disculpe que la moleste —era la voz de David Eslabon—. Me acaban de avisar que nuestra gente ha apresado a Evangelina.

El corazón de Terese comenzó a latir con intensidad, se sintió cínica.

—¿Dónde ha sido?

—Aquí en Londres. La detuvieron en el aeropuerto.

Terese pensó en silencio.

—Diles que no le hagan daño. Sólo que la interroguen a fondo. Quiero saber si ha podido descifrar los documentos secretos que me robó.

—Procederé —dijo su fiel secretario.

—No me pases más llamadas, necesito dormir.

—Así será señora, descanse —respondió el mexicano antes de colgar.

Mirando el techo, pensativa, Terese Calvet no sintió ninguna compasión de haber mandado a detener a su propia hija.

No entendía por qué, a pesar de que en sus genes corría la misma combinación de sangre, su hija había despertado espiritualmente, rebelándose a las órdenes de La Hermandad, orientándose hacia la evolución de la conciencia y no hacia el poder.

Desde pequeña, Evangelina Calvet había sido entrenada y preparada para ser su sucesora. Luego de que fueran varias las muestras de rebeldía de Evangelina al enterarse de la conspiración en la industria de la música, su madre le declaró la guerra. No le daba dinero y mandó a amenazar a su editora para que no publicaran su novela.

Evangelina iba a revelar en su libro lo que la humanidad no debía saber.

32

Tercera Dimensión,
Londres, 21 de julio de 2014

Álvaro Cervantes se había levantado a las seis de la mañana como todos los días. Esperaba en su lujosa habitación del hotel Ritz las indicaciones para actuar en el ritual.

Se levantó a abrir la puerta de entrada a su recámara ya que había dado la orden de recibir temprano todos los periódicos de Londres. Comenzó a leer titulares similares en todos los diarios. Las primeras planas hablaban sobre un gran descubrimiento científico. Uno de los reportajes decía:

Científicos demuestran que las partículas cuánticas están vinculadas más allá del espacio-tiempo.
Ginebra, Suiza.

En el universo todo podría estar influenciado por todo, señalan nuevos resultados de experimentos. Ha ocurrido uno de los fenómenos más sorprendentes: las partículas subatómicas, según las leyes de la física cuántica, se pueden relacionar entre ellas a distancia de manera instantánea o a velocidades superiores a la de la luz.

De hecho, existen modelos que explican esta relación a partir de señales que se propagan a velocidades supralumínicas. Un nuevo estudio realizado por un equipo internacional de investigadores ha demostrado que estos modelos son posibles sólo si la velocidad de estas señales es infinita, lo que supone que, en el universo, todo estaría influenciado por todo de manera instantánea, y se perdería la noción de espacio-tiempo. Esta fascinante sugerencia es un gran descubrimiento, afirman los científicos.

Según ha explicado el físico del Instituto de Ciencias Fotónicas (ICFO) de Barcelona, Antonio Acín, en la actualidad ya existen modelos teóricos que tratan de explicar las correlaciones no-locales entre las partículas subatómicas.

Además, en un artículo publicado recientemente en la revista *Nature Physics* por Acín y otros investigadores del Center for Quantum Technolgies (CQT), de Singapur, junto a colaboradores de Suiza y Bélgica, se ha intentado establecer si dichos modelos pueden o no ofrecer una explicación satisfactoria de las correlaciones cuánticas no-locales a partir de influencias no detectables, que viajarían a una velocidad mayor que la de la luz.

Las predicciones cuánticas desafiaban la teoría que mejor ha descrito hasta la fecha la naturaleza del espacio y el tiempo: la teoría de la relatividad de Einstein. El propio Einstein fue el primero en alertar sobre las preocupantes implicaciones de lo que él denominó la "acción fantasmal a distancia" o el fenómeno del entrelazamiento cuántico, predicho por la mecánica cuántica.

Este fenómeno implica que las partículas subatómicas, una vez "enredadas" o "entrelazadas", pasan a comportarse como si fueran una sola, incluso después de haber sido separadas (por eso se denomina comportamiento "no-local").

Este hecho viola tanto el concepto de causa-efecto como nuestra comprensión del espacio y el tiempo. Esto significa, afirman los científicos, que "si estos modelos son la explicación de las correlaciones cuánticas, sería posible la transmisión de información a una velocidad mayor que la de la luz", es decir, que se violaría la teoría de la relatividad.

Los hallazgos realizados a partir de los modelos han llevado a Nicolas Gisin, profesor de la Universidad de Ginebra y miembro del mismo equipo de investigadores, a señalar: "nuestros resultados dan peso a la idea de que las correlaciones cuánticas, de alguna manera, surgen desde fuera del espacio-tiempo".

Los científicos han certificado que estos resultados suponen "que la única posibilidad para los modelos en consideración de reproducir la física cuántica es por medio de influencias instantáneas, a velocidades infinitas. Pero entonces, todo estaría influenciado por todo de manera instantánea, y se perdería la noción de espacio-tiempo".

Al terminar de leer aquello, Cervantes tiró lejos de sí el periódico, enojado.

—¡Idiotas! —exclamó—. ¡Cómo dejaron que esta noticia se propagara!

Él también encabezaba un equipo secreto que estaba en contacto con los directores de algunos periódicos y filtraba la información esotérica para que la mayor cantidad de gente no se enterase.

Impulsivo, se levantó a prepararse un café, cuando sonó su teléfono. Era de uno de los oficiales de la CIA que estaba a su cargo.

—Señor, tengo noticias. Hemos completado su encargo y apresamos a la hija de La Dama.

—Muy bien. ¿Dónde la tienen?

—Donde usted indicó, en el piso más alto del Ritz. Está allí con nuestros hombres.

—Iré de inmediato. Necesito interrogarla.

—Correcto, señor. Aunque debería saber que el hombre que iba con ella tuvo un comportamiento extraño y se ha escapado.

—¿A qué te refieres con extraño comportamiento?

—Señor, íbamos a apresarlo en el aeropuerto cuando de repente, desapareció sin más.

La Cobra agudizó su mente durante unos segundos, pensativo.

—No comente esto con nadie, ¿entendido?

—Recibido, señor.

Cervantes apagó su teléfono y asoció lo que acababa de escuchar con lo que leyó en el periódico. Comenzó a sentir que tenía que protegerse, ya que si Adán Roussos realmente hizo eso, se enfrentarían a un enemigo que no era como todos.

33

Tercera Dimensión,
Londres, 21 de julio de 2014

El taxi que transportaba a Adán Roussos iba llegando a Times Square a gran velocidad.

Aquella arteria del centro neurálgico de Londres estaba atiborrada de personas de diferentes razas que se dirigían a diferentes destinos. Adán observaba atento a la muchedumbre cuando sonó el iPhone que le habían dado al bajar a la Tercera Dimensión.

Era un número de llamada oculta.

—¿Adán Roussos?

—Sí.

—*Namasté*, hermano.

Adán captó la vibración de un ser de luz del otro lado de la línea. La voz sonó vibrante, clara y con acento extranjero.

—*Namasté.* ¿Quién eres?

—Ya me conocerás. Sólo quiero informarte que Evangelina está en el hotel Ritz. Fue apresada por gente de La Hermandad.

—Entiendo. Yo estaba con ella cuando sucedió.

—Sé cauteloso. Hay media docena de hombres con ella. Entre ellos están conectados con medidas de seguridad e inteligencia. Están preparando todo para el ritual del 23.

—Lo sé. Tengo un plan para tratar de interferir dentro de la ceremonia. ¿Tú estarás?

—Sí. Pero allí no podré hacer contacto. Estaremos con máscaras y habrá estricto protocolo.

—¿Dónde será? ¿Puedes decirme la mejor manera para entrar infiltrado?

—Tú sabrás cómo hacerlo.

—Lo haré.

—Que la luz esté en ti, hermano. Me comunicaré contigo a la brevedad.

34

Cervantes salió de su habitación en el hotel Ritz acompañado por uno de los hombres a su cargo. Estaba ansioso y hambriento como una fiera a punto de atacar. Necesitaba saber qué conocía la hija de La Dama.

Llevaba unas finas gafas oscuras, traje azul y camisa negra, parecía un ejecutivo más del lujoso hotel. Se dirigió rápidamente hacia el elevador y pulsó el piso más alto. En la elegante puerta de la habitación dio dos golpes acompasados y uno profundo, una clave de La Hermandad para ese momento.

Observaron por la mirilla de la puerta y rápidamente abrieron. La habitación tenía las cortinas cerradas, una sola lámpara encendida y el cuerpo de Evangelina Calvet atado a una silla. Tenía los ojos vendados. Cervantes la juzgó cansada.

—¿Qué llevaba cuando la apresaron?

—Un pequeño bolso donde encontramos un USB, un iPad, el teléfono y una libreta además de su billetera.

La Cobra echó una mirada a sus pertenencias.

—Déjennos solos —le ordenó a los cuatro hombres que estaban en la habitación.

Inmediatamente Álvaro Cervantes se sintió aún más poderoso. Como jefe de la CIA estaba acostumbrado a aquellos interrogatorios. Su reputación por la habilidad para sacar información era notable.

—No me conoces —le dijo con voz firme—. Puedo hacer contigo lo que quiera, estás indefensa y a mi merced. Espero que colabores.

Evangelina se mantuvo inmóvil.

—Iré al grano. Sabes que no has hecho caso a las amenazas sobre tu libro y aún así, pretendes seguir adelante. ¿Pero es que no valoras tu vida? Podremos matarte en cualquier momento. ¿Lo entiendes?

Evangelina suspiró.

—En mi caso, estoy lista para morir. Quien así no lo está, es porque no vive en absoluto. Vivir con miedo a la muerte no es vivir.

—Mmm… Obstinada en la valentía. ¿Qué crees que lograrás con eso?

—Quien no teme a la muerte se vuelve inmortal.

La Cobra alzó una ceja.

—¿Inmortalidad? —remarcó en tono irónico—. Vaya, ¿y sería por escribir tu libro?

—El arte le da la inmortalidad a un artista. No creo que lo entienda usted. Si fuera tan fácil hubiera escrito uno.

—No me interesa eso, niña *cool*. Yo quiero poder. Pero no estamos para hablar de mí, sino de ti. En realidad de tu libro.

—¿Si no es importante para qué quieren saber qué he escrito?

—Porque has metido esa bonita nariz de chica guapa donde no debías.

Evangelina se mantuvo en silencio.

—Vamos a ver…¿qué piensas hacer? Tu editora está amenazada, tú también. ¿Porqué no colaboras y dejas esa investigación en el olvido? No tienes alternativa.

—Si no fuese yo, pronto serán miles que se enterarán.

Cervantes no podía permitir aquello.

—No me dejas más opciones.

La Cobra tomó el iPad, lo encendió y comenzó a ver los archivos que Lilian le había pasado.

"Información confidencial", pensó.

—¿Quién te ha pasado este material?

Cervantes sabía que sólo alguien de dentro de la organización podía tener esos archivos.

—Sabes muy bien que esto no se publicará. Ahora tienes la opción de revelarme cómo te has enterado o perderás tu vida.

Cervantes se acercó a unos centímetros de su cara, y como Evangelina no podía verlo aprovechó para indagar en su fisonomía. No tendría problemas en violarla y gozar del sexo con ella, antes de matarla.

Deslizó sus dedos por la pantalla del iPad.

Aparecieron varios archivos. Cervantes quería encontrar rápidamente el libro de Evangelina. Sus ojos verdosos se movían como una serpiente. Abrió varias carpetas donde Evangelina tenía apuntes.

Un silencio helado corrió por las venas de Álvaro Cervantes cuando apareció frente a él un archivo con más de quinientas páginas.

No podía dar crédito a lo que veía. Allí estaba el libro que buscaba.

El archivo decía:

"El secreto de Eva. La prueba de las primeras mujeres: Lilith, Eva y el Evangelio de María Magdalena".

35

Cervantes llamó a uno de sus hombres y le dio la orden de que llevasen a Evangelina a su habitación, tres pisos más abajo, para no ser molestado.

La Cobra comenzó a leer con expresión fría, hundiendo los ojos en el iPad.

EL MANUSCRITO DE MAGDALENA

Fui educada en el conocimiento de la magia. Mi padre era de Mesopotamia y mi madre de Egipto. Antes de que yo naciera ella había rogado a Isis que la bendijera con una hija. Yo soy esa hija.

Y fui conocida como María Magdalena.

Fui enviada en mi adolescencia a estudiar con una hermandad secreta de Iniciados bajo las alas de Isis. Me enseñaron los secretos de Egipto, las Alquimias de Horus y la Magia Sexual del culto de Isis. Cuando me encontré con el que llamáis Yeshua, había acabado todas mis iniciaciones. Estaba preparándome para el encuentro con él.

Los Evangelios se refieren a mí como una prostituta, porque todos los Iniciados de mi orden llevaban un brazalete de oro que era una serpiente; y era sabido que practicábamos la magia sexual. Aunque la ignorancia de los no iniciados nos hacían ver como lo que no éramos, y a los ojos de los hebreos éramos prostitutas.

Cuando vi a Yeshua y nuestros ojos se encontraron, supe que habíamos sido destinados el uno para el otro.

Sólo los que estuvieron cerca de mí han sabido la verdad. Existen muchas leyendas sobre lo que sucedió. Pero para mí es una historia del más profundo amor.

Mi historia es una historia de amor.

Mucha gente seguía a Yeshua. Y las oportunidades que tuvimos para estar juntos en solitario fueron muy pocas.

No está escrito en los Evangelios porque nadie lo supo, sólo los más cercanos a nosotros. Antes de que Yeshua fuera al jardín de Getsemaní, concebimos una hija, y su nombre fue Sarah.

Yo, que estaba instruida en las Alquimias de Horus y en Magia Sexual de Isis, era considerada muy avanzada por mis maestros, pero por primera vez en los brazos de Yeshua, era una mujer temblorosa, y tuve que luchar hasta encontrar el sendero central a través de mi deseo hasta el trono más alto, porque para ello era mi instrucción.

Yeshua y yo, utilizando las técnicas en las que había sido instruida junto con los métodos que él había aprendido en Egipto, pudimos cargar su Ka, su cuerpo de energía, con mayor luz y fuerza, de modo que él pudiera trabajar fácilmente con los que venían a él. Y así fue.

Todas aquellas noches cuando Yeshua y yo estuvimos solos practicando la gran obra del sexo alquímico, él vino a mí, para tomar de mí los poderes de Isis, para desarrollarse y fortalecerse él mismo.

"¡Esta chica es una iniciada en los misterios! Su libro no puede ver la luz, ni ella tampoco", pensó Cervantes.

A la gente de La Hermandad se le había filtrado una publicación por parte de los autores Kenyon y Sion pero habían frenado su repercusión. Cervantes observó que el libro que preparaba Evangelina Calvet tenía, además, muchas otras vertientes del divino femenino, los seres de las estrellas y los misterios del alma, que no le convendría a La Hermandad.

Álvaro Cervantes tenía parte del plan en su mente. Se sintió tentado. Su naturaleza reptiliana gozó aquel momento esotérico, olvidando su deber como jefe de la CIA. Sabía que tener sexo con una iniciada en los misterios le daría más poder. Por ello había sido llamado al gran ritual sexual del próximo día 23. Pero si pudiese antes gozarse a otra víctima no lo rechazaría. Eran pocas las hembras iniciadas en el sexo alquímico. Y encima ella era extremadamente sensual. Aquello valía oro. La vida misma en sus entrañas, el poder femenino en la puerta de su sexo.

Lo vio todo en su mente como una película, le pondría anestesia, la desnudaría poco a poco, inyectaría los símbolos de su tatuaje en ella, luego se arrodillaría para abrir sus piernas, bajar su delicada braguita y beber sus jugos directamente de su sexo y así aprovecharía para absorber la fuerte energía sexual de Evangelina Calvet. Una vez que se cansase de lamerle el clítoris, los labios y el ano una y otra vez llenándolo de su saliva, la penetraría lentamente, primero el glande húmedo, así los vellos del pubis se abrirían para él, luego la mitad del falo y al sentir la musculatura de la vagina abrirse como una flor, hundiría completamente todo su miembro, hasta que su pubis y el de ella se hicieran uno; allí tendría poder sobre ella, viendo que, aunque no quisiera, ella gozaría como toda hembra. Luego, si se le antojaba, le daría vuelta, le colocaría los dedos por detrás y la penetraría por el ano para activar su kundalini, la serpiente de vida en el cuerpo humano, le haría sentir dolor y placer al mismo tiempo, la obligaría a gozar, mordiéndole el cuello, bañándolo de saliva y conectaría su pecho con la espalda de ella frotando todos los chakras para robarle el poder. Por último, gozaría de la erección de los pezones, símbolo inequívoco de que ella estaría excitada. Lo que se detuvo a pensar por un momento, fue en dónde le dejaría el chorro de semen caliente.

Para Cervantes había dos formas de manifestar el sexo: con lujuria o con alquimia. En esa oportunidad, con Evangelina, sería una violación sexual y esotérica plagada de perversión.

"Sí", pensó La Cobra, infectado de morbo, "todo eso le haré, antes de deshacerme de su cuerpo. Será mi premio por robarle su libro".

36

El taxi que transportaba a Adán Roussos iba llegando hasta el Ritz a gran velocidad.

Sabía que tenía que actuar con maestría e impecabilidad. Evangelina estaba en peligro. Necesitaba contactarla y elaborar el plan para infiltrarse en el ritual sexual.

Estaba a sólo quince minutos del hotel cuando recibió otra llamada con número oculto.

—Hermano —dijo la voz—. Memoriza la dirección donde será el ritual. Espero que todos los servidores de la luz que estaremos dentro podamos evitar que la energía que se intenta movilizar se disperse por la Tierra.

Adán escuchó atentamente y su cerebro almacenó aquel dato. Colgó la llamada y observó el cielo. No entendía por qué había gente librando batallas en la Tercera Dimensión, pudiendo gozar de la radiante unidad original. Sabía que pronto llegaría la oportunidad de ascensión para todos. Y él estaba allí para consumar un secreto que llevaba trasmitiéndose durante generaciones.

Le pidió al taxista que se apurase y, pensativo, sintió que todas sus células se encendían.

Adán Roussos sabía que tenía un trabajo sagrado y lo que tenía que hacer.

37

Tercera Dimensión,
Londres, 21 de julio de 2014

Álvaro Cervantes estaba listo para realizar un acto mágico.

Como iniciado en La Hermandad de la Serpiente, sabía que, a lo largo de los siglos, los practicantes de la magia sexual buscaban que, a través del sexo, la serpiente como símbolo del falo se irguiese hacia lo alto del cerebro para activar la glándula pineal. Pero, aunque la enseñanza original era genuina y tenía fines de iluminación espiritual, Álvaro Cervantes lo hacía sin escrúpulos y para su propio y único beneficio, debido a su naturaleza reptiliana.

Si activase los *siddhis,* los poderes extrasensoriales, podría ver otros mundos, otras dimensiones, ganar poder sobre la materia. Ése era su objetivo, al mismo tiempo que vengarse del género femenino debido al abandono que había sufrido por parte de su ex esposa cuando lo dejó por otra mujer.

Ahora, Cervantes tenía a una iniciada a su merced. Faltaban unos días para el gran ritual y aquello podría tomarlo como un aperitivo sexual.

Sus hombres habían llevado a Evangelina seminconsciente a su habitación. Cervantes había bajado las cortinas y dado la orden de no ser molestado. Encendió cuatro velas representando al fuego, colocó agua en varios vasos, encendió un incienso para activar el elemento aire y colocó una planta para personificar a la tierra. Aquello representaba los elementos dominantes sobre el planeta.

Su corazón latía con fuerza aunque pudo sentir la frialdad de su ser para controlar la situación. La desnudó completamente y colocó a Evangelina sobre la cama con las piernas abiertas y los brazos extendidos. Eso hizo que formara la imagen de una estrella de cinco puntas, un ícono simbólico para activar la magia en el interior de las personas.

Le ató las manos y las piernas. La Cobra también se desnudó completamente, se colocó una capa oscura que le llegaba hasta los pies cubriéndole su espalda y una extraña máscara con forma de reptil escamado de color verdoso igual que sus ojos.

Después se cortó en el dedo índice, del cual emanó inmediatamente un fino hilo de sangre. Con su propia sangre se marcó la frente e hizo lo mismo en la frente de Evangelina. Luego realizó un leve corte en el dedo izquierdo de su víctima y mezcló su sangre con la de ella.

La sombra de su desgarbada figura se movía en la pared como el siniestro estigma del mal.

—La inmortalidad viviente la encontrarás en el sexo, mi querida amiga, no en tu libro —le dijo, aunque ella no le escuchó por el estado de inconsciencia en el que estaba.

Si bien Cervantes pudo haber hecho esa aseveración que rozaba la verdad, él no lo hacía con fines luminosos.

Los dioses que invocaba no conocían el bien ni el mal; eran anteriores al catolicismo, que había inventado aquella dualidad. Tenía todo a su merced para recibir más poderes. Sincronizó su respiración con el cuerpo de Evangelina. Los generosos pechos se movían arriba y abajo cual olas del mar, ajenos a lo que estaba sucediendo. Al tocar los pezones con sus dedos, se irguieron casi dos centímetros.

Cervantes no reparaba en que estaba infringiendo la ley universal del libre albedrío y lo que ello generaba en su karma. En segundos, estaría violando no sólo un cuerpo y un alma, sino la libertad personal de compartirse con otro ser a nivel sexual mediante la atracción, el deseo y la capacidad iniciática. Si ella hubiera estado de acuerdo y en todas sus facultades, hubiese sido un acto de magia en la luz, pero La Cobra se saltaba esas normas universales. No era que el sexo fuese el conflicto, sino la intención y la actitud de dirigir la energía hacia el poder siniestro en lugar de hacia la iluminación.

Cervantes estaba oscuro por dentro, destilaba ambición, lujuria y poder. Su combinación humana con la raza reptiliana lo tenía viviendo en una esquizofrenia y dualidad interior desbordantes. Sus años de estudios esotéricos le habían dado conocimientos pero también lo habían hecho olvidar el amor universal. Y allí, sin luz interior, La Cobra sintió cómo su largo miembro viril se erguía igual que una serpiente a punto de entrar en la puerta de la vida, el sexo de una hermosa mujer conocedora de los misterios de la conciencia.

Cervantes comenzó a decir palabras en latín y luego en hebreo. Elevó sus manos y colocó su tatuaje en el centro de su pecho.

Luego de ello, guiado únicamente por su avaricia, morbo y depravación, se arrodilló y comenzó a besar y chupar el sexo de Evangelina. Como un lobo hambriento, mezclaba su lengua, sus labios y su saliva con aquel pubis negro, delicado, que formaba un triángulo invertido, símbolo del poder de la diosa. Durante unos minutos La Cobra continuó con ahínco hundiendo su boca dentro del rosado cáliz de una reina.

Cuando se sació de besarle el sexo, vio aquellos labios de su vagina iniciática, que albergaban el secreto de la vida humana, y la deseó con todas sus fuerzas.

Con la sangre que le hacía bulla por dentro, se puso de pie y aquellos extraños ojos verdosos cambiaron de forma, dándole una imagen similar a un reptiloide.

Tal como en los inicios de la raza humana, cuando la tan famosa serpiente de la Biblia (es decir, el ser reptiliano del mito del origen de la humanidad) aprovechó un descuido de Adán para tentar a Eva, así la naturaleza reptiliana que Cervantes llevaba dentro quería volcar su semen para generar descendencia; igual que lo hizo la serpiente original miles de años antes con Caín, el hermano reptiliano que mata a Abel, hijo divino original de Adán y Eva.

Ahora La Cobra estaba listo para penetrarla y fecundarla.

38

Tercera Dimensión,
Londres, 21 de julio de 2014

David Eslabon tuvo una extraña sensación. Se presentó en el escritorio de Terese Calvet, quien estaba en penumbras escribiendo algo en una de sus carpetas.

—Señora, perdone que la moleste. Quiero informarle que todo está listo para el ritual.

—Correcto.

David Eslabon se aproximó a la biblioteca.

—Estoy preocupado por Evangelina.

—¿Qué te preocupa? —le dijo sin mirarlo.

—¿No irá usted a verla? —preguntó temeroso.

La Dama le clavó los ojos.

—Lo haré cuando me desocupe.

—Señora, ¿no cree que los de la CIA puedan hacerle daño?

—Claro. Pero ellos saben que cada quien elige su destino. Ella eligió el suyo siendo rebelde a la causa de La Hermandad. Le querrán hacer pagar las consecuencias como cualquiera que quiera salirse.

David hizo silencio.

—¿Qué sugiere hacer?

Terese se mordió el labio inferior y respiró profundo. Quería tener a su hija bajo control, pero no llegaría al grado de matarla.

—Ordena que le den un susto que, definitivamente, la aleje de revelar información.

39

Al mismo tiempo, en el hotel Ritz, la misteriosa y alta silueta de una joven mujer con el cabello rubio platino como Marilyn Monroe, se mezcló con el gentío que entraba y salía por el *lobby*.

La mujer iba vestida con un abrigo color azul oscuro que le cubría todo el cuerpo hasta los tobillos, gruesas gafas como las que se estilaban en los años setenta, lo que le disimulaba el rostro, la boca pintada de rojo intenso y sólo sobresalían sus dedos finos y sus altos tacones.

Al llegar al *lobby* trató de pasar desapercibida, deslizándose rápidamente hacia los elevadores. Apretó el botón y fue directamente hacia la habitación de Álvaro Cervantes. Cruzó un extenso pasillo caminando sigilosamente como una tigresa. Dos guardias de la CIA vestidos con trajes negros, camisa blanca y corbata negra estaban vigilando.

—Me llamaron para un servicio —les dijo la mujer, descubriendo su abrigo para dejar ver unas largas y sensuales piernas con ligueros negros de encaje, vestida como si fuese una prostituta.

Los dos guardias se quedaron embelesados por la apariencia de aquella hermosa hembra. Uno de los poderes que dominaba el mundo era el de la belleza femenina, y ellos no eran la excepción para admirar esos encantos.

—Creo que se equivoca de habitación —dijo uno de ellos, quien de buena gana la llevaría a la cama, ya que hacía meses que no tenía sexo.

—Déjame comprobar, porque tengo el número de habitación escrito en mi teléfono —dijo la mujer, metiendo velozmente la mano en su cartera.

Ambos guardias repasaban su silueta clavando los ojos y su deseo en sus generosos pechos.

Aprovechando el deseo masculino frente a sus encantos, la mano de la mujer sacó velozmente un aerosol con el que roció la cara de ambos guardias.

En menos de cinco segundos cayeron al suelo como pesadas columnas.

—Hombres —dijo despectivamente, en un susurro—. El sexo les gobierna el cerebro.

40

De espaldas a la puerta, Álvaro Cervantes estaba a punto de penetrar el sexo de Evangelina.

Transformado en una extraña criatura, en trance y con todos sus sentidos puestos en lo que estaba haciendo, continuaba recitando aquellos extraños sonidos como mantras, como si quisiese que su mente se evaporase para entrar en un mundo de fuerzas invisibles.

Evangelina Calvet, completamente vulnerable a los deseos sexuales de La Cobra, ajena a lo que ocurría, yacía inconsciente.

La puerta se abrió sigilosamente, ya que la mujer introdujo un pequeño aparato de metal para abrirla. Se deslizó unos pasos y vio la extraña figura de un hombre con una capa. También distinguió la imagen de una mujer desnuda y atada sobre la cama.

En el mismo momento en que la vio, el hombre sintió que una brisa de aire agitó las llamas de las velas; se volvió sobre sí mismo sobresaltado.

—¡Eh! ¿Qué demonios haces aquí?

La bella mujer se quitó su abrigo, dejando ver sus encantos sensuales, pero La Cobra ya tenía a su presa y no iba a distraerse. Estupefacto y sorprendido, montó en cólera.

Se fue como un animal instintivo sobre el cuerpo de la mujer para golpearla.

Ella esquivó el ataque. Era más alta que él, y en su preparación había aprendido el arte del aikido, la defensa japonesa. La mujer contraatacó, primero lanzó una patada sin éxito, luego roció con spray en el rostro de La Cobra pero la máscara lo cubría y no le hizo efecto. Entonces sacó una pistola pero, como si cortase el aire, La Cobra se la arrebató de las manos con una patada certera. La mujer comenzó a defenderse.

Era Lilian Zimmerman.

Y estaba dispuesta a pelear por su amiga.

41

L ilian Zimmerman forcejeaba defendiéndose con alma
y vida.

Aquel hombre no sólo era fuerte sino que estaba
poseído por una actitud dantesca, tenebrosa, una fuerza sobrehumana. Golpeó a Lilian, quien cayó al suelo, lo que hizo
que la peluca rubia se desprendiera de su cabeza. Su larga
melena negra se expandió entre sus hombros. La Cobra, sorprendido, se enfureció aún más.

—¡Zorra!

Volvió a arremeter contra Lilian, quien giró en el suelo
rápidamente. El corazón parecía salírsele del pecho. Si no re-
accionaba aquel hombre la mataría rápidamente. Un florero
fue lanzado sin éxito pasando a centímetros de la cabeza de
Cervantes. La imagen de La Cobra era imponente con la capa
y la máscara. Lilian sintió que estaba luchando contra el mis-
místmo demonio. Corrió tres pasos hacia el revolver. Force-
jearon con el arma en la mano. La pistola cayó nuevamente,
lejos de ambos. Los dos cuerpos ahora se batían en el suelo.
Evangelina seguía ajena a todo. Lilian había perdido toda
técnica y estaba luchando de manera primitiva. La Cobra la
tomó en sus manos tratando de estrangularla. La blanca piel
del rostro de Lilian Zimmerman se puso roja como una fresa
por el ahogo que sentía. Parecía ser su hora final. Abrió la
boca tratando de inhalar una bocanada de aire. Desesperada,
con su brazo derecho trató de coger la cabeza de La Cobra.
La fuerza del hombre hizo que no pudiera zafarse. Lilian

se entregó, como un venado se entrega a la mordida de un tigre en su hora final. Su último pensamiento fue esa fuente común de la que todo el mundo proviene. No alcanzó a pensar nada más, sólo vio pasar toda su vida delante de sus ojos. Y después vio una luz.

Extrañamente, cuando ya sentía que partía de esta dimensión hacia otra, una nueva ráfaga de aire entró a sus pulmones como un bálsamo. El brazo que la sostenía con fuerza se aflojó y el cuerpo de La Cobra se desvaneció a su lado.

Había recibido un golpe certero en la cabeza que lo dejó inconsciente. Un impacto en el punto exacto para desvanecerlo sin matarlo.

Aquel golpe provino del brazo derecho de Adán Roussos, que apareció detrás de Lilian para extenderle una de sus manos.

Sobresaltada, a Lilian le pareció ver el rostro de Cristo.

42

L as velas se agitaron por la corriente de aire.

Lilian observó con detenimiento a Adán, y aunque nunca había visto a ese hombre, sentía la extraña sensación de que lo conocía de toda la vida.

—¿Estás bien? —le preguntó Adán.

Lilian sentía que la garganta le picaba.

—Ahora sí. Pensé que me moría.

—Todavía no es tu hora. ¡Rápido, ayúdame a cargar a Evangelina!

Lilian se alegró al saber que él la conocía.

Dando tres o cuatro pasos largos, Lilian se aproximó a la cama y comenzó a cortar las sogas de las piernas y las manos que apresaban a Evangelina Calvet. Adán Roussos enrolló con una sábana el cuerpo desnudo de Evangelina, mientras Lilian cogía la ropa del suelo, el iPad, el USB y el abrigo.

Con extrema velocidad y fuerza Adán cargó a Evangelina en sus brazos. Antes de salir de la habitación Lilian se detuvo, se volvió y le dio una fuerte patada en los testículos a La Cobra.

—¡Hijo de puta! —le dijo.

—¡Vamos! ¡Déjalo ahí!

Adán y Lilian salieron rápido de la habitación.

El dolor de la patada fue un impacto que sacó a Cervantes del estado inconsciente en el que había caído.

—Mmm… —balbuceó, quejándose.

Adán y Lilian ya estaban corriendo por el pasillo, esquivando previamente los cuerpos de los guardias inconscientes que yacían todavía en el suelo.

Dieron vuelta por el pasillo alfombrado que tenía más de diez metros, hacia el elevador; el trayecto se les hacía eterno.

Un camarero con una bandeja se dirigía hacia una de las habitaciones, observándolos sorprendido.

En la habitación, Cervantes reaccionó llevándose las manos a la entrepierna. Aquel golpe dolía mucho, pero más le dolía haber perdido la oportunidad de penetrar a Evangelina. Se incorporó, se quitó la capa y la máscara y se vistió rápidamente. Salió detrás de ellos.

Adán y Lilian ya estaban bajando hacia el *lobby*.

—Disimula, como si estuviese desmayada —le dijo Lilian.

—¡Es una emergencia médica! ¡Abran paso! —exclamó Adán, fingiendo.

Lilian se adelantó y tomó el primer coche disponible de la fila de taxis que estaban estacionados en la fila de entrada del hotel.

Subieron al coche rápidamente, Adán y Evangelina detrás y Lilian junto al conductor.

—¡Salgamos de aquí! —le ordenó.

En el mismo momento que el coche se marchaba Álvaro Cervantes alcanzaba a verlos. El dolor en los testículos era insoportable, pero la rabia que sentía era mayor.

Y velozmente cogió el taxi siguiente.

43

Terese Calvet se puso de pie yendo hacia la ventana y encendió el tercer cigarrillo consecutivo.

—¿Cuál es su plan señora? —preguntó David Eslabon.

—Eso no te incumbe. Llama a Cervantes —ordenó.

El mexicano cogió su celular y marcó.

Con las prisas Álvaro Cervantes había dejado el celular en el hotel.

—No contesta.

—¡Idiota! ¿Dónde estará?

—Llamaré a los guardias.

David Eslabon marcó el teléfono de los guardias privados de Cervantes.

Uno de ellos comenzó a despertar de la fuerte anestesia que había recibido.

—Diga.

—¿Qué ha pasado? ¿Dónde está La Cobra? Intentamos localizarlo y no responde. ¿Se encuentra en el hotel?

El guardia sobresaltado vio el cuerpo de su compañero tirado en el suelo. Entró a la habitación y vio el desorden.

—No sé lo que ha pasado, nos durmieron y en la habitación no hay nadie.

—Investiga qué sucedió con La Cobra inmediatamente y comuníquense conmigo de manera urgente. Búscalo para devolverle el teléfono ya que necesito comunicarme con él.

—De acuerdo.

David Eslabon se giró hacia La Dama con expresión tensa en el rostro.

—Me temo que algo grave a pasado. Han dopado a los guardias y Cervantes no se encuentra en el hotel, ni tampoco su hija.

La Dama observó hacia la pared clavando su mirada, absorta y pensativa, en uno de aquellos cuadros con extrañas figuras esotéricas.

Las cosas no estaban saliendo como ella lo había pensado.

44

El taxi se dirigía rápidamente por una calle secundaria a las afueras de Londres, el tráfico era normal. Evangelina estaba volviendo en sí.

—Vamos amiga, despierta.

Adán Roussos puso sus manos en el tercer ojo de Evangelina. Al instante, sintió que recibía un rayo de luz y su conciencia se activó.

—Mmm… ¿Qué ha pasado?

—Te salvaste de un depravado reptiliano.

Adán miró a Lilian. Sería mejor no contarle todavía.

—Has sido drogada.

—Me duele un poco la cabeza.

—Ya pasará —respondió Adán, colocándole las manos ahora sobre la corona de su cabeza.

Evangelina salía poco a poco de su estado de inconsciencia, se sentía desorientada, mucho más cuando se vio desnuda bajo la sábana.

—Pásame la ropa, por favor.

Se vistió con dificultad. Lilian le ayudó con ambas manos.

—Abre un poco la ventanilla, por favor, necesito aire.

Lilian bajó la ventana a la mitad y una ráfaga de aire avivó los recuerdos en la mente de Evangelina.

—¿Dónde has estado? ¿Qué te ha pasado? —le preguntó Evangelina a Lilian.

—He podido librarme. Me habían seguido y obligado a confesar qué material te había entregado para tu libro. Conozco su funcionamiento y lo aproveché en su contra.

—Debemos centrarnos ahora en tres cosas —dijo Adán, viendo que Evangelina se incorporaba y estaba mejor.

—¿Qué propones? —preguntó Evangelina.

—Concentrarnos en el ritual, publicar tu libro y ayudar a la gente a la ascensión espiritual. Por cierto, aquí tienes tu USB y el iPad.

Evangelina los cogió como si tomara en sus manos un niño recién nacido. Allí estaba toda su investigación.

—Gracias.

—Vamos por orden entonces. ¿Qué plan tienes para el ritual? Yo conozco la clave para entrar con las máscaras y los estandartes —añadió Lilian.

—Iremos los tres.

Evangelina se sintió confiada para ir a buscar más datos en la orgía al estar acompañada.

—Van a querer utilizar la energía para dirigirla por toda la Tierra y que esa poderosa vibración sexual se expanda como las ondas de radio, aunque negativamente; además de sacrificar a alguien. Debemos evitarlo.

—¿Cómo crees que ellos utilizarán la energía sexual del ritual? —preguntó Evangelina.

—Nos bajamos aquí —dijo Adán, quien no quería seguir hablando de aquello frente al taxista.

Lilian pagó el taxi y los tres se bajaron frente a un café con una bella fuente de mármol, de construcción medieval, de la que salía abundante agua. La bruma invadía Londres, dándole un tinte fantasmal.

Entraron al café y se sentaron en una de las mesas más alejadas.

—Lo explicaré con claridad, presten atención —dijo Adán, con todo su cerebro encendido—. Los rituales sexuales son poderosas herramientas de transformación espiritual desde tiempos antiguos. Pero la gente de La Hermandad oscura ha robado la enseñanza original de Isis, de los antiguos griegos, y de otras culturas elevadas para enredar al ser humano en mil traumas con el sexo. Han hecho que, o bien se practique con culpa, o con morbo, o con lujuria desbordante... o como ellos, con fines de magia negra; pero esos no son los caminos para elevar la serpiente kundalini. La serpiente representa la energía sexual original divina. La serpiente sexual es el camino para alcanzar la conciencia superior, el estado de supraconsciencia que convierte lo inconsciente del sexo instintivo y mecánico en una experiencia consciente cuando incluye alquimia y meditación.

Los alquimistas, yoguis y sabios han llamado de distintas maneras a la misma fuerza serpentina. La conocieron como Fuerza Solar, Fuego Sagrado, Fuego Serpentino o Espíritu Santo. Incluso era el fuego en la cabeza de los apóstoles, quienes, como Jesús, practicaban el sexo alquímico iniciático. Eso era llamado "luna de miel", cuando la pareja iba un tiempo a los templos de Heliópolis a recibir enseñanza para acceder a la iluminación mediante el sexo alquímico.

—Continúa —le pidió Lilian.

Adán respiró profundo.

—El sexo alquímico debe hacerse de forma meditativa, consciente y para fines de iluminación. Ellos aplican la energía en negatividad ya que la energía sexual de la serpiente de vida es neutra y depende del uso que cada uno le imprima. Recordemos que la energía sigue al pensamiento. Ellos usan la energía para potenciar el ego, generar sufrimiento e involucrar al mundo en ese funcionamiento, cuando en realidad tiene que elevarse para activar la glándula pineal y los poderes espirituales. Le da al átomo, al electrón, al protón y a las partículas subatómicas del hombre y la mujer un poder lumínico asombroso, activando el ADN, deteniendo el

221

envejecimiento, despertando las facultades extrasensoriales y recordándole que es parte de La Fuente y que todo el mundo vino a través del sexo.

—Mi libro habla de ello, lo practicaban desde antes incluso de los tiempos de Magdalena y Yeshuá —dijo Evangelina.

—Así es. Ellos sabían que debían crear su cuerpo espiritual de luz, el *Merkaba,* lo que en Egipto antiguo llamaban Ka, y debían hacerlo con la potencia de la sexualidad transmutada.

—Dime, ¿por qué medio crees que La Hermandad enviará la energía sexual del ritual, al mundo entero? —preguntó Lilian.

Adán la miró directo a los ojos.

—En el ritual, los de alto grado dentro de La Hermandad, quienes se encargan de enfocar sus mentes hacia donde se dirigirá la energía, harán que todas las personas que estén teniendo sexo en ese mismo momento participen en la orgía sin saberlo. La energía de la masa se mueve si le pones una intención, igual que en los recitales de música.

—¿Cómo?

—La energía atraviesa distancias y paredes. En realidad, todo el mundo está experimentando una orgía sexual constante en todo momento. Cuando el vecino tiene sexo en el cuarto de al lado, sólo están separados por una pared; lo desconocen ya que no lo ven, pero inevitablemente sucede. Si las paredes desaparecieran y las parejas miraran a su alrededor, verían a una multitud de amantes teniendo sexo al mismo tiempo.

—Nunca lo había pensado de esa manera —dijo Lilian, imaginando la escena.

—Eso es benéfico. ¿Acaso no se busca que todo el mundo se ame? Ya la gran mayoría de personas sabe que la energía se propaga. Se comprobó en la Tierra con la física cuántica y el experimento con el ADN para medir su respuesta a un solo estímulo.

—Recuérdame ese experimento, Adán, por favor. Me van encajando las piezas —dijo Lilian.

Adán se giró hacia ella mirándola a los ojos.

—El experimento consistió en separar dos muestras del mismo ADN, una en un laboratorio, y la otra a una distancia de 80 kilómetros. La muestra del laboratorio fue estimulada con una onda vibratoria. La sorpresa fue que el ADN que estaba a 80 kilómetros del laboratorio, sin haber sido estimulado con nada, reaccionó igual que el ADN expuesto al estímulo en el laboratorio.

"Con ello quedó demostrado que la distancia no es un impedimento para que el ADN reaccione a distancia. La luz trasmite información de forma inmediata, la energía viaja por El Campo, lo que llamamos red de conciencia universal.

"Entonces, la energía del ritual se sumaría a la energía de todas las parejas que estén copulando en ese momento. De allí que las involucren sin que ellos sepan. El robo, la programación y la esclavitud por medio de la energía sexual es algo que los seres dimensionales oscuros han utilizado para controlar a la humanidad; para que la gente no iniciada ni despierta se maneje mediante el cerebro reptiliano instintivo y prehistórico y no desde la conciencia divina, que es el canal para la iluminación y ascensión. Ello lleva a la eyaculación sin intención de procrear, con el consiguiente desgaste del electromagnetismo del deseo, el punto neurálgico por el que las parejas se unen. Si se gasta el deseo por excesivas eyaculaciones, la relación es conflicto, celos, angustia y baja vibración.

Las dos mujeres estaban pensativas, reflexionando. Aquel hombre tenía conocimientos y brillaba totalmente.

—Lo explicaré de manera científica. El control masivo del ADN se debe a que el funcionamiento del nivel de un electrón depende enteramente de la cantidad de energía, concretamente de la energía-luz que está absorbiendo o emitiendo. Para manejar o movilizar la vibración de un electrón, los niveles de energía deben elevarse hasta el punto en que el electrón esté tan excitado o pleno de energía que sea capaz de ser atraído hacia esa fuerza. Por ello se dice que cosechas lo que siembras, porque atraes lo que emites. La vibración humana es un imán que atrae como experiencias a las personas, situaciones o cosas que sean de la misma vibración que está emitiendo. Un pensamiento, vibración, sonido o intención son tan fuertes que pueden mover todas las células inmediatamente y dirigir la energía. De este modo, los rituales poderosos de grandes concentraciones de gente mueven energía e influyen en la materia a niveles subatómicos del electrón, protón y neutrón, con lo que, sin saberlo, son rociados por la intención que ellos dispersen en el campo mental. De esta forma generan una idea colectiva que se propaga por la mente de las personas. Al vibrar en otro nivel, el ser humano es esclavizado a una conducta, una rutina, una creencia y un comportamiento. La mayoría de las personas tiene la idea que le vendieron de que el sexo es equivalente a unos minutos de placer, eyaculación y orgasmo y que allí termina todo. Antiguamente sabían que eso no era así.

—Claro, los cultos ancestrales de Isis eran luminosos en sus inicios. Pero han sido modificados —afirmó Evangelina, con brillo en los ojos—. Isis y Osiris eran enviados dimensionales elevados, buscaban el Elixir de la Vida Eterna mediante el sexo ritual entrando en éxtasis orgásmico durante horas, activando lo que ellos llamaban el "Ojo de Ra", el tercer ojo de visión espiritual. En esos tiempos carecían de moralidades, pecados impuestos y torcidas ideas a la fuente de vida, pero su hermano Set era de otra estirpe negativa, totalmente diferente a ellos.

—Allí nacen La Hermandad de la Serpiente Oscura y la Hermandad de la Serpiente Blanca, o los que se llamaban a sí mismos: Los Radiantes, los hijos de Ra, hijos del Sol, también llamados los Brillantes, desde unos cinco mil años antes de Cristo. De allí la conexión con la Atlántida, la civilización superior.

Adán se refería a la casta de iluminados iniciados que comprendía la manera singular que funcionaba el mundo y el universo y que recibieron sus conocimientos en estado de trance místico. Con el correr de los siglos, guardaron ese conocimiento en obras de arte, monumentos, textos y rituales, aunque a partir del imperio romano se tergiversó todo y comenzó a circular un conjunto de creencias basado en mentiras para distraer a las masas. Dicho sistema de creencias pronto fue manipulado por grupos secretos, sacerdotes y clases de élite política con intereses propios para controlar a la gente, lo que al inicio hicieron muchas veces por medios siniestros y, posteriormente, fundando las religiones. Entonces el gran secreto en el proceso interno de la iluminación y ascensión a través del sexo alquímico tuvo que ser celosamente guardado por legítimos iniciados, quienes sembraban pistas para los que realmente pudieran verlas, mientras los dormidos siguieron creyendo en las mentiras que les impusieron.

—Por ello siempre se pensó en la serpiente como la imagen del mal y del sexo como algo impuro y que debía realizarse después del matrimonio... —reflexionó Evangelina.

—Eso ha sido un gran veneno que contaminó la naturalidad e inocencia del sexo. Incluso el Big Bang o gran explosión como la ciencia llama al inicio del universo, no es otra cosa que el orgasmo del Cosmos —respondió Adán.

Evangelina se sentía acalorada.

—Entonces —dijo ella, tras beber un sorbo de agua—, ¿de qué manera intervendremos en el ritual de La Hermandad?

—Lilian, ¿tú puedes encargarte de conseguirnos un hotel para los tres? Estaremos allí y les comentaré el plan para entrar en acción en la orgía.

45

Estaba ya oscureciendo en Londres cuando sonó el teléfono de Álvaro Cervantes. En esos momentos, La Cobra se encontraba ya con uno de sus guardias, en el café del hotel Hilton, ubicado en el barrio de Nothing Hill, donde estaban Evangelina, Lilian y Adán.

La voz de David Eslabon sonó poderosa.

—¿Qué ha pasado?

—Tuve problemas. Han burlado la vigilancia de mis hombres y se llevaron a la hija de La Dama.

Cervantes trató de minimizar lo que había ocurrido. Si supiera que trató de violar a su hija, Terese Calvet lo mandaría matar.

—Le paso a la señora.

La Dama tomó el iPhone.

—Creo que ahora se ha metido en grandes problemas.

A Cervantes no le gustaba que le hablaran en ese tono y menos una mujer.

—Es la primera vez en muchos años que me sucede, pero de todas formas, estoy fuera del hotel donde se encuentran. No he atacado porque estoy viendo sus movimientos pero...

—Olvídese de ella, yo creo que con esto ella se frenará. Necesito que se concentre en el ritual de mañana. No podemos fallar —dijo tajante.

—¿Quiere que deje la vigilancia? Están aquí en el hotel Hilton, hay dos personas más con su hija.

—Abandone eso. Usted prepárese para mañana. El ritual necesita que esté en óptimas condiciones.

Cervantes tenía rabia, la cual se deslizaba como un veneno por su interior. Además de no haber concretado el deseo sexual con Evangelina, había sido una mujer la que le había arruinado su ritual personal. Estaba furioso, pero allí tenía que obedecer la orden.

—Así lo haré, entonces.

—Ya sabe cómo proceder mañana.

46

Tercera Dimensión,
Londres, 23 de julio de 2014

Ya había pasado la medianoche y Evangelina, Lilian y Adán estaban elaborando el plan para entrar en el ritual. La energía en aquella habitación era poderosa. Evangelina estaba sentada en una de las sillas detrás del escritorio, Lilian en el baño y Adán sentado en la cama. Habían cerrado las cortinas y encendido tres de las tenues lámparas. Necesitaban pensar.

—La gente se enterará por tu libro de lo que ellos hacen y así podrán liberarse del yugo de la esclavitud encubierta. Además de conocer el fundamento del principio femenino y el sexo —le dijo Adán.

—Mañana me comunicaré con mi editora. Quiero saber qué decisión final tomará la editorial. Necesito anexar toda la nueva información.

Evangelina se mostró pensativa.

Adán notó que algo nostálgico le afectaba.

—¿Qué sientes?

—Sólo estaba recordando toda la cantidad de esfuerzo, años y dedicación a este trabajo. Sólo un escritor sabe eso. García Márquez dijo que "el escritor escribe su libro para explicarse a sí mismo lo que no se puede explicar".

Adán asintió.

—El mejor amigo que tenemos en nuestra soledad.

—¿Puedes leernos algo? —preguntó Lilian, desde el baño, donde estaba quitándose el maquillaje, con la puerta abierta.

Evangelina buscó el texto en su iPad.

Ésta es una parte de un manuscrito perdido de María Magdalena.

—Adelante —le pidió Adán.

—Leeré algo sobre las prácticas que Magdalena tuvo que hacer con Jesús para que ascendiera la energía al máximo de la iniciación.

Evangelina se acomodó y leyó en voz alta:

En la escuela de Misterios en que fui instruida como Iniciada aprendimos cómo activar el Poder de la Serpiente Sexual, moviéndolo en trayectorias específicas en la espina dorsal y abriendo circuitos dentro del cerebro. Así se crea lo que se llama el Uraeus.

El Uraeus es un fuego azul que se extiende desde la espina hacia el cerebro, tal como los yoguis ancestrales lo enseñaron y ondula por los meridianos de energía. La activación del Uraeus incrementa el potencial cerebral para la inteligencia, la creatividad y otorga al Iniciado un enorme poder espiritual. Se conecta directamente con su propio ser, la conciencia superior, el alma.

Cuando me reuní con Yeshua la primera vez, la mera proximidad de su presencia activó mi poder de alquimia femenina. El Poder de la Serpiente Sexual se movió por mi espina con notable calor.

La primera noche que estuvimos juntos y solos, tomados del brazo, echados uno al lado del otro, practicamos la Magia Sexual de Isis. Esta forma específica de magia sexual carga al cuerpo físico, llamado Ka, con una tremenda fuerza magnética a través del poder del orgasmo físico, porque cuando se tiene un orgasmo sexual hay una tremenda liberación de energía magnética dentro de las células, elevando su vibración. A medida que esta energía se extiende, da lugar a un potencial magnético-mágico listo para ser utilizado.

El Alma Superior, o Ba, existe dentro de un nivel de vibración mucho más alto que el cuerpo físico Ka, quien es el gemelo etérico o espiritual en forma física. Dentro del cuerpo físico Ka hay vías que pueden ser estimuladas y abiertas, los llamados nadis, los conductores de energía.

La activación de estos pasajes secretos dentro del cuerpo Ka trae un poder mucho mayor. Las Alquimias de Horus están diseñadas para reforzarlos, para activar las habilidades y poderes latentes del Iniciado mediante el despertar de los doce chakras.

Quiero compartir las ideas básicas del sexo alquímico y la realización espiritual con más detalle, porque este secreto fue robado por la iglesia.

Las Alquimias de Horus se refieren a un cuerpo de conocimiento y de métodos para la activación del cuerpo Ka. Cuando Ka se energetiza adquiere mayor luz y electricidad, hay un incremento en el campo magnético de uno mismo, y lo que el Iniciado desea se manifiesta rápidamente.

Esto produce la Alquimia que requiere que la energía sea contenida de modo que pueda ser transformada.

Yeshua y yo conseguimos muy rápidamente el estado de Iluminación. Sucede cuando los Iniciados han dominado las Alquimias internas a un nivel tal que pueden activar las Serpientes Solar y Lunar en sus espinas dorsales. En las Alquimias de Horus se produce la activación de estos dos circuitos, llamados Ida y Pingala, por campos magnéticos que son como dos serpientes de energía.

En el lado izquierdo la Serpiente Lunar es negra como la brea, el color del Vacío, por tanto es la corporeización del Vacío en sí mismo y encierra el potencial como Creadora de todas las cosas.

La Serpiente Solar es dorada. Un Iniciado hace a estas dos Serpientes de energía subir hacia arriba. En la medida en que ascienden atraviesan los chakras y se cruzan una a la otra. Entonces ellas quedan enfrentadas en el área donde aproximadamente está la glándula pineal, el Ojo de Horus. La glándula pineal abre el tercer ojo y aparece aquí como un cáliz comenzando a recibir información de las esferas más altas del universo.

Estas dos Serpientes de energía están activas —es decir no son estáticas sino que vibran, relampaguean y se ondulan—, activando el potencial magnético que atrae fuerzas espirituales de luz. Lo que buscábamos Yeshua y yo, con estas prácticas específicas, siguiendo la guía de los iniciados ancestrales, era despertar el poder de la sexualidad alquímica para la expansión del alma.

—¡Por eso no quieren que lo publiques! ¡Pondrás disponible esas técnicas secretas!

Evangelina asintió.

—¿Cómo has conseguido el material? —preguntó Adán.

Evangelina hizo una pausa.

—De la biblioteca privada de mi madre. Ella pertenece a La Hermandad oscura.

—¿Está datado? ¿Cómo sabes que no es un fraude? —preguntó Adán nuevamente.

—Le han hecho las pruebas de carbono 14, pertenece a esa época. El departamento de investigación con el que cuenta el círculo que rodea a mi madre es muy sofisticado. Yo sé todo lo que arriesgo al publicarlo.

Adán reflexionó.

—Eso afectará el curso de la historia y del futuro próximo, el hecho de que se certifique que Jesús y Magdalena practicaran el sexo sagrado iniciático para continuar con su evolución espiritual y, además, dejar descendencia.

—Será un nuevo despertar colectivo y una visión completamente diferente del sexo —afirmó Evangelina.

—La evolución del alma es lo primero para toda la humanidad —enfatizó Adán—. Cuanto más sepan que el sexo, los cuarzos y la meditación son los motores para realizar la espiritualidad, seguirán despertándose en masa y podrán ascender en conciencia.

—Ellos han guardado celosamente sus secretos esotéricos —anexó Lilian.

Adán asintió.

—La debacle de la iglesia y las sociedades secretas no se inició con la renuncia de Benedicto XVI, sino con la fuerza colectiva que están ejerciendo millones de personas despiertas en el mundo. La Hermandad de la Serpiente oscura está vinculada a grupos de poder masónicos, Illuminatis, club Bilderberg... Hay mucho en juego, sus 33 grados en la jerarquía representan las 33 vértebras de la columna humana, el sendero que lleva a la iluminación, y si no revelan el conocimiento se está volviendo contra ellos.

—Por eso Jesús vivió 33 años —agregó Evangelina, quien estaba checando que estuviera todo el material en su iPad.

—Exacto, aunque Jesús obviamente lo hizo para la salvación de su alma y dejar una vía de iluminación a la Humanidad. Ellos, en cambio, han tergiversado la enseñanza original del antiguo Egipto. Hubo escuelas de misterios que han sido expuestas por muchos investigadores como Helena Blavatsky en sus obras, pero como son libros de gran envergadura, de lenguaje profundo y con símbolos que no todos pueden descifrar, muchos no los han leído.

Evangelina lo observaba atentamente. Adán agregó:

—Ellos incluso han tomado el conocimiento de Pitágoras para su propio poder. En aquellos tiempos lo llamaban La Clave Perdida, decían que cuando un ser humano hace subir el fuego de la energía sexual kundalini por los 33 grados o el trayecto de la columna, pueden entrar en la cámara del cráneo humano con dicha energía y activar la glándula pituitaria que representa a Isis, y la pineal que representa a Ra, para abrir el Ojo de Horus, la visión de la conciencia. Al ocultar ese conocimiento generaron un tabú sexual para impedir que el pueblo lo supiera y dejaron eso en manos de la élite y la clase sacerdotal. Allí está el problema, ya que si toda la gente tuviese estas técnicas se iluminaría espiritualmente practicando sexo.

—Todas las tradiciones lo han mencionado, hinduismo, budismo, jainismo, judaísmo; incluso Jesús lo deja claro en varias citas —añadió Evangelina.

Adán memorizó.

—Dijo Jesús: "La lámpara del cuerpo es el ojo; así que, si tu ojo es único, tu cuerpo estará en la luz, mas si estás dividido permanecerás en tinieblas". Platón también lo mencionó claramente en su obra *La República*, diciendo que "por medio de esas disciplinas, el alma tiene un órgano purificado e iluminado, un órgano que merece guardarse más que diez mil ojos corporales, ya que la verdad sólo se hace visible a través de él".

—¿Cómo recuerdas así las Escrituras? —preguntó Lilian, que volvía del baño tratando de cubrir su cuerpo desnudo con una toalla.

—Uno aprende lo que siente. Este conocimiento es lo más trascendente en la vida de un ser, ya que el poder del sexo tiene como objetivo abrir la glándula pineal, el órgano espiritual que conecta lo humano y lo divino.

Lilian se sentó y cruzó las piernas, era verdaderamente sensual.

Adán no reparó demasiado en ello, estaba absorto en su *dharma*.

—Creo que tenemos que ir a la cama —dijo Evangelina.

Ningún mortal hubiera dejado pasar aquella posible experiencia sexual entre tres iniciados, dos mujeres bellas y místicas, y Adán Roussos, un hombre despierto que tenía en su interior el poder de los ascendidos.

Pero Adán tenía una misión como *bodhisattva* y estaba dispuesto a cumplirla.

—Si no les molesta, duerman las dos juntas en la cama grande. Yo me arreglo en la pequeña.

"Qué pena", pensó Lilian, ella era salvaje, desenfadada y apasionada, hubiera hecho un encuentro sexual inolvidable entre los tres.

Evangelina se desnudó, quedando sólo con sus diminutas bragas color rosa, abrió las sábanas y se metió en la cama. Adán Roussos hizo lo mismo en la cama siguiente.

—Que descansen. En unas horas tendremos una dura prueba.

Lilian suspiró profundamente, sintiéndose llena de fuego en la piel, y apagó la luz.

Evangelina también respiró profundo para canalizar su deseo sexual hacia su interior. Se sintió extraña al sentir aquel deseo por un hombre que apenas conocía.

Adán pensó en Alexia Vangelis, elevó su pensamiento hacia ella y con el rostro lleno de paz, se entregó al mundo de los sueños.

* * *

Eran las 4:05 de la mañana y Adán Roussos comenzó a viajar por el mundo astral como lo hace todo el mundo, salvo que él podía llegar a dimensiones más elevadas.

Apareció ante él la imagen radiante de Micchio Ki claramente.

—Todo va muy bien —le trasmitió Adán telepáticamente—. Estaremos en el ritual.

Micchio mostraba una expresión de incertidumbre.

—De todas maneras cuídate. Observa el alma de los que te rodean. No todo lo que ves es como parece.

—¿A qué se refiere?

—Sé astuto como las serpientes, Adán. Alguien espera su hora para la traición.

47

L ondres amaneció cubierto de nubes oscuras, una capa de niebla cubría la ciudad como si fuese un manto fantasmal, estaba lloviendo con fuerza. Los integrantes de La Hermandad se levantaron temprano. Terese Calvet y David Eslabon desayunaron juntos y ultimaron detalles.

George Crush, quien se alojaba temporalmente en la casa privada del Primer Ministro, desayunó con él, hablaron de política. El Perro sabía que el Primer Ministro no participaría en el ritual. Álvaro Cervantes trataba de luchar con su rabia, ahora pondría aquel enojo en el ritual, la ceremonia encubriría lo que le había sucedido con Evangelina. Desplegaría su poder en la orgía. El resto de los integrantes invitados para el ritual iría llegando en sus respectivos coches. Todos deberían traer los estandartes, las máscaras y la vestimenta que consistía en largas capas a modo de abrigo, ya que debajo irían completamente desnudos. Los hombres irían descalzos y las mujeres con altos tacones negros.

Terese Calvet no tenía apetito.

—Al fin ya tenemos todo resuelto. Necesito salir a tomar aire.

—Como usted diga señora —dijo David Eslabon.

—Iré a caminar al jardín. Regreso enseguida.

La elegante y delgada figura de Terese Calvet se alejó cubriéndose con un paraguas negro, hacia un añejo roble en medio de su jardín trasero. Encendió un cigarrillo y cogió su teléfono de la cartera.

Llevó el aparato a su oreja izquierda.

Desde la ventana, el mexicano observaba a su jefa con actitud intrigada, no porque Terese Calvet caminase bajo la lluvia, sino porque él sabía que ya no quedaba ninguna llamada pendiente.

"¿A quién estará llamando?", pensó.

48

L ilian fue la primera en despertar.
        El reloj marcaba las siete de la mañana.
        La imagen de ambas chicas era tierna y sensual.
Los largos cabellos de Evangelina y Lilian se mezclaban entre las blancas almohadas.

Lilian Zimmerman amaneció durmiendo abrazada a su amiga. En puntillas fue hacia el baño, abrió sigilosamente la puerta, se duchó y el agua avivó cada uno de los poros de su piel. Luego se cambió y al cabo de quince minutos estaba lista.

—Buenos días —dijo casi como un susurro, al ver que Adán estaba moviéndose en la cama contigua.

—Buen día, ¿cómo has dormido?

—Muy bien.

—Vamos Evangelina, despierta —le dijo Lilian con dulzura, besando su mejilla. Ahora vuelvo, voy a ordenar que suban el desayuno y dejar pagada la habitación.

Evangelina sonrió.

—Me voy a duchar —dijo Adán.

—No tardaré, ahora regreso —prometió Lilian. Su imagen alta y curvilínea desapareció tras la puerta.

Adán estaba pensativo.

—¿Desde cuánto hace que conoces a Lilian? —le preguntó.

—Mmm… hace un par de años —respondió Evangelina somnolienta.

Adán guardó silencio.

—¿Por qué lo preguntas?

Adán Roussos meneó la cabeza.

—Curiosidad.

Evangelina fue caminando lentamente hacia el baño.

Adán cerró sus ojos y entró en meditación.

Necesitaba aclarar su mente.

49

La que no durmió bien fue Anny Casablanca.

Tuvo extraños sueños y despertó a las dos de la tarde con todo el cuerpo cubierto de sudor. Aquella noche no se había acostado ni tenido sexo con nadie. Esperaba encontrarse en unas horas en la fiesta con su ex novio. Quería volver con él. Eso la mantenía alegre y con entusiasmo ya que los últimos meses no habían sido buenos a nivel personal, aunque la venta de sus discos había aumentado. Su popularidad también se incrementó porque había sido detenida por conducir ebria, armado escándalo y golpeado a un fotógrafo a la salida de un restaurante. Aquello apasionaba a los británicos, tan adeptos a la vida ordenada.

Las noticias sobre el escándalo de Anny estaban en la primera plana de los diarios amarillistas. No tenía paz. Se sentía observada, juzgada, y eso la obligaba a sacar toda su rebeldía.

Su padre la aconsejaba pero no podía llegar a su intimidad. El día anterior su padre había viajado a Francia para una importante reunión. Ella estaba sola en Londres. Necesitaba a su ex novio, necesitaba un apoyo.

Se despertó pensando que en tres horas se reuniría con él.

Tercera Dimensión,
Londres, 23 de julio de 2014

Adán, Evangelina y Lilian permanecieron en la habitación hasta las dos y media de la tarde, haciendo un *late check out.*

—Repasemos el plan —dijo Lilian—, ya he llamado para alquilar un coche de lujo e interceptar a uno de los coches de los participantes al ritual, allí haremos el cambio de vestimenta. Los dejaremos atados hasta que todo termine.

Adán asintió.

—Recuerden, la contraseña que nos pedirán a la entrada es la palabra "Gólgota".

Los tres estaban preparados.

—Es la hora, bajemos ya.

Evangelina y Adán se miraron a los ojos. Ella tenía confianza en aquel hombre.

—Siento mucho haberte metido en todo esto, Adán.

—El que no vive para servir, no sirve para vivir.

Evangelina se emocionó al recordar que aquellas eran las mismas palabras que le había dicho la mujer china cuando la ayudó.

Lilian tenía todo el pelo negro revuelto y se sentía llena de energía.

Los tres bajaron por el elevador, atravesaron el *lobby* y la puerta giratoria. Un Mercedes Benz negro de alquiler los esperaba en uno de los estacionamientos del Hilton.

También, sin que ellos lo supieran, los dos hombres de la CIA que trabajaban con Cervantes estaban listos para seguirles la pista.

Tercera Dimensión,
Londres, 23 de julio de 2014

Lilian condujo el coche, Adán Roussos iba a su lado y Evangelina Calvet detrás.

Al alejarse de la capital británica, el coche entró en una serie de caminos zigzagueantes y estrechos. La campiña de Londres estaba bañada por diferentes tonalidades de verde. Salía humo de las chimeneas de techos rojizos y construcciones elegantes. Adán había comprado el periódico.

—Miren —les dijo, pasándole el ejemplar a Evangelina.

—Otro *Crop Circle* —dijo ella.

—Nos envían más señales —afirmó Adán.

—¿Cómo interpretas eso? —preguntó Lilian, que miraba una camioneta oscura por el espejo retrovisor.

—Son mensajes con dos objetivos: cuando los ves, el símbolo se graba en tu inconsciente y, además, afecta positivamente las capas internas del planeta. La Tierra está en estos momentos en transición entre dos dimensiones.

—Pero los supuestos ascendidos, ¿han desaparecido o siguen aquí? —preguntó Lilian.

Adán se guardó la respuesta.

Lilian tomó la siguiente curva a bastante velocidad.

—Conduces muy rápido —le dijo Evangelina.

—Sí. Quiero probar algo.

—¿Probar qué?

—Creo que el coche que viene detrás nos sigue.

Adán y Evangelina miraron hacia atrás.

La camioneta estaba a menos de veinte metros detrás de ellos.

Adán agudizó su percepción extrasensorial.

—Son los dos hombres que estaban desvanecidos en la puerta del hotel.

—¡No! —exclamó Evangelina.

Lilian aceleró abruptamente.

El camino era sinuoso. Un camión de transportes de mercancía venía de frente. Alcanzó a esquivarlo por pocos centímetros. La camioneta que iba detrás aceleró para acercarse.

—¿Qué haremos? No tenemos ni siquiera un arma —preguntó Evangelina.

—El cerebro es la mejor arma —afirmó Adán.

Lilian volvió a acelerar, aprovechando una recta.

Una bala se introdujo en el coche, rompiendo en mil pedazos el vidrio trasero.

Los dos hombres del coche detrás comenzaron a disparar.

—¡Idiotas! —gritó Lilian.

—¡Acelera! —le pidió Evangelina.

El coche dio un brinco.

—Mantén la calma, conduce atenta —terció Adán.

Pero aquello era difícil, el camino se volvía sinuoso y estaba resbaloso por la lluvia. La niebla lo dificultaba aún más. Los hombres volvieron a disparar, uno de los neumáticos del coche derrapó, haciendo que Lilian luchase por mantener el control.

De repente bajó la velocidad, dejando que el coche de atrás se acercase. Y una vez cerca, Lilian torció el volante. La camioneta de los perseguidores se salió del camino.

Se alejaron pero en unos segundos volvieron al estrecho camino. Una colina al frente los hizo atravesar un túnel. Entraron en la oscuridad avanzando a gran velocidad. Un minuto más tarde la camioneta hizo lo mismo. A la salida del túnel, tanto el vidrio del conductor como el del acompañante recibieron sendos piedrazos. Dos grandes piedras, una arrojada por Lilian y otra por Adán, hicieron impacto lo cual le hizo perder el control al conductor. El coche dio tres o cuatro vueltas cayendo a un costado del camino.

—¡Rápido! ¡Subamos a nuestro coche! —exclamó Lilian.

—No todavía —dijo Adán—. Quitémosle la documentación.

Lilian, Evangelina y Adán corrieron hacia el coche con dificultad y abrieron las puertas. Los hombres estaban inconscientes y los tres metieron las manos en los bolsillos de sus chaquetas.

—Tengo una —dijo Evangelina.

—Lilian extendió su largo brazo derecho por la ventanilla echando su propio cuerpo hacia delante.

El destino quiso que su propio DNI, el dinero que llevaba y las llaves del Mercedes cayeran al suelo.

Adán se agachó a recogerlos.

El documento de identidad decía: "Lilith Sinclair".

52

Eran las 5:04 de la tarde cuando Anny Casablanca se subió a su Mini Cooper blanco. Estaba vestida con un ajustado vestido negro, tacones, la boca maquillada de rojo y el peinado característico con las extensiones negras en lo alto de su cabeza.

Había esperado a su representante en su casa del centro de Londres, donde vivían muchos artistas, directores de cine, cantantes y actores; cuando éste llegó, ambos se dirigieron hacia la "fiesta" a la que estaban invitados.

Hablaron sobre las dos recientes canciones que Anny había grabado y su negativa de seguir grabando en 440 hz.

—¿Cómo reconoceré a mi ex si vamos con estas máscaras?

—Me han dicho que las máscaras sólo serán al principio. Imagínate la sorpresa al encontrarse otra vez, Anny.

Ella sintió que su corazón se aceleraba y conducía con velocidad.

Casi nunca prestaba atención a los espejos retrovisores. La vida para Anny Casablanca era como su conducción, con acelerador constante sin casi usar el freno ni los espejos. Para ella la vida era presente y futuro.

Ambos eran ajenos al coche que iba detrás para asegurarse de que llegasen al ritual. La espaciosa camioneta Cadillac negra iba conducida por uno de los agentes de Álvaro Cervantes.

En su interior también iban Teresa Calvet, David Eslabon, Quinci Brown y George Crush.

Los oscuros vidrios polarizados no dejaban ver a nadie. Todos llevaban ya colocadas sus capas y apoyadas sobre sus piernas las tenebrosas máscaras que cada uno estaba a punto de usar.

53

Cuando el coche de Anny entró a la majestuosa mansión ya había oscurecido. El cielo plomizo estaba cerrado por completo emitiendo truenos. Parecía que iba a llover fuerte. En algunos momentos un hueco entre las las nubes mostraba el poder de una luna llena.

Las rejas se abrieron cuando dijeron la palabra "Gólgota" a su interlocutor. Un largo camino de unos doscientos metros, delimitado por pequeñas piedras blancas, separaba la entrada hacia aquella construcción.

—Madre mía. ¡Qué lujo! —exclamó el mánager de Anny.

—Oligarcas masónicos retorcidos.

El mánager sonrió.

—Necesitas de ellos. Son quienes impulsan las acciones y las ventas.

—Yo canto porque me sale de los cojones, no por ellos.

—Lo sé Anny, ahora céntrate en tu felicidad.

Ambos se colocaron las máscaras, estacionaron el coche y fueron recibidos por dos guardias con máscaras; uno llevaba una máscara de un extraño pájaro con un pico largo y el otro una de un dragón.

Unos minutos después comenzaron a llegar más coches, todos eran costosos y de color negro.

La camioneta Cadillac estaba llegando también. Todos ya portaban sus máscaras. La Dama llevaba la máscara de una emperatriz egipcia; El Perro, la máscara de Horus; La Cobra se había colocado el rostro de un reptil y La Foca llevaba la de un verdugo; David Eslabon llevaba el estandarte de un guerrero antiguo.

Anny ni imaginó que la dueña de la discográfica para la que grababa estaría allí.

Aquellas imágenes eran imponentes. Sendas capas hasta el suelo hacían ver la figura de aquellos miembros de La Hermandad como fantasmas de otro mundo.

El coche de Adán, Evangelina y Lilian estaba agazapado entre unos arbustos a unos quinientos metros de la entrada.

—¿Crees que funcionará? —preguntó Evangelina a Adán.

—En un momento lo probaremos.

Habían echado unos troncos en la carretera simulando un accidente.

En menos de diez minutos un coche oscuro que se acercaba aminoró la velocidad.

—¡Mierda! Exclamó uno de los conductores que llevaba colocada una máscara de la época de la Revolución francesa.

El otro tripulante portaba la máscara de un faraón.

—Quitaré el tronco.

Se bajó del coche e intentó mover el pesado tronco.

Un rayo iluminó la máscara del hombre.

Inmediatamente, Adán simuló tener una pistola entre su abrigo.

—¡Alto! No te muevas.

Adán dio tres o cuatro pasos veloces y se fue hacia el conductor, con un certero golpe en la yugular lo desvaneció.

Lilian hizo lo mismo con el otro tripulante.

—Pongámoslos en la cajuela de nuestro coche.

Lilian y Adán cargaron los cuerpos y cerraron la cajuela.

Comenzó a llover con más intensidad. Evangelina se subió y condujo el coche. Adán se sentó delante y Lilian en el asiento detrás. Los tres tenían máscaras de la época de Egipto.

—Conseguiste asustarlos sin tener un arma —le dijo Evangelina a Adán.

—La mayoría de las veces la gente se deja llevar por la ilusión creyendo que es la realidad, allí radica el problema del ser humano.

Las dos mujeres asintieron.

Al aproximarse a la entrada, Evangelina frenó lentamente.

—Tranquila, todo irá bien —pronunció Adán.

Evangelina aceleró muy suavemente hasta la puerta.

—Gólgota —dijo con seguridad.

Los limpiavidrios estaban moviéndose a la máxima velocidad.

Frente a ellos pasó un visor que registraba las placas de los coches más que a los tripulantes que iban dentro. Cada individuo había enviado el número de placa a los organizadores de la orgía. Menos el coche de Anny, todos estaban obligados a llegar con aquel número de placa para entrar.

Se produjo un silencio molesto.

Más de un minuto de tensión; el corazón de Evangelina se aceleró.

—Mantengan la calma —pidió Adán.

Al instante, las rejas se abrieron.

El coche se deslizó y los neumáticos generaron un sonido al contacto con las finas piedras mojadas.

Evangelina se estacionó cerca de los demás coches y fueron recibidos con una inclinación de la cabeza por los dos chacales de la entrada con sendos paraguas. La lluvia ahora mostraba todo su poder. Un trueno iluminó la espalda de las tres largas capas hasta el suelo, cuando se deslizaban hacia la mansión.

Evangelina, Adán y Lilian ya estaban dentro.

54

Una pomposa decoración de estilo barroco reinaba por toda la mansión. El suelo de mármoles negros y blancos era uno de los símbolos masónicos. Sendas escaleras se deslizaban en forma de caracol hacia los pisos superiores, desde donde se veían puertas de muchas habitaciones.

Todos se dirigían hacia el fondo de un pasillo, atravesando unas largas cortinas de terciopelo color granate de más de tres metros de alto. En cada uno de los extremos de las puertas, dos guardias con largas capas y máscaras de águilas con el pico largo inclinaban sutilmente la cabeza cuando los invitados se acercaban. El hecho de que ninguno pudiese ver la identidad de quien portaba la máscara y la capa les generaba excitación, privacidad y libertinaje.

La iluminación era tenue, permitiendo que las sombras se deslizasen con mucha mayor comodidad. Allí nadie era nadie, todos representaban a La Hermandad. Buscaban el poder, el placer y la transmutación. Buscaban nutrirse energéticamente con aquellos rituales que llegaban a ellos profanados de su enseñanza original. Aprovechaban la luz de una víctima para activar su sacrificio, ya que adoraban a las fuerzas oscuras.

En la sala contigua, los demás invitados permanecían de pie, algunos con copas de vino simbólicas, ya que no las bebían. El clima de aquel recinto era de expectativa. Todos sabían lo que tenían qué hacer. En uno de los rincones, Anny, junto a su mánager, buscaba en vano la silueta de su ex novio.

Ella sintió que aquello era muy formal para la fiesta que tenía en mente. Alguien se acercó para entregarle una copa de vino blanco. Lo bebió de buena gana, sin saber que en unos minutos sus reflejos comenzarían a jugarle una mala pasada, ya que le habían colocado una suave droga relajante para que entrase en un estado de sumisión.

La Cobra había recibido la orden de activar el Programa Monarca en la mente de Anny. Lo estaba haciendo desde una habitación privada. La cabeza de Anny comenzó a sentir confusión por el vino y las órdenes que su subconsciente comenzaba a darle.

Adán, Evangelina y Lilian se colocaron en un rincón para observar. La percepción de Adán Roussos se activó al máximo. Podía ver las auras de cada persona y la naturaleza reptiliana de algunos de ellos.

Adán intuyó que el dueño de la mansión era uno de los jerarcas del ritual y se acercó al círculo de fuego que estaba ya preparado en el centro de la sala. Cerca de ahí había una serie de velas rituales junto a una estrella invertida. Arriba, una enorme lámpara de alabastro colgaba del elevado techo. Detrás de las columnas comenzaron a aparecer por toda la sala los treinta y tres invitados de aquel ritual.

El jerarca hizo sonar una pequeña campana que vibró como un gong por el lugar.

Las mujeres hicieron un círculo interno y los hombres se colocaron detrás en otro círculo más amplio. Evangelina no quería separarse de Adán y se colocó enfrente de él. Allí, la consigna era no elegir a nadie ya que todo el mundo era igual a los ojos del rito.

El humo del incienso comenzó a esparcirse por el ambiente como una fina niebla. Los sonidos de un ancestral cántico en tonos graves comenzaron a esparcirse por los altavoces como un coro para invocar la presencia de fuerzas que los guiasen.

El jerarca que guiaba la ceremonia comenzó a tocar la mano de cada persona. Todos tomaron la mano del que tenían a su costado.

Cuando el círculo del tacto se completó, golpeó un bastón de poder en el suelo.

Uno de los integrantes portaba una especie de bandeja con una calavera de cristal en el centro. El tamaño de aquella calavera, que estaba hecha de una sola pieza, era igual a una calavera real, y no parecía de realización humana. Era una antigua pieza de poder en manos de gente equivocada. Buscarían activar el poder de la calavera de cristal con toda la información para que fuese directamente hacia la glándula pineal de los participantes.

—¡Gólgota! —exclamó alargando la palabra como si fuese un cántico.

—¡Gólgota! —respondieron todos al unísono.

Muy poca gente sabía que en el monte Gólgota, que significaba calavera, había sido crucificado Jesús, con dos ladrones a los lados. Las tradiciones antiguas decían que aquello era una representación de lo que pasa en la calavera humana ya que los ojos físicos son los ladrones del alma, porque siempre buscan fuera lo que está dentro. Son la dualidad, la división. Pero cuando una persona cierra sus ojos al mundo externo, automáticamente abre el tercer ojo, el ojo de la visión de la unidad con La Fuente. No había sido coincidencia que Jesús hubiese sido clavado en el centro de los ladrones, simbolizando el ojo de la conciencia.

Los miembros de La Hermandad estaban al tanto de todos los estudios científicos más relevantes. Sabían que las emociones más beneficiosas para el ser humano, tal como la felicidad, no se producían de manera automática, sino que estaban controladas por sustancias químicas del cerebro. Si el cerebro no poseía la suficiente serotonina, una persona sería químicamente incapaz de sentir felicidad, hiciera lo que hiciera; ellos sabían que la ciencia afirmaba que el éxtasis dependía de las hormonas. Y ellos querían para sí mismos el camino para perpetuarse aunque a las masas les ocultasen la información. La mayoría de la gente no sabía que la glándula pineal era la encargada de la elaboración de la serotonina, por ello en La Hermandad, a través de los rituales, la activaban al máximo únicamente en su propio beneficio.

Estos estudios estaban documentados por Nicholas Giarmin y Daniel Freedman, ambos catedráticos universitarios, que habían confirmado que el cerebro humano elaboraba serotonina no sólo de la pineal, sino de varias partes del cerebro; dichos científicos habían descubierto que el tálamo segregaba 61 nanogramos de serotonina por gramo de tejido; en el hipocampo, 56 nanogramos; en el área gris del mesencéfalo, hallaron 482 nanogramos; pero en la glándula pineal encontraron 3,140 nanográmos de serotonina por gramo de tejido, lo que desvelaba que la pineal era la clave para entrar en un espacio de conciencia superior.

El encapuchado dejó la calavera de cristal en un círculo de velas encendidas.

Luego, Terese Calvet, oculta tras su máscara, portaba el falo de poder de cuarzo hacia el centro, mientras un hombre con la máscara de una serpiente dejó el símbolo de una concha de mar, representando las fuerzas de lo femenino.

Por la sala se deslizó en el aire un clima de profundidad y misterio.

Inmediatamente, las capas de las mujeres cayeron al suelo dejando ver sus cuerpos totalmente desnudos.

Al segundo golpe del bastón, las capas de los hombres cayeron también.

Las llamas de las velas hacían sombras en los cuerpos, dejando ver su imagen en penumbras y trasmitiendo su calor en la piel. Había cuerpos de hombres y mujeres de raza blanca y raza negra.

Todos los miembros del grupo quedaron desnudos, ocultos bajo las máscaras.

La orgía estaba a punto de comenzar.

55

Adán Roussos activó aún más su tercer ojo.
Sentía que todo el rito les llevaría a todos a entrar en trance. Su percepción se agudizó y giró su visión hacia los participantes. Vio el halo de luz de los despiertos, sobre la cabeza de Evangelina y de varias personas más, en cambio, la vibración de George Crush, Álvaro Cervantes, Terese Calvet y Quinci Brown eran totalmente reptilianas. Una lengua de fuego verde emergía en lo alto de sus cabezas. Pero lo que más le llamó la atención fue que dentro de aquel ritual sexual había seis o siete seres de luz, sus auras y conciencias eran brillantes, radiantes como soles.

Un ser con máscara de verdugo inició los oficios. Encendió una vela blanca y otra roja. Moviéndose lentamente, trazó un círculo de unos ocho o nueve centímetros en torno a las velas. Bebió algo de una copa dorada y enseguida hizo sonar una campana en tono grave. El eco de la campana resonó con acústica en las paredes abovedadas de aquella mansión. Varios de los encargados de llevar el rito comenzaron a recitar unas palabras indescifrables. Parecía latín o hebreo antiguo.

Uno de los encargados dio la orden con un báculo. Los participantes podían ya comenzar a movilizar la energía. Las manos comenzaron a tocar los cuerpos. Los dedos comenzaron a distribuir la fuerza erótica por la piel. Los cuerpos anónimos se rozaban unos con otros a modo de cortejo. Quienes sentían empatía continuaban la estimulación.

El cuerpo felino y estilizado de una mujer de raza negra se acercó hacia Adán. Él sintió familiaridad con su energía. Los finos dedos de la mujer se posaron en su espalda.

Adán seguía el juego. Necesitaba esperar el momento oportuno para activar su plan.

—Tranquilo —le susurró la mujer que llevaba una sensual máscara de diosa sumeria—. Todo irá bien. Somos varios los que estamos contigo.

Sintió desconcierto pero al mismo tiempo cercanía con aquella atractiva mujer.

Adán juraba conocer aquel cuerpo.

De repente, recordó que había estado con ella antes en un ritual. Los circuitos de su cerebro activaron los rincones de su memoria. Lo vio claro, habían activado, dos años atrás, el cuarzo madre encontrado por Aquiles Vangelis. La mujer de raza negra era Kate Smith, doctora genetista del equipo de Stefan Krüger. Adán conoció a Kate cuando hacían pruebas sobre la Piedra Filosofal con los niños índigo en Londres.

No le hizo falta preguntar, lo supo.

—¡Kate! —le susurró al oído—. ¿Qué haces aquí?

—Varios tenemos que trabajar en esta misma misión, yo tuve un encuentro de sangre en el pasado con uno de ellos, igual que tú.

Adán vio la corona de la mujer iluminada.

—Ya veo.

Para seguir el juego, Kate tocaba el cuerpo de Adán, fundiéndose en un abrazo. Adán aprovechó para transmitirle su plan al oído.

Las manos se mezclaban en la piel, en los pechos y en la espalda. Los pezones de Kate se erizaron llenos de vida; los demás participantes estaban subiendo el clima sexual del ritual.

—De acuerdo.

Adán volvió a susurrar algo al oído de Kate.

Ella disimuló y lo acarició en el cuello, en el pecho, en las manos. Luego deslizó sus dedos por el pubis de Adán.

Pronto, otro cuerpo se acercó hacia ellos. Comenzó a acariciar a Adán. Kate comenzó a retirarse cuando sintió la presencia de Evangelina.

—Te veré luego —le dijo Kate a Adán—. Contacta con los seres de luz que están aquí. La lucha comenzará pronto.

56

La orgía iba creciendo en intensidad.

—¿Qué haremos Adán? —le susurró Evangelina.

—Sigue el juego, todavía no es la hora.

Adán la abrazó para encajar en la escena. Los jóvenes pechos de Evangelina se adhirieron al suyo, al instante los pezones se elevaron como delicadas flores. El ombligo y los vellos del pubis se rozaban. Evangelina observaba cómo algunas parejas estaban tocando el sexo de los participantes. Otros jugaban mezclándose entre tres o cuatro en una marea de placeres, energía y sudor. Las llamas de las velas danzaban proyectando las sombras de los enmascarados sobre las paredes barrocas. Se escuchaba un sonido, en todo momento, como un enjambre de abejas con la repetición de mantras ancestrales.

Evangelina se corrió unos pasos hacia una de las columnas apoyándose allí con el cuerpo de Adán de pie, adherido al suyo.

—¿Dónde está Lilian? —preguntó ella, envuelta en el abrazo.

Adán la percibió detrás suyo, entrelazada a unos diez metros, sobre un sofá color granate, con el cuerpo de una mujer, tocándose mutuamente.

—Está detrás. De ella quería hablarte.

Adán jugó disimuladamente con el cuello de Evangelina.

—¿Qué ha sucedido?

—No he visto su aura radiante desde que la conocí, pero la he dejado seguir ya que estoy tratando de saber qué está por hacer —le susurró.

—¿Cómo que no ves su aura? ¿Tú puedes...?

—Evangelina, tengo que contarte que estoy aquí porque cuando nos conocimos tu sangre y mi sangre se conectaron.

—¿Qué quieres decir? —preguntó Evangelina, aferrando sus brazos a la espalda de Adán.

—Al mezclar nuestra sangre hemos generado un karma compartido. Estoy aquí para ayudarte.

—No comprendo.

—Yo he ascendido, Evangelina. Puedo tener contacto con ambas dimensiones, como otras personas. Ahora tenemos que aprovechar para evitar el sacrificio que piensan hacer.

"¡Viene de una dimensión superior!", repitió ella, asombrada.

Adán la abrazó con fuerza.

Ella sintió su calor, su poderosa energía.

El corazón de Evangelina comenzó a latir con fuerza. Su piel se encendió, su rosado sexo engalanado por un delicado pubis color almendra se humedeció como una puerta llena de vida. Todo su ser se sintió invadido por aquel momento. Sentir a un hombre despierto, iluminado y ascendido la conmovió emocionalmente y, sobre todo, la excitó sexualmente. Lo abrazó con toda su fuerza. Estremecida como una mariposa cuando descubre por primera vez sus alas, le susurró al oído:

—Penétrame.

57

Anny Casablanca estaba bajo los efectos de la droga que le pusieron en la bebida. Sentía una extraña sensación de estar y no estar viviendo aquello. Era como un sueño dual, una mezcla de realidades. Una parte de sí misma recordaba que estaba allí buscando a su ex novio. Poco a poco, se fue borrando, como un recuerdo lejano; además los efectos de la bebida le abrieron las puertas del subconsciente. Eso, además de la activación del Programa Monarca dentro de su cerebro, le hicieron caer bajo los efectos del control mental. Estaba completamente vulnerable. El cuerpo de un hombre joven comenzó a tocarla. Se excitó. A ambos se les unió Lilian, quien puso sus dedos en la boca de Anny. Anny comenzó a lamer los finos y largos dedos de Lilian. El hombre se arrodilló y le acercó el dedo anular de la mano derecha, haciendo círculos delicadamente en el clítoris de Anny y jugando con su abultado pubis negro. Lilian se colocó detrás de Anny y le acarició los pezones, el ombligo, el cuello, las axilas. Anny se dejó vencer por el placer. Aquellos juegos la enloquecían. Se perdió en el éxtasis que comenzaba a jalarla más profundo. La acostaron en el suelo, la mano izquierda de Anny tocó el falo erguido de aquel hombre que tenía el glande totalmente mojado. Con la otra mano, Anny introdujo el dedo mayor en la vagina encendida de Lilian.

Álvaro Cervantes estaba acercándose hacia ella para intervenir, cuando George Crush se interpuso.

—La están preparando. Será mía —dijo El Perro, con voz autoritaria.

A Cervantes eso no le hizo gracia, lanzó una exhalación caliente, llena de furia. Estaba hambriento. No había podido penetrar a Evangelina, ahora no iba a quedarse sin Anny.

—La Dama ha dado órdenes claras —dijo La Cobra.

—La orden es que yo la penetre —retrucó El Perro—. Tú disfrutarás de ella luego, cuando hayas apagado su cuerpo.

La Cobra la quería viva, sudada, con el poder de hembra latiendo en sus brazos. No le gustaba la idea de que fuese suya luego de que El Perro clavara sus dientes en la yugular. El corazón de Cervantes se aceleró, sus venas se hincharon como un pura sangre en una carrera.

Anny se retorcía de placer a unos metros de ellos. Gemía y gozaba totalmente fuera de sí.

La Cobra Cervantes quería a la hembra ritual. Era un animal ancestral, de costumbres primitivas, luchando por la jerarquía del macho de la manada.

Al momento, el cuerpo de Terese Calvet se acercó hacia ambos.

—¿Qué sucede aquí?

La Dama percibió que entre ellos había problemas.

—Nada que no podamos arreglar entre nosotros —gruñó El Perro—. No es asunto suyo.

—Todo lo que atañe a La Hermandad es asunto mío —dijo La Dama—. No intente pasarse de listo. Estamos a punto de iniciar la ceremonia del sacrificio.

—Pues yo soy quien va a hacer los oficios así que desaparezca de aquí.

La Dama se sintió herida en su respeto y en su poder.

—Si toma ese camino, le advierto que será su propia tumba —le sentenció.

El Perro miró a La Cobra y a La Dama con los ojos llenos de ambición, lujuria y avaricia.

—Ustedes dos corren peligro al lado mío.

En ese instante, todo su campo de energía emanó una extraña luminosidad verdosa.

Y tanto Álvaro Cervantes como Terese Calvet sintieron un frío en la nuca. Los dos fueron invadidos por un extraño y ancestral miedo.

Una presencia ajena en aquella orgía había traído al ambiente algo que no estaban esperando.

58

Evangelina se dio vuelta y Adán Roussos quedó detrás de ella, cubiertos por una columna.

Lo que Adán le había revelado la excitó sobremanera. Se sintió primitivamente deseada. Un deseo intenso, como el imán y el metal, como la chispa y la llama. Se sintió vulnerable, protegida, invadida en sus fibras más íntimas. Y aquello significaba mucho para ella, ya que Evangelina era exigente con los hombres. Pero era la primera vez que su mente se perdía en la fuerza de tanto deseo. Una pasión sin nombre, un hambre de antiguas vidas, quiso saciarse. Necesitaba ser invadida por el falo de Adán, ser penetrada lentamente en toda la soberanía de su cuerpo, su piel y su alma. Destilaba el misterioso fuego del sexo, desbordada, sentía que había perdido su razón y su cordura, avasallada por el frenesí sexual, místico, orgásmico.

—Eres tú. Soy yo. Somos uno. Hazme tuya.

Adán Roussos era un maestro en la sexualidad como un camino para la alquimia del alma. Él podría besar el delicado sexo de Evangelina y llevarla al paraíso. Podría moverse dentro de su joven cuerpo con dulzura y también con fortaleza. La invitaría a las cimas más profundas del orgasmo por excitación y al orgasmo por relajación, las dos vías del éxtasis, la cúspide y el valle, ya que conocía los rincones del universo femenino como un águila conoce las cumbres de las montañas. El contorno de la piel de Evangelina sería un volcán en erupción emitiendo las lavas de la vida con intensidad y erotismo. Adán Roussos había dedicado su vida en la Tercera Dimensión a practicar y enseñarle a la gente los secretos del amor, del sexo y de los pasadizos a nuevas realidades sexuales.

Evangelina abrió su boca, y sus carnosos labios rosados se mordieron, eróticos, hambrientos de mezclarse con la boca y la saliva de Adán.

Los demás partipantes emitían gemidos de placer. El lenguaje del gozo se mezclaba en el aire con el humo del incienso y el aroma del sudor.

—Adán, penétrame —repitió Evangelina, con la voz entrecortada.

Adán Roussos tomó una inhalación profunda. Cerró sus ojos. Buscó dentro de sí el poder del alma sobre los instintos del cuerpo. No existía dentro de sí, después de conocer la realidad de dimensiones superiores, ningún atisbo de culpa, represión o vergüenza. Al contrario, pensaba que una de las salidas a los problemas del mundo se solucionaría fácilmente si la gente activaba la alquimia espiritual a través del sexo consciente. Adán Roussos, como amante y como sexólogo, había conocido muchas pieles, invadido muchos sexos, aprendido del profundo mundo femenino. Tampoco hubiera sentido remordimiento alguno por Alexia Vangelis, su compañera dimensional, ya que su amor era mucho más elevado que un acto sexual. Además Alexia estaba ahora en una dimensión superior donde el sexo ya no era un vehículo hacia el éxtasis, debido a que el éxtasis ya lo tenían en su interior. Pero él ya no necesitaba el sexo para ascender. Sabía que los deseos de mucha gente estaban allí, reprimidos bajo la superficie de la piel, encadenados con la llave de una moralidad que oxidaba a las sociedades, reprimiéndolos en un turbulento mar de buenas costumbres, ocultos en realidad, como basura bajo la alfombra del subconsciente.

Sabía que, en el fondo, toda mujer y todo hombre se movían por el deseo de unidad del andrógino original, a través de la unión sexual.

Seres sin nombres.

Seres sin personalidades.

El uno, en devoción y amor, entre los muchos.

Para Adán Roussos, todo hombre era una parte anónima de la totalidad de Dios, amando a la mujer, una parte anónima de la totalidad de la Diosa.

Pero la gente se identificaba con las personalidades que sentían celos, orgullo, enojos, represiones, conflictos, sentimientos de posesión en vez de identificarse con el ser interior original, la misma chispa de alma eterna en diferentes cuerpos temporales. Esas personalidades que, en realidad, se desvanecían completamente en el momento de la muerte, lo que quedaba vivo era otra cosa.

Mucha gente no veía la unidad en la diversidad por ver los cuerpos distintos, pero Adán Roussos creía que si todos los seres tuviesen el mismo rostro, estatura, y características, todo el mundo diría fácilmente: "soy otro tú"; pero el arte de los despiertos, consistía en ver la unidad en cuerpos diferentes.

A pesar de que muchas personas en el mundo habían tenido sexo con otras, se sentían disculpadas de lo que llamaban infidelidad sexual únicamente por el tiempo, ya que el hecho de haberlo hecho en el pasado les daba la falsa seguridad de no sentir herido su ego. La línea moral estaba juzgando un mismo acto por diferencia temporal, ya que al hacerlo en el mismo período, o sea, en el presente, lo llamaban "infidelidad". En cambio, aunque el acto sexual era el mismo, si había sido hecho en el pasado era llamado "experiencia pasajera". Aquel juicio estaba únicamente avalado por el alejamiento de la memoria.

Alexia Vangelis lo amaba sin condiciones. Y él también a ella. Eran uno más allá de cualquier limitación.

Adán tenía libertad de sus actos, sabía que en el universo, todo era de todos, sin que nada perteneciese a nadie.

Pero él estaba allí para un bien mayor, necesitaba averiguar quién iba a ser sacrificada.

Y, colocándose por detrás del delicado cuerpo de Evangelina, quien mezclaba su cálido sudor por la piel de ambos, trató de abrazarla con ternura.

"Podría amarte durante horas", pensó Adán. "Eres una mujer hermosa y sensual, pero estamos aquí y ahora para llevar a mucha gente más allá del tiempo".

59

Tercera Dimensión,
Londres, 23 de julio de 2014

A dán Roussos se acostó sobre un sofá. Evangelina estaba a su lado, abrazándolo.

—No te alarmes pase lo que pase, ¿de acuerdo? Ha llegado la hora.

Evangelina suspiró. No entendía qué era lo que Adán tenía en mente.

—¿A qué te refieres?

—Sólo te pido que te quedes aquí al lado de mi cuerpo físico.

Evangelina sintió cómo se deslizaban las cálidas gotas de traspiración por las curvas de su espalda hasta el sacro.

En ese mismo momento, Adán Roussos respiró varias veces de manera profunda. Y, sin que ella lo advirtiera, salió de su cuerpo físico a través de su tercer ojo. El cuerpo de energía y conciencia, el alma que Adán Roussos era en realidad, dejó momentáneamente el cuerpo, de igual forma que todas las personas lo hacen cada noche al irse a dormir. Surgió ante sí el mundo real, el mundo donde el cuerpo queda inmóvil y el alma se manifiesta, una dimensión sutil, elevada. Adán Roussos estaba ya fuera de su cuerpo, vio cómo Kate y otros seres también estaban allí.

Evangelina estaba sumamente excitada sexualmente. El calor de aquella ceremonia, más la potente energía de Adán, la sumió en un mundo de gozo. Hacía meses que no había tenido sexo. Y contrariamente a lo que pensó, antes de entrar al ritual, toda su compostura y educación quedó desvanecida frente a la realidad del deseo. Sabía que cuando el deseo de una mujer se encendía no había vuelta atrás si no existía la barrera de una mente contaminada con la represión. Continuó tocando el cuerpo de Adán que permanecía emitiendo suaves contracciones. Las reacciones del cuerpo físico continuaban, a pesar que su conciencia ahora estuviese en otro plano. Adán estaba ya ajeno a las sensaciones del cuerpo físico.

Evangelina estimuló el falo erecto de Adán y se subió encima de él; su sexo totalmente mojado absorbió tramo a tramo, primero el glande hasta sentir todo el ancho y largo de la vara de luz masculina entrando en unión con la puerta de la vida.

Por primera vez en su vida Evangelina fue superada en su razón e inteligencia por algo inmenso e inconmensurable, eran los principios anónimos de la vida grabados en todos los seres. Estaba totalmente consciente y lúcida, sintió que al tomar contacto con un ascendido podría ella misma elevar su frecuencia.

Esa fuerza de vida hizo que se fusionaran, creando una enorme implosión de luz magnética y carnal en las células, una marea orgásmica irresistible.

Allí, penetrada, entregada, superada, Evangelina entró en éxtasis y su conciencia también salió de su cuerpo físico.

60

Muchos de los participantes estaban saliendo del cuerpo. Habían activado el tercer ojo y ahora el cuerpo astral se encontraba en la Cuarta Dimensión. Aquel plano dimensional, sutil, poderoso y cambiante, permitía todo lo que la imaginación necesitase. Era una dimensión inferior a la Quinta donde existía Alexia Vangelis, con su padre y con Adán antes de la misión.

Las personas iban a la Cuarta Dimensión, en los sueños nocturnos, donde creaban imágenes aparentemente ilógicas e irracionales para el mundo de la vigilia. Incluso, muchas veces se encontraban con las conciencias de quienes habían muerto en la Tierra y seguían existiendo allí.

En la dimensión en la que estaban ahora, plenamente conscientes, se manejaban por el hemisferio derecho del cerebro; en cambio, día a día, generación tras generación, la humanidad había sido programada para activar sólo el hemisferio izquierdo: lógica, incredulidad, escepticismo.

Ahora estaban en un mundo mágico.

La imagen de La Cobra era escalofriante. Su cuerpo astral se mostraba como era realmente. Otros seres reptilianos se manifestaron junto a La Dama y La Foca. Inmediatamente, una presencia surgió y generó una corriente de energía negativa poderosa. Era la imagen de El Perro, quien alzó su cuerpo astral de más de dos metros, portando una vara.

Kate Smith había sido la primera en salir del cuerpo; Adán Roussos se le unió casi al instante. Emitían luz desde su cuerpo astral, y la *Merkaba* de Adán se alzó como una imagen poderosamente brillante de más de dos metros y medio.

Todos los participantes de aquel rito sexual sentían el inmenso poder de haber salido fuera del cuerpo. Al no tener la carga de la relatividad y el peso, la liviandad de moverse con el pensamiento los hacía, literalmente, flotar en el aire.

Kate le trasmitió un pensamiento a Adán.

—Protégete.

Adán observó la imagen de los seres reptilianos. Inmediatamente unas palabras escritas en la Biblia aparecieron en su mente lúcida.

Vinieron a mi presencia treinta y seis espíritus con rostros de asnos, con rostros de bueyes y de aves, desconcertado les pregunté: ¿Quiénes son?

En la Biblia había menciones de seres con cabeza de animales, seres alados, seres grotescos, que el común de los mortales asumía como una fábula de tiempos antiguos. No veían el panorama completo, la lucha entre los seres de luz, los ángeles, arcángeles, querubines, serafines y maestros ascendidos con los seres oscuros, grises y reptilianos.

Al instante, Adán proyectó con su mente una espada de luz, tal como la que llevaba el arcángel Gabriel cuando peleaba con los demonios. En la Tierra se veneraba aquella imagen y la gente invocaba a los arcángeles, pero pocas veces se preguntaba sobre la realidad de las luchas divinas que no se ven con los ojos físicos. Cuando la espada se materializó a nivel astral, Adán sintió una corriente de poder abrumadora.

Evangelina, al salir del cuerpo conscientemente, por primera vez en su vida (ya que por las noches apuntaba todos sus sueños), estaba asombrada observando aquella escena. Vio también hacia abajo, los cuerpos físicos, en unión sexual en la Tercera Dimensión. Pronto su conciencia lo comprendió

todo. Podía atravesar paredes, moverse libremente, flotar...
Extrañada, se sorprendió aún más cuando percibió que los
seres reptilianos se inclinaban con devoción ante ella.

—¡Cuidado! —le trasmitió Adán.

Evangelina, con su ojo interior, percibió una presencia
detrás de ella, en el aire. De inmediato, se giró sobre sí misma.

Era Lilian.

Tenía un aspecto bello, excelso, majestuoso.

Los reptilianos no se inclinaban ante ella, sino hacia
Lilian, que estaba detrás.

En ese momento, Adán, Kate y Evangelina comprendieron.

En realidad, los reptilianos se inclinaban hacia Lilith.

La primera mujer.

61

Kate se abalanzó con su espada hacia El Perro, quien se interpuso frente a Lilith, y con la fuerza de su vara la interceptó.

Kate era una mujer poderosa y tenía la sabiduría de quien venía de una dimensión elevada. Adán rápidamente se movilizó a apoyarla. Los veloces movimientos generaron una lucha titánica; se deslizaron imponentes imágenes de seres altos, excelsos, magníficos, que se movían a enorme velocidad.

El Perro destilaba un aura malévola. En cambio, Kate estaba radiante de poder que salía de su vientre, su corazón, su sexo, sus brazos y su alma; arremetió contra él, tambaleándolo. Evangelina contemplaba absorta la pelea. Sintió al instante la presencia de La Cobra tras de sí.

—¡Evangelina! —le trasmitió Adán.

La Cobra cogió por el cuello a Evangelina, que comenzó a forcejear. Los participantes oscuros de la orgía fueron en apoyo de La Cobra para agredir el cuerpo energético de Evangelina. Si ella tenía un violento problema en esa dimensión, automáticamente sufriría un paro cardíaco en su cuerpo físico. El peligro era doble en aquella dimensión, en la que el cuerpo físico se sostenía del cuerpo astral sólo por el *antakarana,* el cordón de plata que unía a ambos desde el ombligo.

Evangelina estaba en problemas. En uno de sus movimientos vio a Lilith imponente frente a ella.

—Me has traicionado —le reclamó telepáticamente.

—¡La historia ha traicionado a Lilith! Yo soy la primera hembra, no tú.

La Cobra demostró más fuerza.

Todo se movía vertiginosamente. Los cuerpos eran ligeros, etéricos, superdotados.

—¿Yo? —preguntó Evangelina sorpendida.

Kate estaba en problemas con El Perro que había recibido el apoyo de otros seres reptilianos. Aparecieron también pequeños seres grises rodeándola con expresión maléfica.

—¡Tú! ¿Acaso todavía no sabes quién eres?

Evangelina sentía su conciencia captando algo que escapaba al lenguaje. Algo que estaba en la impronta de toda mujer. Un conocimiento que se remontaba al origen de la humanidad y que había olvidado por la anestesia de las religiones, el patriarcado y las creencias.

Un secreto grabado en luz dentro de las células de toda mujer.

Ella no era Evangelina Calvet.

Ella era Eva.

62

Cuarta Dimensión,
Londres, 23 de julio de 2014

Evangelina dio vueltas y vueltas en la profundidad de su conciencia como si fuese aspirada por un agujero de gusano. Allí comprendió la esencia y la realidad de la vida, transportándose hacia el origen del origen.

Incluso Adán tuvo clara la totalidad de la misión a la que estaba destinado. Se trataba de algo más que ayudar a alguien a difundir información, algo más poderoso que un libro, algo más trascendente que el contacto de la sangre, incluso más vital que el mismo acto sexual mágico. Se trataba de un asunto que tenía que descubrir por sí mismo, para su evolución como *bodhisattva* y la de todos los seres. Micchio no le había mencionado aquello cuando lo preparó.

Se trataba de Lilith y Eva.

El secreto de los secretos.

El curso de la historia oficial decía que los *Elohim*, quienes eran seres avanzados, crearon a Eva y Adán en los comienzos y que tuvieron dos hijos, Caín y Abel. Pero lo que no había dicho la historia tradicional con claridad, era que Lilith efectivamente había sido creada antes que Eva, quien era la segunda mujer de Adán, ya que Lilith rechazó la obediencia absoluta a La Fuente Creadora, aprovechando el libre albedrío para irse por su propio camino. Por otro lado, el prototipo de Adán y Eva del origen no había engendrado a Caín sino sólo a Abel, el cual había sido asesinado por Caín, hijo de un ser reptiliano, la conocida serpiente que tienta a Eva y que, posteriormente, dio origen a La Hermandad de la Serpiente. Semejante descendencia se propagó desde el inicio, alegando, en los días contemporáneos, que la Tierra le pertenecía por ser ellos los primeros en habitarla.

Desde aquellos tiempos, La Hermandad se hallaba en todos lados, a la vista del mundo en templos, escudos, símbolos.

Como si fuese un estigma, Kate, luchando por la luz, estaba siendo derrotada por El Perro y su legión de seres oscuros.

Evangelina, sorprendida en el mundo de la Cuarta Dimensión, fue apresada y sometida.

Los grises emitían extrañas ondas vibratorias para adormecer la mente.

Pero Adán, en cambio, viendo la inferioridad de fuerzas entre la luz y la oscuridad, expandió los brazos y comenzó a crear mandalas con la flor de la vida por doquier, como si fuese un escudo protector, un llamado de ayuda. Los símbolos de geometría sagrada comenzaron a hacer efecto inmediato. Multitud de colores nunca vistos en la Tierra se deslizaban frente a la visión cuatridimensional. Eso hizo que atrajera la presencia de más seres radiantes. Adán comenzó a desplegar la espada de luz con maestría y un magno poder descendió sobre él. Se infló de fuerza y comenzó a sacudir la espada con una velocidad impactante. Tanto El Perro como La Cobra tuvieron que soltar a Kate y Eva respectivamente, por el impacto energético que generaba la espada de Adán.

Lilith estaba elevada en una especie de trono contemplando todo. Adán luchó con el valor de un guerrero, atravesando a media docena de reptilianos en pocos movimientos. La legión de reptilianos fue contra él con furia y odio en los ojos. Sentían repulsión por la luz. Adán se giró varias veces con maestría en la lucha, como si fuese un poderoso huracán, movilizándose ferozmente a diestra y siniestra con la espada.

Pero contrariamente, mientras más reptilianos alejaba más aparecían, eran una multitud.

Lilith rio con fuerza. Aprovechaba la energía para reactivar su poder.

Adán Roussos había sido un hombre pacífico en la Tierra, pero ahora sentía el poder de un guerrero de la luz dentro de su espíritu, como si tuviese a cien tigres en su corazón.

Pensó en Alexia Vangelis, sintió su amor.

Pensó en La Fuente, sintió su poder.

Invocó con todas sus fuerzas la luz. Invocó todo lo que su corazón emitía. Invocó a la raíz y esencia de todas las cosas. Sabía que la frecuencia electromagnética que generaba el corazón era más poderosa que el cerebro. El corazón estaba cargado con luz pura, con magia, con la chispa del origen.

Inmediatamente algo mágico comenzó a suceder.

Poco a poco comenzaron a manifestarse seres de luz en su ayuda. Más de cincuenta seres dieron inicio a su descenso, o mejor dicho comenzaron a materializarse en esa dimensión. Pronto se presentaron altos y radiantes seres de Sirio, pleyadianos y arturianos pertenecientes al Consejo Galáctico.

No necesitaban espadas.

Elevaban la mano derecha tal como solían hacer Jesús o Buda cuando estuvieron visitando la Tierra. Era un símbolo de poder que aleja todo mal. Una señal de estar en el centro del universo, existiendo, siendo uno con La Fuente.

Los seres masculinos medían más de tres metros, de rostro alargado, con barba en punta y el cabello largo. Los seres femeninos tenían un aura magnética, la belleza en sus rostros y portaban en los ojos un destello constante de luz, de vida, de magia. Todo el universo estaba en ellos y ellos en todo el universo. Su sola presencia generó una radiante onda expansiva, un muro de luz impenetrable.

Los rostros de El Perro, La Cobra y La Dama se mostraron extrañados de ver esas presencias en aquel sacrificio.

Algo estaba saliendo mal. Esos seres no debían estar allí. Eran maestros ascendidos. Seres avanzados del Cosmos.

El alma de Lilith, llena de enojo, destiló el calor de la ofuscación.

63

Cuarta Dimensión,
Londres, 23 de julio de 2014

D ebido a la presencia de tantos seres de luz, los reptilianos comenzaron a descender a la Tercera Dimensión nuevamente. Iban desapareciendo como si
se conectaran colectivamente por una orden interna. Lilith
también desapareció junto a todos.

Evangelina dio vueltas y vueltas en la profundidad de
su conciencia.

La vibración era tal en ese círculo de seres que se sentían sobrecogidos. Adán y los radiantes se unieron desde
la elevada vibración que salía del centro de sus pechos. Eso
fue una explosión de amor entre ambos. Aquello eran mil
orgasmos sexuales de la Tercera Dimensión, un poder de conexión espiritual tan intenso que todo lo demás carecía de
sentido. Cuerpo, sudor, sexo… ¿qué era aquello frente a tal
majestuoso vínculo espiritual? Esa conexión era atemporal,
mágica, sublime. Sentir la conexión con La Fuente, ser uno
desde la conciencia, ser la divinidad en sí misma.

Adán, Kate y Evangelina se miraron con los seres ascendidos, con los ojos llenos de vida, amor y eternidad.

—Ahora tendrán que regresar a sus cuerpos físicos —les
dijo uno de los maestros ascendidos—. Luchamos con las
fuerzas oscuras y por eso nos desdoblamos, pero ahora tienen ustedes que bajar a sus cuerpos a resolverlo.

—¿Cómo resolverlo? —preguntó Evangelina telepáticamente.

Una de las maestras le dirigió una mirada compasiva.

—Eres valiente, Eva. Ahora tienen que resolver el sacrificio que quieren realizar ellos con la chica.

Evangelina giró su visión hacia la Tercera Dimensión. Debajo, en la ceremonia, los reptilianos estaban yendo por todas sobre Anny Casablanca. Querían su sangre para fortalecerse. Sobre todo, después de haber perdido la batalla astral.

—¡No! —exclamó Evangelina.

—Es tiempo de volver —les pidió la maestra—. Pronto recibirán nueva información de un infiltrado en La Hermandad.

Los maestros le dirigieron energía de amor hacia Adán y a los demás, por las manos, el pecho y los ojos.

—Cuídense.

Adán sólo sonrió con gratitud.

Y junto a Evangelina y Kate, sobresaltados como quien despierta de un sueño, regresaron hacia sus cuerpos.

64

En la puerta de entrada de la mansión, los neumáticos de los coches que llevaban a los participantes de La Hermandad derrapaban en las piedras y el barro mojado, huyendo velozmente, cuando Kate, Adán y Evangelina abrieron los ojos.

Sus cuerpos estaban completamente envueltos en sudor, cubiertos únicamente por aquellas capas.

En aquel recinto ya no quedaba nadie. El humo del incienso continuaba expandiéndose por el aire y las velas mantenían la penumbra del ambiente.

—Se han ido —dijo Kate, cubriendo su desnudez con la capa puesta sobre sus hombros, se quitó la máscara y comenzó a buscar su ropa interior.

Adán hizo lo mismo y pasó la mano por sus rizos, comenzando a incorporarse, tenía el cuerpo de Evangelina encima suyo abrazándolo.

Adán se incorporó.

—¡Se la han llevado! —dijo, agachándose para tocar el rastro de unas gotas de sangre en el suelo—. La han herido.

Kate observó el rastro de sangre.

—¡Víboras!

—¡Rápido! —exclamó Adán—. ¡Salgamos de aquí antes de que sea demasiado tarde para esa chica!

—¿Pero dónde la buscaremos? —preguntó Evangelina.

En ese preciso momento, la sombra de una persona apareció detrás de unas largas cortinas color granate. Se movilizaba lentamente. Todavía llevaba colocada la máscara. La silueta humana se fue acercando. Portaba su larga capa. En sus manos llevaba un cofre, con algo dentro. Lo dejó sobre una mesa, junto a una llave dorada. Luego llevó sus manos hacia el rostro y se quitó aquella máscara.

Era David Eslabon.

65

Tercera Dimensión,
Londres, madrugada del 24 de julio de 2014

El reloj de la pared marcaba ya las seis de la mañana. Cuando David Eslabon se acercó, Adán Roussos pudo ver encima de su cabeza. Aquel hombre estaba despierto y radiante.

—¿Quién eres? —preguntó Kate.

David miró hacia los ojos de su amiga.

—¿David? —preguntó Evangelina, sorprendida.

El mexicano asintió con expresión benévola.

Ambos se estrecharon en un abrazo.

—¿De dónde se conocen? —preguntó Kate.

—Es un gran amigo.

Adán reconoció su voz y además certificó en su aura que él era un espía de luz infiltrado dentro de La Hermandad.

—Tú eras el que me llamaba por teléfono —afirmó Adán sonriente, al conocer a su informante.

David asintió. Trasmitía una vibración amigable.

—Estoy en mi misión, como ustedes.

Los tres comprendieron.

—¿Qué harán con la chica? —preguntó Evangelina.

—Querrán sacrificarla. Me temo que será difícil detenerlos. Pero lo más importante es que han dejado a mi cargo lo más trascendente.

—¿A qué te refieres?

El mexicano abrió la tapa del cofre.

—¡Una calavera de cristal! —exclamó Evangelina.

Sabía que desde tiempos inmemoriales, los seres de luz de otras partes del universo habían colocado información inteligente dentro de trece calaveras de cuarzo hechas de una sola pieza. Y que, cuando se uniesen, el mundo conocería toda la información de los orígenes directamente en su conciencia, tal como muchas personas escuchan la misma canción al sintonizar la misma emisora de radio.

Las ondas de información de la conciencia se trasportaban por El Campo que cubría todas las cosas. Los científicos llamaban a ese poder "campo unificado" o "campo morfogenético"; el psicólogo Carl Jung lo mencionó como "inconsciente colectivo".

Debido a que el ser humano no iniciado se sentía desconectado de dicho campo de información, que vibraba en todo el ambiente, estaba inmerso en la dualidad y la ilusión, pero los despiertos lo sabían, estaban "dentro" de aquel campo y poderosamente sintonizados con él.

—Ellos querrán el sacrificio de Anny para reforzar su poder temporalmente, pero nosotros debemos completar otro trabajo —dijo David.

—¿A qué te refieres? —preguntó Evangelina, acalorada.

—La Hermandad no lo sabe, pero los grupos de luz distribuidos por la Tierra unirán las trece calaveras y, ésta que está aquí, debe llevarse a la pirámide de Keops en Egipto para activar la *Merkaba* de la gente lista para evolucionar. Los Crop Circles que se están plasmando en los campos y las demás pirámides alrededor del planeta harán el resto. Van a irradiar la información y la verdad al mundo a través de los cristales. Eso será indetenible para la ascensión. Además de activar la vara de poder Ankh.

David Eslabon sacó también del cofre una vara de aproximadamente treinta y cinco centímetros.

Representaba la inmortalidad.

Representaba la cruz de unión entre el alargado falo de Osiris en conexión con el sexo de Isis, el círculo de la vida.

Representaba la llave hacia dimensiones elevadas.

Adán se mostró pensativo.

"Radiación de energía mediante cristales para despertar conciencias".

Él sabía que, efectivamente, había más de 40 mil kilómetros que unían perfectamente, a través de líneas magnéticas de la corteza terrestre, a las más conocidas pirámides y monumentos diseñados para que la rejilla electromagnética del planeta estuviera encendida. Desde Mohenjo Daro, hasta la isla de Pascua, estaban unidos a las pirámides de Teotihuacán, Chichen Itzá, Uxmal, Tihahuanaco, Machu Pichu, Egipto, Perú, Indonesia y muchas más; se conectaban como grandes antenas en sintonía con el universo. Los sabios de la antigüedad lo sabían.

Adán aclaró:

—Todos los templos antiguos han sido construidos en lugares energéticos. La Tierra tiene, como el cuerpo humano, puntos erógenos, llenos de vida. En tiempos ancestrales, hace más de diez mil años, había varios grupos de seres del Cosmos, quienes llegaron a instalarse en esos lugares de la Tierra. Ellos fueron los llamados dioses de la historia. Los antiguos humanos vieron a los seres dimensionales volando con naves espaciales pero, como ellos no sabían lo que era una nave espacial, lo interpretaron con palabras de objetos que conocían. Los artistas de aquella época los ilustraban ya sea volando en carruajes o ilustrándolos con alas. Estos seres dimensionales tenían conocimiento del plan de la creación, el poder del ADN y la expansión de la conciencia. La manipulada historia oficial arqueológica los encapsuló en mitos. Pero esos seres de luz tenían contacto con personas avanzadas en los tiempos antiguos y trataron de ayudarlos a desarrollarse intelectualmente. Les fueron enseñando arte, matemáticas, filosofía, medicina, astronomía, ciencia. Todo el mundo lo tiene grabado en su interior. Por ello, ahora es vital activar la energía a través de los monumentos.

—¿De qué forma lo haremos? —preguntó Kate.

Adán supo la respuesta antes de que David Eslabon la mencionase.

—El tiempo del despertar ya ha comenzado luego de la primera oleada de seres despiertos en 2012. Necesitamos expandir la masa crítica y para ello necesitamos activar más almas brillantes.

—¿Entonces? —preguntó Evangelina.

Adán observó la calavera de cristal y la vara de poder Ankh. Cerró los ojos y puso sus manos en ella.

Se produjo un silencio.

—Ya sé lo que haremos —respondió Adán, abriendo los brillantes ojos, como si sacase el conocimiento de otro sitio.

66

Los periódicos de la tarde habían recibido una noticia fulminante que pronto se deslizó, como lava caliente por los medios de comunicación de todo el mundo.

Aquella madrugada, se había encontrado en su casa del barrio de Camdem Town, en la capital británica, el cuerpo sin vida de una de las estrellas de la música pop más prometedoras y talentosas.

LA CANTANTE ANNY CASABLANCA
HA MUERTO EN
CIRCUNSTANCIAS MISTERIOSAS.

Todos los medios se habían hecho eco de la tragedia.

Los vecinos habían declarado a la policía y a Scotland Yard que se escucharon gritos provenientes de la casa de Anny.

La joven cantante, de veintisiete años, ganadora de varios premios Grammy, había sorprendido al mundo con su particular registro vocal, apoyado por sus ostentosos peinados y su cuerpo lleno de tatuajes.

Fue encontrada inerte, sin aparentes signos de mutilación.

"Sobredosis".

"Suicidio".

"Tenía depresión porque la había dejado su ex novio".

Todo el mundo especulaba falsas causas.

Lo cierto era que la rebelde y popular cantante había pagado un precio muy caro. El secreto que giraba en torno a su deceso iba a quedar en entredicho. Se abriría una investigación que sería reducida a un puñado de hipótesis.

"Muerte por síndrome de abstinencia", reportarían oficialmente las autoridades, quienes también desconocían la causa real.

La Hermandad nunca sería culpable. Ni tampoco se revelarían las programaciones mentales que había recibido desde pequeña, como otros artistas, grabadas en las capas profundas de su subconsciente. El Programa Monarca´MK-Ultra, de control mental, sigilosamente, había hecho mella en otra víctima, oculto como un humo asesino, bajo la excusa de las drogas y el alcohol.

Anny Casablanca ya estaba en la lista de artistas jóvenes que habían muerto demasiado pronto.

67

Tercera Dimensión,
Londres, 25 de julio de 2014

Kate Smith había conseguido un avión privado. El morro blanco del Citalion CJ1 despegó pasadas las 2 de la madrugada y enfiló hacia el sureste, rumbo a El Cairo. La aeronave que transportaba a Adán Roussos, Evangelina Calvet, David Eslabon y Kate Smith alcanzó pronto más de novecientos kilómetros por hora. Todos estaban alarmados por la noticia que sacudía los periódicos de la tarde.

—¡Qué horror! —exclamó Evangelina, con el corazón acelerado.

David Eslabon le pasó la mano por el hombro, tratando de consolarla.

Adán sintió empatía y congoja por la pérdida de aquella chica; él, como muchos, disfrutaba de su música. Conectó la mirada con Kate.

—Ellos irán hasta el final —dijo David, resignado.

—¡Son unos locos maquiavélicos! —Evangelina estaba rabiosa.

—Hemos hecho lo que estaba a nuestro alcance —argumentó Kate, su piel color ébano brillaba bajo las luces de la aeronave.

Evangelina Calvet se sintió vulnerable y superada por todo aquello. Su psiquis y su cuerpo sufrían los embates del estrés por la demora de su libro, la participación en una orgía, su primera vez conociendo las leyes de la Cuarta Dimensión, el asesinato de una cantante. Era demasiado para no sentirse agobiada.

Algo inquietó a Adán.

"¿Por qué ella?", pensó.

En su interior sentía que una pieza faltaba por encajar. Se tomó un momento para reflexionar.

Kate les acercó una botella de Perrier a todos.

—¡Un momento! —exclamó Adán, con énfasis—. David, pásame el periódico por favor.

El mexicano le extendió un ejemplar del tabloide.

—Observen —les pidió, señalando la foto de Anny en la que la joven cantante estaba de perfil.

Evangelina, Kate y David hicieron lo que Adán les pidió.

—¿A qué te refieres? —preguntó Evangelina, desorientada.

—Observen detenidamente el perfil de Anny y su cabeza.

Una ráfaga fría recorrió la espalda de Evangelina.

—¿Faraónico? —preguntó Evangelina, en un susurro.

—¡Faraónico! —exclamó Kate.

Se produjo un silencio.

—¿Crees que ella era de sangre real o annunaki?

—Probablemente. Su perfil, su aura, son demasiado similares —afirmó Adán.

Evangelina necesitaba comprobar aquello.

—Pero si era poderosa, ¿por qué sucumbió ante las tentaciones del alcohol y las drogas?

—Eso es lo que ellos quieren que pienses —terció David—. Hacen un plan a largo plazo para generarle debilidades en el cerebro y manipular a los futuros artistas. De esa forma, los elegidos pierden poder y adquieren dependencia. Programar el cerebro es activar los encubiertos sistemas operativos del subconsciente cuando ellos quieran, y a los que quieren salirse de la organización los desprograman. Así de sencillo, se manejan fríamente, sin alma y sin remordimientos.

—¡Cerdos! —exclamó Evangelina, negando con la cabeza mientras miraba por la escotilla del avión hacia la noche oscura.

—El problema es que el común de los mortales no cree en semejante cosa y los que sospechan no investigan y se duermen en la rutina diaria —matizó Adán.

—Me aterra porque presiento que La Hermandad seguirá defendiendo el linaje cueste lo que cueste —dijo Evangelina, entre dientes.

David se inclinó hacia delante antes de hablar.

—Desde la época de los faraones egipcios ha habido almas luminosas y almas controladoras egoístas. Ella quizás vendría de un linaje ancestral que La Hermandad conocía. Su *modus operandi* es seguirle la pista a través de sus vidas y buscar, como si fuesen pequeños budas, para utilizarlos como mercancía popular a través de las artes. No todos los artistas son así, claro, pero muchos son manipulados —David Eslabon había escuchado pacientemente muchas historias secretas durante los años infiltrado en la organización.

Adán tomó una profunda inhalación.

—Esto es fácil de imaginar si nos apoyamos con certeza en la ciencia, la arqueología profunda y la genética —agregó—. Sin ir muy lejos, el gran faraón Ramsés II tuvo noventa esposas y más de cien hijos. Entonces si activamos la imaginación, veremos a los hijos e hijas de Ramsés II como ramas de un árbol que se extienden y extienden generando millones de nuevas descendencias, a lo largo de los siglos, hasta hoy en día. Y hablo sólo de un faraón, hubo centenares entre todas las dinastías. Eso generó un linaje hasta nuestros días. Las células poseen la impronta de sus descendientes. Quizás ella, como muchas personas, no sepan que sus orígenes provenían de una élite.

Kate intervino.

—En realidad, si era annunaki o no, sólo lo sabríamos siguiendo su descendencia hacia atrás en el tiempo. No nos sirve ver al pasado ahora, sino saber qué hacer con la calavera de cristal y la cruz Ankh. La evolución humana depende del estado de conciencia de cada individuo.

Adán asintió.

—Tiene razón Kate. Necesitamos concentrarnos en la activación de la *Merkaba*, el vestido del planeta para que la frecuencia afecte positivamente a quien está todavía dormido para elevar la masa crítica.

Adán se refería a que había casi 7,000,000,000 personas en el planeta, se necesitaba que el 17 por ciento estuviera despierto y afectara al resto de la población con la ley de Sheldrake, para generar el cambio de conciencia global.

Ellos serían los simbólicos 144,000 elegidos de la Biblia. Aunque después de 2012, con la activación de las tormentas solares y su impacto en las células y la psiquis, mucha gente sin poseer la información y la activación de su ADN seguía pensando erróneamente que nada había cambiado, simplemente porque no podían verlo con los ojos físicos.

—¿Qué haremos con la calavera de cristal? ¿Cómo la activaremos?

Adán recordó la información que los seres dimensionales le habían enseñado.

—La treceava calavera está en un plano astral, allí es donde todos los cambios suceden. Mucha gente esperó verlos en la Tercera Dimensión, pero como hemos experimentado en el ritual, el campo astral es el plano donde está el verdadero ser de cada uno, el cuerpo físico es el envase para manifestarlo aquí. Pero tenemos que tener en cuenta que los otros doce cráneos están ahora en la Tierra. Para que la treceava vuelva a materializarse hará falta que estén activándose los otros doce cráneos con la información sobre el origen de la humanidad y la creación del universo.

—Lo están haciendo —afirmó David—. Yo he sido el guardián de este cráneo de cristal y estoy en contacto con los otros once que están haciendo su trabajo en varias partes del mundo. Este cuarzo tiene que activarse en Egipto.

Adán tuvo un pálpito.

—Por favor, pásamela, quiero ver algo.

David extrajo la calavera del cofre dorado con extremo cuidado.

Adán sintió la vibración. Luego la observó atentamente, moviéndola muy suavemente hacia arriba y abajo como si quisiera ver algo que no se veía con los ojos físicos.

—Observen aquí.

Por turnos, todos observaron en la nuca de la calavera. Había una inscripción, como si hubiese sido grabada con rayo láser. Estaba escrita subliminalmente, sólo un ojo iniciado podía verla.

Leyeron: "YHWH".

—Es el tetragrámaton judío —afirmó David—, nunca lo había visto en todos estos años que la custodié. Qué extraño.

—¿Qué papel cumple esto aquí? —preguntó Evangelina.

—Es el nombre sagrado de Dios, a decir verdad, se pronuncia Jehová, es la unión etimológica y andrógina de *Jah* y *Havah,* el principio masculino y femenino. Pero lo más significativo es que...

Adán giró delicadamente la calavera. Apareció un pequeño símbolo transparente de no más de tres centímetros encriptado en la nuca.

—¡Un triángulo invertido! —exclamó Evangelina.

Kate sonrió. Todos sabían lo que significaba.

—El divino femenino —afirmó Adán—. El triángulo es la representación de todo el género femenino y la vagina como la puerta de la vida.

David y Evangelina clavaron la vista en aquel rótulo.

Evangelina iba atando cabos en su investigación.

—¿Pero Jehová entonces...?

—Es la unión de ambas energías —respondió Adán—. Aunque en realidad, querida Evangelina, *Havah*, con el correr del tiempo se fue transformando en *Hevah*, y aquel sagrado nombre prehebraico llegó hasta nuestros días como "Eva".

68

Tercera Dimensión,
Londres, 25 de julio de 2014

El avión estaba a treinta minutos de aterrizar en la capital de Egipto. Las primeras luces del amanecer se filtraban por las escotillas.

Evangelina Calvet estaba emocionada. Se puso de pie en busca de su iPad dentro de su cartera.

—Ahora entiendo por qué Lilian... Lilith —se corrigió—, me dijo que yo era Eva, no Evangelina.

—Todas las mujeres nos enaltecemos como hembras, féminas, diosas sagradas y representamos a Eva —matizó Kate—. El principio femenino fue tratado de ocultar, demonizar y puesto a propósito en una posición sumisa, primeramente por el patriarcado y luego por las religiones.

—Quiero que vean esto —Evangelina les mostró la pantalla del iPad.

Adán cogió el aparato.

—En mi investigación, no he podido desvelar esta imagen que creo que estuvo allí esperando este momento para que yo la comprendiese.

Todos observaron el dibujo.

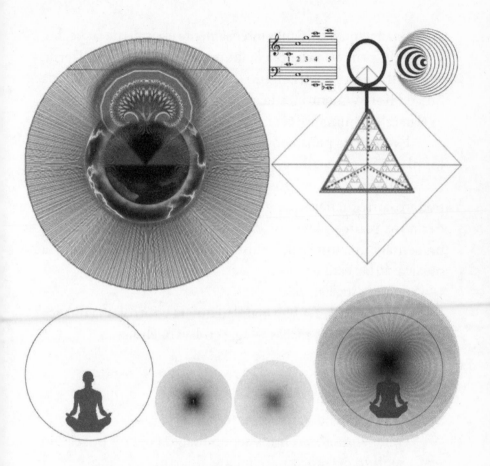

—¿Dónde has conseguido esto? —le preguntó Kate.

—De la biblioteca privada de mi madre. Ella ha heredado un conocimiento esotérico desde muchas generaciones atrás.

—El conocimiento liberará a los dormidos e impulsará a los despiertos que estén dispuestos a evolucionar —Adán trató de llevar más comprensión al asunto—. Estos símbolos son altamente significativos y debemos descifrarlos.

—Explícate.

—Todo aparece y se revela en el momento justo. La vida es perfecta. Estos símbolos que tuviste durante mucho tiempo se revelarán ante ti hoy, como a cada persona se le revela, en su propia vida, lo que necesita para avanzar en su camino espiritual.

Evangelina sintió más intensamente el ritmo de su pecho.

—El primer círculo a la izquierda representa la Tierra, sobre ella se halla el triángulo invertido o la fuerza femenina que da florecimiento, es la semilla de la vida. Pero también es el cerebro humano, el círculo, el símbolo de la perfección.

Evangelina pensó en la cabeza, los ojos, la rueda, el Sol, los planetas, el círculo era el auroboro eterno.

—La imagen en postura de meditación representa la poderosa frecuencia que genera en la conciencia para acceder a los planos elevados de la existencia. Más arriba está un pentagrama musical, la vibración musical del Cosmos, la música de las esferas.

Evangelina asintió.

—De allí que La Hermandad quiera controlar la música para controlar a las masas —agregó Evangelina.

—Así es.

—¿Y los triángulos con la cruz Ankh?

Adán sonrió.

—Observa con atención.

Evangelina tomó unos segundos, era lista y poseía un sexto sentido extraordinariamente abierto.

—¡Los triángulos son las pirámides vistas desde arriba!

—Exacto. La llave Ankh es la llave de la vida eterna a través de la unión del falo y la vagina —remarcó Adán.

David Eslabon había dado información confidencial anónima, años atrás, para dos documentales realizados por arqueólogos, investigadores y arquitectos que participaron en un proyecto de History Channel, que llamaron "La revelación de las pirámides" y "Sexo en el antiguo Egipto". Ambos se podían ver libremente en YouTube.

Evangelina estaba cada vez más impactada. Adán Roussos estaba certificando su investigación.

—Te refieres a los ocultos ritos sexuales dentro de las pirámides —afirmó Evangelina.

Adán observó a Kate. Ella también lo sabía.

—Es realmente importante trasladarse con la imaginación a los primeros tiempos de la humanidad, cuando el sexo se veía de una forma completamente diferente a la que se ve ahora. Los conceptos de lujuria, culpa, vergüenza, pertenencia sexual e incluso infidelidad no existían. Fueron un veneno lento que fue oxidando la mente de muchas generaciones, grabando una impronta negativa hacia el sexo en las mismas células de cada nuevo niño y niña, que nacían ya con la vergüenza en su mente.

David y Kate asintieron.

—En la antigüedad el sexo era no sólo la forma de engendrar vida y una nueva criatura —continuó diciendo Adán, con voz potente—, era también la forma de volver a sentir a Dios, hacer milagros, participar en la creación como dioses, viajar a otras dimensiones. Los dioses de antaño no eran mitos, eran seres iluminados atómicos que se unían sexualmente y la mujer era vista como el puente para llegar a que esa iluminación sucediese, venerando a la diosa en cada una. El sexo era el acto más espiritual posible en la Tierra.

Adán también hacía referencia a que en la historia de la humanidad el culto a la divinidad, a través del sexo y las orgías sagradas, o *Hieros Gamos*, como lo llamaban en la antigua Grecia, eran algo común cinco siglos antes de Cristo. Los registros de las ceremonias sagradas eran múltiples: se ofrecían banquetes en honor a Afrodita, Eros o cualquiera de los dioses y se realizaba el sexo alquímico. En las ceremonias los Iniciados entraban al Telesterion, un recinto sagrado donde se entraba al trance místico. Estaba situado a unos veinte kilómetros de Atenas, y podía acoger a unos tres mil Iniciados. Las sacerdotisas encendían fuego y revelaban las visiones obtenidas la noche anterior. Aquellos que habían sido iniciados tenían prohibido hablar nunca de los hechos que tenían lugar en el Telesterion.

En todas las culturas estaban registradas las iniciaciones sagradas mediante el sexo, pero con el paso del tiempo y con la invasión del imperio romano se había degenerado el concepto original.

—Tengo conocimiento de ello —agregó Evangelina—, la historia oficial tapó los registros. En los museos se ocultan estas evidencias. Incluso los primeros judíos creían que *Shekinah* —que era el nombre para la parte femenina de la diosa— se unía, a través de cada mujer, con la parte masculina en cada hombre dispuesto a sentir la plenitud divina a través del orgasmo, inclusive se realizaba en el mismo templo donde se oraba. La conexión con lo divino por el sexo.

—Sí. Aquello representaba, dentro del cuerpo humano en pequeña escala, lo que la ciencia llama Big Bang, la explosión de la energía creadora de todo el universo. Aquellos ritos eran la transformación o transfiguración celular, energética y espiritual, como un poderoso huracán existencial en la conciencia de los individuos que realizaban aquella ceremonia...

Evangelina lo interrumpió.

—Déjame adivinar... —dijo velozmente—. La Hermandad, al manipular los rituales negativamente, ya que las orgías sagradas eran un vehículo colectivo para acceder en masa al estado donde se percibe a Dios, aprovecharon el conocimiento e incluso utilizaron la sagrada imagen de la diosa Isis para su beneficio.

Evangelina sintió un escalosfrío en la piel al decir aquellas palabras y sus ojos se nublaron. Su alma sintió una mezcla de emociones. Una lágrima resbaló con lentitud por su cara. Ella quería la oportunidad de venerar los orígenes.

Se secó con un pañuelo y respiró profundo.

—¿Pero por qué adoptaron a Isis como su estandarte?

Adán sonrió una vez más.

—Por el origen y la descendencia real de los seres iluminados —respondió Adán, mirando a los penetrantes ojos negros de Kate—. El origen llamado Génesis, querida Evangelina, es en realidad la abreviatura de "el gen de Isis".

69

E l amanecer sorprendió a Terese Calvet en el mullido sofá de su casa, rodeada por sus dos gatos persas.

A pesar de la lucha, el ritual había sido una victoria para ella, pero un trabajo incompleto de La Hermandad. Era cómplice silenciosa en la muerte de Anny Casablanca, la promesa más exitosa de su sello discográfico. Visto con ojos comerciales, su álbum póstumo se vendería como pan caliente.

Se sintió cansada. Su fiel asistente no estaba.

"¿Dónde estará David?", se preguntó preocupada.

"Él es custodio de la calavera de cuarzo y del estandarte".

"¿Por qué no llama?".

Terese tenía la mente desordenada, no sabía nada de él, era como si se lo hubiera tragado la tierra.

No podía ocuparse en aquel momento de rastrearlo, ya que estaba sintiendo un intenso dolor físico luego del estrés. Sentía el cuerpo exhausto, sin fuerza y no tenía nadie que la atendiera. Sabía que la enfermedad terminal en los huesos avanzaba inevitablemente.

Necesitaba hacer un balance de su vida.

Nadaba en la abundancia económica. Tenía poder. Pero se sintió esclava. Presa de un sistema, dueña de un castillo de naipes de oro. Respiró profundo. Se recordó a sí misma, en un rincón de su memoria, cuando era una niña. Jugaba, saltaba, reía... hasta que había heredado la fortuna de su padre y su empresa discográfica. Ahora era adulta, sin pareja, contratando ocasionalmente algún muchacho para que le diese un poco de placer, porque en las ceremonias ni por asomo le proporcionaban la cuota sexual necesaria, al contrario.

"¿Para qué quiero tanto dinero?", se dijo.

Era la primera vez que se hacía aquella pregunta.

"No tengo tiempo para nada".

Aquella otra voz interior comenzó a empujar las paredes de su mente.

Y una puerta mental se abrió:

"El dinero no puede comprar ni el tiempo ni el amor".

"¿Cuántos meses me quedarán por delante?"

Ésa era una puerta existencial a la que todo ser humano tarde o temprano se enfrentaba.

"¿Para qué estoy aquí?, ¿Cuál es mi destino? ¿Quién soy en realidad?"

"Al final, heredará todo Evangelina. ¿Dónde estará ahora? Los idiotas de la CIA no han podido apresarla".

Terese Calvet se sintió impotente. Era rica, pero dependía de cada movimiento de La Hermandad, como una secta de trabajo, como una cadena que no podía soltar.

En realidad, se sintió pobre, porque los dos valores más preciados que deseaba todo ser humano no los tenía.

Terese Calvet no tenía ni salud ni tiempo libre.

Miró hacia los lados. Sola. Enferma. Abandonada. Sin su mano derecha que la ayudara. Inmediatamente suplantó la tristeza con el enojo. De pronto, un impacto hormonal hizo que sintiera ira en la sangre.

Dio un salto y cogió el teléfono. Al cabo de unos segundos, lanzó su enojo como un volcán que expulsa lava.

—Estoy ofuscada. Nadie se ha comunicado conmigo y algo grave está pasando —le dijo a El Perro, quien estaba en la bañera de un lujoso hotel, cubierto de espuma, con dos mujeres de cuerpos esculturales desnudas, una rubia y otra de cabello negro a su lado que sostenía una botella de costoso champán francés. Él sí estaba satisfecho por haber quitado a Anny de en medio y por sentir la fuerza de su juventud en su cuerpo. Había robado parte de la fuerza vital de ella.

"Parte de su *Ka* ahora es mío", pensaba.

Se incorporó sobre la espuma y jugando con los pezones de la rubia, le dijo:

—Cálmese, tenemos que esperar los efectos del ritual.

El Perro hacía referencia a que una vez realizado un acto mágico la intención puesta dentro del rito tardaba un tiempo para manifestarse en la Tercera Dimensión.

—Usted y su padre son de los más interesados en instaurar el Nuevo Orden Mundial, ¿y me dice que me calme?

Al Perro le irritaba ser molestado. Él había sido quien se había cargado a Anny Casablanca, necesitaba disfrutarlo a su modo.

—¿Pero qué ha pasado tan grave? ¿Por qué está tan nerviosa? El ritual terminó bien para nosotros. ¿Qué quiere que haga, que ponga un anuncio en el periódico?

La Dama montó en cólera.

—¡Ha desaparecido mi asistente con la calavera de cristal con la cruz Ankh! ¿Le parece poco?

El Perro se incorporó con rudeza salpicando agua fuera de la bañera, esta vez mostró preocupación.

—Hablaré con Cervantes y su equipo de la CIA personalmente. En cuanto tenga novedades la llamaré —retrucó enfadado, mientras apartaba groseramente a las dos mujeres desnudas de la bañera. Salió chorreante de agua y jabón, tomó una bata blanca de toalla, caminó rápidamente hacia su dormitorio con el teléfono en la mano.

Necesitaba hacer llamadas urgentes.

70

L as ruedas del avión privado chirriaron al tocar el suelo de El Cairo.

Unos minutos más tarde, los cuatro bajaron rápidamente por la pequeña escalera de la aeronave. Los nuevos rayos del Sol naciente propagaban su luz y su calor por la atmósfera de la añeja ciudad. Sin pausa, tomaron un taxi y contrataron un guía egipcio llamado Tamred. Era flaco, desgarbado, de unos veintiocho años, con los dientes delanteros largos que le daban una expresión similar a la cara de un perro galgo de carrera.

—¿Puedes llevarnos hacia las pirámides de Giza? —le preguntó Kate, amablemente.

—Serán cien euros.

—Tengo dólares.

—De acuerdo.

Kate había perdido la noción del dinero. Aunque el precio era elevado, accedió. El guía agradeció a Alah por aquello y les pidió que lo siguieran. Una camioneta Trafic blanca para ocho pasajeros se situó a los pocos minutos frente a ellos.

Los cuatro subieron al vehículo y Tamred comenzó a conducir a gran velocidad tratando de acortar las dos horas que había de distancia entre el aeropuerto y las pirámides. El tráfico era caótico, estresante y peligroso.

Evangelina iba sentada adelante, se giró hacia atrás en el asiento.

—Adán, quiero anexar más conocimientos sobre tu ascensión. Según entiendo, cada dimensión está regida por un conjunto de leyes y principios específicos cada vez más elevados. Y sé que existen siete dimensiones que se corresponden a la octava dimensional donde se encuentra la Tierra en estos momentos. Como las notas musicales, las siete están entretejidas y sostenidas por la melodía cósmica.

—Así es. Las dimensiones son los diferentes estados de la existencia que experimentamos durante el camino hacia La Fuente. Todos los niveles dimensionales se encuentran en el aquí y el ahora, la diferencia es la longitud de su onda o frecuencia. Las dimensiones son niveles de conciencia, frecuencias dentro de las cuales vibramos, como si fuesen diferentes estaciones de bandas de radio. Algunas dimensiones están fuera de la comprensión humana.

Adán bebió un sorbo de agua, antes de proseguir.

—Cambiar de dimensión significa expandir nuestra conciencia, cambiar la realidad y la visión de las cosas.

—Como la salida del cuerpo que sucedió en la orgía.

Adán asintió.

—Eso fue una experiencia extracorpórea en la Cuarta Dimensión astral baja, allí recibimos ayuda de seres elevados pero a ellos se les hace muy difícil bajar de dimensión. La Cuarta Dimensión es parecida al mundo de los sueños y la imaginación.

—Pero, ¿de qué manera funcionan?

—La Primera Dimensión es la que comienza a transformar la energía en materia, es la frecuencia básica de los átomos y las moléculas, es la dimensión de la pequeña escala del pentagrama cósmico, o sea, el microcosmos. Aquí se activa el código génetico y se provoca un impulso vital al sistema celular.

—Según tengo entendido, en la Tierra tiene que ver con los cuarzos y minerales, los ancestros y testigos de todo lo que sucedió en este planeta.

—Exacto. La Segunda Dimensión es la vibración que mantiene la unión entre las especies, lo que se ha llamado el inconsciente colectivo de las especies. Los animales de una misma especie se reconocen morfogenéticamente por especie. Es la frecuencia en la que existen la mayoría de los animales y las plantas.

—Y la Tercera Dimensión, en la que estamos ahora, es el hecho de que el hombre descendió del estado paradisiaco, ¿verdad? —preguntó Evangelina.

—En la tridimensionalidad de los seres humanos hay una percepción lineal del tiempo y el espacio, se tiene la capacidad de recordar el pasado y proyectar el futuro desde el presente. El velo de esta dimensión es creer en la ilusión de la separación, éste es el gran problema. Sentirse separado de La Fuente ha dado lugar a las religiones, al autoritarismo y a la pérdida de poder individual.

—Tenemos que retornar a la inocencia.

—Tú lo has dicho, ésa es la clave, Evangelina. El desarrollo del ego empeoró las cosas. No estamos separados del Todo. ¡Ni podríamos! ¿Cómo salir de lo infinito? La gente no se puso a pensar en eso. En esta dimensión la gente se percibe separada y esa división ha sido el gran problema y ha creado la tan mentada personalidad que lo empeora. Cuando el ser humano toma conciencia de que es el mismo Ser original en diferentes envases, todo el asunto se termina. Es una aceleración en la conciencia hacia dimensiones superiores.

Tamred miraba por el espejo retrovisor.

"Occidentales excéntricos", pensó despectivamente. "Siempre buscando cosas raras para ser distintos".

Evangelina se quedó pensativa sacando sus conjeturas.

—¿Qué diferencia hay entre la Cuarta y Quinta Dimensión?

—La Cuarta es la frecuencia de la conciencia de unidad, aunque exista todavía marcada la individualidad, como pasó en este plano durante la orgía. En esta frecuencia están los arquetipos o el llamado inconsciente colectivo. Por ello percibimos a Lilian como Lilith, fue la visión como arquetipo colectivo de la primera mujer. En esta dimensión el tiempo es percibido en oleadas cíclicas en forma de espiral. Es también un campo cuántico donde se presentan de manera simultánea todas las posibilidades existentes. Por eso, allí nos movimos con libertad, pudiendo volar y practicar la telepatía.

Evangelina esbozó una dulce sonrisa.

—La Cuarta Dimensión es la frecuencia de la sincronicidad y la telepatía. Al encontrarnos en el café del aeropuerto en Nueva York, tú y yo Adán, ejercimos la ley de sincrodestino.

—Sucede como una antesala del paso de la Tercera a la Cuarta. En la Tercera y principios de la Cuarta Dimensión el Iniciado tiene la última vuelta donde tendrá un cuerpo físico como sistema de aprendizaje.

—O sea que una vez que se comienza a percibir la multidimensionalidad del universo, ya no se necesita el cuerpo para manifestarse.

—Así es, Evangelina, se utilizan cuerpos más ligeros.

Evangelina se quedó unos segundos en silencio, pensativa.

—¿Crees que toda la Humanidad podrá conseguirlo?

—La gente en estos momentos tiene dos caminos para elegir en qué dimensión vivirá: seguir en las viejas creencias que no llevaron al ser humano más que a guerras, luchas y enfrentamientos o, en cambio, tomar el camino que muchos están siguiendo en todo el mundo para despertar a la conciencia de unidad. Por ello la necesidad de formar grupos, reparar relaciones, activar la sanación y sentir la unidad.

—Son grupos de personas despiertas —intervino David—. Yo estoy coordinando varios y pasándoles información. Se está haciendo un movimiento mundial hasta llegar al número buscado de personas iniciadas.

—Buen trabajo —dijo Adán—. Porque los dormidos verán cómo sigue el desmoronamiento de estructuras políticas, religiosas y económicas que estuvieron por mucho tiempo establecidas. La renuncia del papa Benedicto XVI fue una muestra más de que la fuerza de la luz está moviéndose para quebrar todo lo que impida la libertad del ser con su nueva y elevada vibración.

—Es inevitable que la Tierra, como planeta, también esté elevándose a una escala mayor de la galaxia —acotó David.

—Sí. El cambio dimensional no sucede de un día para otro, sino por olas progresivas de conciencia —afirmó Adán, con seguridad—. Una vez que la gente esté alerta a los cambios internos de la Cuarta Dimensión, se abrirán las puertas a la Quinta y la Sexta.

Kate suspiró. Ella también estaba regresando de aquel paraíso.

—La Quinta Dimensión es la conciencia colectiva que se reconoce a sí misma como unidad con el Todo, y se maneja por la frecuencia de la sabiduría y la pura energía —dijo Kate.

—¿Están allí los Maestros Ascendidos y los espíritus guías que vimos bajar durante el ritual? —preguntó Evangelina.

—Sí. O bien sus dobles —respondió Adán—. En esa dimensión se puede estar en varios espacios al mismo tiempo. El tiempo-espacio es unidad, puedes aparecer voluntariamente en varios sitios. De la Quinta Dimensión en adelante, el tiempo es un continuo, sólo se percibe el ahora eterno.

Kate agregó:

—Las dos principales cualidades de la energía en la Quinta Dimensión son: su amplitud y la tasa a la cual vibra, o sea, su frecuencia. El cuerpo físico, las emociones, los pensamientos y el espíritu, todo está hecho de esta energía elevada. Debido a que ahora la energía que eres tiene una frecuencia, tú la puedes cambiar voluntariamente modificando los pensamientos, sentimientos e intenciones. A medida que elevas la frecuencia más baja de tu cuerpo físico, éste se vuelve menos denso e incorpora gradualmente energía de frecuencias más elevadas para que los átomos se transformen. Y éste es el experimento que haremos, generar una activación colectiva a través del *Merkaba* grupal.

—Una vez que la gente comience a enterarse, sucederán más iniciaciones... —agregó David, entusiasmado.

—Evangelina, tú pronto te convertirás en un ser de Quinta Dimensión —le dijo Adán mirándola directamente a los ojos—. Operarás y vivirás con seres de la Quinta Dimensión. Pero tienes que quitar todos los restos de las frecuencias más bajas, las del miedo y de la limitación, allí eso se derrumba y vivirás en un estado de éxtasis.

—Y si activo esta frecuencia también lograré publicar mi libro.

—Sin duda —respondió Adán—, y será una ayuda para muchos. En ese estado de conciencia ya no necesitas un cuerpo de carbono, sino de sílice etérico. Y tampoco hay nada que se asemeje a los parámetros del cuerpo y la mente de la Tercera Dimensión: ni envidia, ni competividad, ni celos, ni sexo, ni posesividad. Hay libertad total. El único compromiso es con La Fuente y la sintonización de tu Ser con ella.

Adán hizo una pausa.

—Aunque puedes volver a utilizar un cuerpo si lo necesitas... —Adán tocó la pierna de Kate dando suaves palmadas; ellos estaban usando un cuerpo físico nuevamente.

Kate, que miraba por la ventana la pobreza extrema en la que vivían algunas personas en Egipto, sintió compasión.

—En la Quinta podemos experimentar el fundirnos con el grupo de almas al cual pertenecemos vibracionalmente y a la multidimensional. Es la dimensión donde recordamos nuestro origen, quiénes somos, y nos movemos por nuestra sabiduría interna, es una frecuencia energética, no física.

Adán agregó:

—Muchos de los seres que venimos de la Quinta Dimensión podemos escoger ser guías espirituales temporales y ayudar a los que están en dimensiones bajas. Muchos seres humanos pueden canalizar también a la conciencia de los maestros ascendidos. Por ejemplo, en los grupos, cuando aparecen *orbs* en las fotografías, me refiero a los diminutos círculos de luz, es porque hay contacto, ya que los *orbs* son seres de conciencia evolucionada de dimensiones superiores. Aparecen porque los seres de Tercera Dimensión hacen contacto con su Yo Superior y activan las frecuencias más altas.

—Yo he visto esos círculos de *orbs* en muchas fotografías —dijo Evangelina.

—Claro, como la Quinta es una dimensión de luz, se puede percibir holográficamente a los seres en formas lumínicas de una gran intensidad, muchas veces llenas de geometría sagrada.

—¿Y la Sexta y Séptima? —preguntó David.

Adán sonrió.

—Eso tiene que descubrirlo cada uno por su propio viaje, pero son un estado de iluminación definitivo. En esta frecuencia un Ser iluminado puede manifestarse como individuo radiante y también de manera colectiva simultáneamente. Lo más importante de la Sexta Dimensión es que es la creadora de las matrices arquetípicas que se manifiestan en la Tercera, Segunda y Primera. Estas matrices son formas geométricas y las redes que llamamos geometría sagrada. Por ello, los seres avanzados están imprimiendo los Crop Circles ya que son los patrones geométricos de luz, creadores de vida y responsables de la materialización de armonía en la Tercera Dimensión.

Hubo un silencio, todos sintieron que estaban enamorados del funcionamiento perfecto del Cosmos.

Adán concluyó:

—Allí no termina el viaje, ya que la Séptima Dimensión es la frecuencia donde se encuentran los seres que son puro amor. Es una dimensión energética donde no existe la forma. Es la dimensión del reino angélico y las conciencias de luz pura. Donde están los budas, donde está Jesús, los seres de otros planetas y los dioses iluminados. Pero de eso no puedo hablar…

—¿Por qué? —preguntó Kate.

—Simplemente porque todavía no he estado allí. El bajar aquí a la Tercera Dimensión hace que en la Quinta te puedas elevar. Es como una flecha, primero vas hacia atrás, tomas impulso y luego te lanzas hacia delante.

El coche aumentó la velocidad. Estar en El Cairo le hizo sentir a Adán el dañino éxito de la ignorancia que sumía en la pobreza a aquel país, otrora el faro que iluminó gran parte del mundo antiguo.

Imaginó al Egipto en la dorada época de los gloriosos faraones iluminados y lo comparó con la época del Egipto actual, gobernado por el islam, la represión de la mujer, la ablución del clítoris y el fundamentalismo patriarcal obstinado y empeñado en amordazar la inteligencia humana. Había hambre, bombas, ira contenida y resignación.

No le hizo falta mucha sagacidad para ver que los egipcios contemporáneos habían hecho una elección equivocada.

71

Álvaro Cervantes había tomado varias pastillas para dormir y su cuerpo inerte estaba tendido sobre la cama del hotel. Se había acostado ofuscado.

En su sueño, rememoraba de qué manera aquella mujer, que lo sorprendió en el hotel, le había arrebatado a Evangelina, justo cuando iba a penetrarla sexualmente.

"¿De dónde había salido aquella misteriosa mujer?".

En ese preciso momento, tuvo su *insigth,* comprendió qué era lo que había sucedido. En aquel plano, el mundo onírico donde recibía información, pudo recordar. Cervantes estaba acostumbrado a salir de su cuerpo por sus prácticas masónicas y ocultistas.

"¡La pelea en el plano astral durante la ceremonia!", pensó.

En el sueño, vio nítidamente la cara de la mujer.

"¡Era ella!".

El cuerpo dormido de Álvaro Cervantes mostraba su fase R.E.M con un intenso y rápido movimiento de los ojos; comenzó a bombear más sangre y su corazón a latir más deprisa.

"¡Lilith Sinclair es la mujer con la que se marchó mi ex esposa!".

En ese estado de conciencia todo se le aclaró, aunque aquella comprensión le generó ira. Con la fuerza de ese sentimiento, su cuerpo se movió y la respiración se aceleró.

En aquel instante, el ring del teléfono lo sobresaltó trayéndolo de nuevo a su conciencia de vigilia. Con la mente aún entre ambos mundos, le costó mucha dificultad centrarse. Al cabo de unos segundos, cogió el auricular. Estaba despeinado, su aspecto era fantasmal.

Su cerebro escuchó la voz del interlocutor.

—Necesitamos que se active nuevamente —le dijo El Perro, en tono autoritario—. Tenemos un gran problema.

Cervantes estaba irritado.

—¿De qué habla?

—Tendrá que conseguir la calavera de cristal y encontrar al siervo de La Dama que ha desaparecido. Parece que la calavera y el bastón de poder Ankh pueden estar en manos equivocadas.

La mente de Cervantes estaba en shock.

—¿Anoche se quedó con la energía de la víctima y hoy me pide ayuda?

El Perro utilizó la política.

—Lo siento mucho —mintió—. El instinto me superó. Le prometo que la próxima será suya.

Aquello le sonó tan falso a Cervantes como la promesa que utilizó El Perro cuando ocupó el mando político de una de las naciones más poderosas: "síganme, vótenme que no los voy a defraudar".

Los ojos verdosos de Cervantes irradiaron un profundo resentimiento. Había descubierto que la misma mujer que le burló a su esposa también lo había hecho con la hija de Terese Calvet y, además, le habían dejado sin intervenir en el ritual.

Estaba ofuscado y dispuesto a ir contra cualquier mujer.

72

L a camioneta conducida por Tamred iba a más de ciento veinte kilómetros por hora por la peligrosa autopista. Comía con la mano derecha de un paquete arrugado, unas viejas papas fritas húmedas.

—Debemos aprovechar y esperar que llegue la noche —dijo Kate—. Le pagaremos a un guardia o mejor...

Kate le trasmitió a Adán telepáticamente la idea de hipnotizar a los guardias para entrar en la pirámide con la calavera de cuarzo.

Adán miraba por la ventanilla, pensativo.

—¿Cuál de ustedes dos hará el ritual con Adán? —preguntó David Eslabon.

Evangelina y Kate se miraron con brillo en los ojos. Las dos mujeres tenían un contacto más allá de las palabras.

Ellos sabían que aquello no se trataba de sexo, era el sagrado ritual de los orígenes. Aunque existiera conexión entre los cuerpos y los órganos sexuales, la personalidad de ambos no estaría involucrada, serían como dos gotas que caen al océano para fundirse en él; la desaparición de lo individual en lo universal y el carácter sacrosanto del acto eran igual que cuando Jesús había sido llevado a su quinta iniciación en la cruxifición para beneficio de la humanidad. Ahora, con aquel rito de unión entre *Jah* y *Hevah*, dentro de la gran pirámide, darían un impulso atómico a la evolución de la especie.

Evangelina Calvet miró a Adán Roussos a los ojos.

Adán sabía que su sangre había tocado la sangre de Evangelina. Ella podía hacerlo.

Pero también sabía que Kate había regresado de la Quinta Dimensión, igual que él, para cumplir una misión y sería más fácil ascender nuevamente con ella. Incluso con Kate había estado desnudo en un ritual —aunque no habían tenido sexo—, en medio de un círculo de cuarzos, hacía dos años atrás, en el laboratorio genético de Stefan Krugüer.

"¿Y si Evangelina tomase las cosas a modo personal?", se preguntó Adán, "sería contraproducente, podría seguir generando karma".

Hubo un largo silencio.

Un silencio sensual, místico, casi afrodisiaco.

Adán pensó en Alexia Vangelis.

En la Quinta Dimensión ella era su pareja de luz, su contraparte femenina y allí el sexo no era tal como en la Tercera Dimensión, la unión era atemporal, orgásmica, extática, mil veces más poderosa. Un sexo donde las energías se unían y se deleitaban en aquella unidad.

Pero él estaba cumpliendo una misión en la Tercera Dimensión, donde la energía del sexo alquímico y el ritual del *Merkaba* era el pasaporte iniciático hacia la Quinta, además de un impulso para generar una reacción biomagnética colectiva a los que todavía vivían en la Tercera.

Adán estaba ya unido con Alexia en algo más elevado que sexo.

"Desearía que estuvieses aquí, amor".

Tomó fuerte con la mano izquierda el poderoso cuarzo blanco de siete puntas que colgaba de su pecho y cerró los ojos. Lo anheló con vehemencia. La visualizó. La deseó con todo su corazón.

Pero ella estaba en otra dimensión.

Adán Roussos tenía ahora una encrucijada.

Los cuatro sabían que iban a representar el símbolo ancestral de los orígenes. No sería personal, sería un encuentro sublime, mágico, esotérico, transformador. Y, entre dos de ellos, ya que David era un ser de luz célibe y asexuado que seguía el camino del *brahmacharya*, la renuncia al sexo.

Tanto Kate como Evangelina sabían que en aquel encuentro encarnarían a Adán y Eva de los orígenes.

Pero había dos mujeres. Una de raza blanca y otra de raza negra.

Y sólo hacía falta una.

73

Tercera Dimensión,
Londres, 25 de julio de 2014

Cervantes, cual toro enfurecido, fue de inmediato a una zona exclusiva del aeropuerto. Por una orden de George Crush tuvo que tomar un avión hacia El Cairo. El Perro había activado velozmente los avanzados métodos de investigación de La Hermandad para saber que los fugitivos se encontraban en Egipto.

Cervantes, malhumorado, lleno de rechazo, odio y hambre sexual subió al avión privado que La Hermandad tenía reservado para él. Iba escoltado por dos hombres de la CIA, altamente entrenados. En menos de treinta minutos, la aeronave los elevó rápidamente y su corazón palpitó con fuerza.

"Esta vez seré impecable".

El enojo podía más que la fría estrategia ocultista en la que había sido adiestrado durante años. Comenzó a movilizar por su teléfono multinacional a ciertos sectores de poder; necesitaba información.

Haber descubierto a la mujer que rompió su matrimonio y, además, perder a Anny en el ritual le hizo sentir un enorme vacío.

"¿Lilith Sinclair?", pensó, "¿la tuve frente a mí?".

Siempre había escuchado de ella. Era un personaje misterioso dentro de La Hermandad. Se creía que era descendiente directa de los primeros híbridos y no envejecía, cambiaba su aspecto como una serpiente cambia de piel. Ella hacía trabajos esotéricos de doble cara, se unía a los seres de luz para confundirlos.

Cervantes estaba estupefacto. No podía sospechar que Lilith se había ya cansado de su ex esposa, como una amante más y que ahora deseaba a la joven y bella Evangelina Calvet. Ni tampoco sospechaba que Lilith, para seducirla, le había pasado información confidencial.

"¿Para qué he venido a este ritual?".

"¡No soy un don nadie!".

"¡Respetarán mi poder!".

Los argumentos de su mente reclamaban justicia por mano propia.

"Las violaré con todas mis fuerzas y luego las mataré. Primero me sentirán vivas y luego muertas".

El impulso asesino estaba en todos los poros de su piel. Su instinto reptiliano quería sangre.

"Venganza".

Pero Álvaro Cervantes nunca imaginó los alcances de la ley de la atracción. Todo lo que salía como sintonía y vibración de un cuerpo era lo que inevitablemente atraía hacia su propia vida como un búmeran.

Lo similar atrae lo similar.

Estaba demasiado ciego para recordarlo.

Y la ley actuaba inexorablemente. La ley del karma. Acción y reacción. Se cosecha lo que se siembra.

Y tanto que odiaba a Lilith, sin saberlo la atraía. Porque Lilian Zimermann para todos, la poderosa Lilith Sinclair para La Hermandad, iba a recobrar lo que creía que le pertenecía.

Lilith también quería la calavera, el mando de poder Ankh y a Evangelina. La amaba, la deseaba, quería su sexo, su boca, su saliva, sus manos, su piel sudando con la suya... aunque lo de Lilith no era un amor puro, estaba signado por la encaprichada atracción hormonal y su afán de satisfacer su hambrienta ninfomanía.

Sin saberlo, ambos estaban en el aire, en diferentes aviones, pero con el mismo destino.

74

Tercera Dimensión,
El Cairo, 25 de julio de 2014

L a multitud que se apiñaba en casi todas las calles de El Cairo era como una neblina humana que impedía la circulación de la camioneta conducida por Tamred. Multitud de sonidos mezclándose con los cláxones de los vehículos hacían que fuese una de las ciudades más caóticas y ruidosas del mundo. Incluso la temperatura seguía subiendo y la atmósfera se volvía más y más pesada, añeja, aletargada.

—Debemos descansar —dijo David Eslabon—. El campo colectivo de esta ciudad es pesado para nuestra vibración.

—Tiene razón —respondió Kate—. Han sido emociones muy fuertes y, para el ritual de la pirámide, necesitamos energía y poder.

Adán y Evangelina asintieron.

—El hotel Le Meridien está frente a las pirámides —dijo David.

—De acuerdo —respondió Kate—. Debe faltar poco para llegar.

La camioneta tardó menos de veinte minutos en liberarse del tráfico tomando por calles laterales menos transitadas.

Fue recién cuando enfiló por una de las arterias principales que todos pudieron apreciar, por las ventanillas del vehículo, las tres majestuosas siluetas doradas, erigidas en el medio del desierto. Como si fuesen tres estrellas bajadas del cielo se asentaban en la Tierra, silenciosas, enigmáticas, ancestrales, llenas de secretos.

Ellas habían visto pasar el tiempo.

Ellas habían sido testigos de generaciones de egipcios, faraones, buscadores, arqueólogos, turistas.

Ellas lo habían visto todo.

Para el hombre común, todavía era un misterio de qué manera habían sido trasportados aquellos enormes bloques de diez toneladas, uno sobre otro, de formas arquitectónicamente magistrales, convergiendo en la perfección del número Pi y alineadas con las tres estrellas del cinturón de Orión, llamadas Zeta, Épsilon y Delta Orionis.

La posición de aquellas tres estrellas en el año 10,500 antes de Cristo denotaba la alineación, matemática y astronómica, con las pirámides de Keops, Kefrén y Micerinos. Existía una correlación entre la imagen del firmamento y la imagen de la Tierra en Giza en aquellos tiempos. Los investigadores databan también con la misma fecha a la Esfinge, que había sido construida durante la Era de Leo, el león en el zodiaco. Pero todo en el universo se movía; en 2014 el ser humano ya estaba en la Era de Acuario.

—Majestuosas —dijo Evangelina, suspirando.

Adán, Kate y David estaban absortos también, aunque ellos conocían la conexión de los seres de las estrellas con las pirámides.

Adán se mantuvo pensativo. Tocó su cuarzo que colgaba en el pecho. Siempre que lo sentía caliente y vibrando, sabía que estaba a punto de recibir información canalizada.

Se produjo un silencio.

La belleza de semejante creación los condujo a un estado interior de contemplación y humildad. Algo se produjo en el ambiente, como si todos se sintonizaran con la misma emisora, una sincronía mental. Aquellas catalizadoras tenían esa función: proyectar al ser hacia una conexión más fuerte con las fuerzas del universo, con la percepción extrasensorial y la esencia del individuo.

—¡Un momento! —exclamó Adán, que sintió que otra pieza encajaba—. Ya sabemos que todas las pirámides están construidas bajo el número Pi, el símbolo divino, y que el matemático griego Pitágoras certificó esto, ¿verdad?

Kate asintió.

—¿A dónde quieres llegar? —preguntó Evangelina.

—El número Pi y la forma de la espiral de Arquímedes están ligados. Las pirámides son un catalizador y una gran antena con toda la naturaleza.

Adán se refería a la llamada espiral aritmética, que obtuvo el nombre del también matemático griego Arquímedes, quien vivió en el siglo III antes de Cristo.

Tomó un bolígrafo y la dibujó.

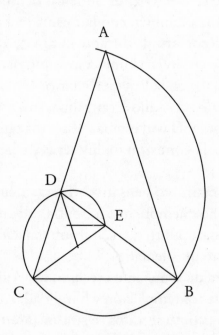

—El descubrimiento de Arquímedes se proyecta en toda la naturaleza. Dicha espiral está en mayor o menor tamaño en todos lados: en las plantas, los animales, los girasoles, las hojas, las flores...

Los tres asintieron, ya sabían aquello.

—¿Y qué conexión estás viendo? —preguntó David.

—La espiral de Arquímedes es el sello, el logo, la marca divina y el rastro que dejó plasmada La Fuente en toda su creación. La espiral se define como el lugar geométrico de un punto moviéndose a velocidad constante sobre una recta que gira sobre un punto de origen a una velocidad angular constante.

Todos se pusieron a pensar. Se produjo un silencio.

—Que Dios deje su logo como una espiral en lo que ha creado me encanta, pero no alcanzo a comprender —dijo Evangelina.

Adán exhibió una amplia sonrisa.

—¡Es tan sencillo! Arquímedes describió esta figura en su libro *De las espirales*, y si nosotros aplicamos su teoría en la misión con la pirámide podemos producir un salto enorme en las conciencias aplicando la nueva física cuántica, la geometría de Arquímedes y la matemática de Pitágoras.

—Sigo sin entender.

Adán se acomodó en el asiento, estaba procesando todo en su interior.

—Punto A: si las pirámides son enormes catalizadores de energía, antenas para conectar con las estrellas y las dimensiones superiores, y ahora poseemos una de las trece calaveras de cuarzo como sintonizador, podemos hacer que se dirija hacia el punto B.

—¿Cuál punto B?

—La naturaleza, la Tierra y los átomos en el ADN del ser humano.

Evangelina comenzó a intuir hacia dónde se dirigía.

—Toda la naturaleza está marcada con el símbolo Pi y la espiral de Arquímedes. En macroescala: las galaxias, los planetas, las estrellas; en microescala: las hojas de plantas, las huellas digitales, las orejas, el feto humano, los caparazones de los caracoles, las células, el interior del tronco de los árboles...

Hizo una pausa para pensar.

—¿Han escuchado el descubrimiento científico del campo de resonancia a través de los árboles?

—¿Los árboles de los tiempos bíblicos? —preguntó Evangelina.

Adán asintió.

Él se refería a los llamados "árboles de resonancia" de Siberia, Praga y Rusia. Aquello era sabido desde que el vienés Anton Walter usó la madera para fabricar fortepianos para el famoso músico Mozart. Pero lo extraordinario había sucedido en 1994, cuando un anciano siberiano le contó al empresario Vladimir Megre la historia sobre la "señal de los cedros", los llamados "árboles bíblicos", que tenían poderes curativos y, sobre todo, la capacidad de volver a conectar a los seres humanos con la divinidad.

Megre, luego de comprobar esos poderes, cambió totalmente su vida, escribió varios libros y luego se le sumaron más de diez millones de personas a esa causa. Aquello era una realidad, la milagrosa "madera de resonancia" que durante siglos se exportó al mundo entero, se encontraba mayormente en los parques nacionales de bosques checos y rusos, aunque había en otras partes del mundo, donde existían más pinos y cedros de resonancia.

—Yo he leído sobre ello —añadió Evangelina—. Lo más significativo es que ya existen comunidades que plantan estos árboles mágicos, activando inmediatamente a las personas con propiedades creativas, inspiradoras y espirituales.

—Es cierto —dijo Adán—. Los árboles transmiten resonancia a los instrumentos musicales en los que se convierten luego, pero antes de ser talados se comunican entre sí. Pueden sentir emociones, trasmitir energía y frecuencias.

—Pero aquí y ahora, ¿de qué manera funcionaría? —preguntó David.

—Las pirámides serán activadas por la ancestral información que posee la calavera de cuarzo, una vez que la espiral endógena y exógena de la *Merkaba* comience a moverse como un huracán de energía y conciencia. Luego la velocidad de la luz transportará información inmediata ya que la luz puede recorrer la Tierra siete veces y media en sólo un segundo. Nosotros generaremos la *Merkaba* que podría activar todas las demás pirámides sobre el planeta y, sobre todo, y aquí viene lo más importante, pasar esta información por resonancia mórfica a los árboles, esto sería indetenible ya que toda la Tierra está llena de árboles y ellos pueden resonar en conjunto. Si además difundimos la información para que cada persona iniciada y despierta entierre un cuarzo programado para la iluminación colectiva debajo de cualquier árbol...

Evangelina sintió una enorme emoción y resonancia con aquella idea.

—¡Serán como radios captando la misma emisora! ¡Los árboles y los cuarzos pueden trasmitir la frecuencia y la resonancia 432 herzios a todas las conciencias! —exclamó ella.

Se produjo un silencio. Estaban asimilando aquella propuesta.

Los tres visualizaron en su mente todo el proceso: de la calavera de cuarzo en las pirámides, activarían la *Merkaba* de luz hacia los árboles y, posteriormente, de los cuarzos enterrados bajo los árboles a la conciencia humana...

—¡Y así las conciencias subirán en masa a la dimensión superior! —completó Evangelina.

—¡Ma-ra-vi-lloso! —dijo Kate.

David esbozó una sonrisa.

—Le pediremos a las personas despiertas que programen un cuarzo y lo entierren debajo de un árbol para que la resonancia positiva de los árboles y los cuarzos active a todas las conciencias sobre la Tierra, siento que funcionará —dijo Evangelina.

—Pero, ¿de qué forma se enterará masivamente la gente de todo esto? —preguntó David, un tanto preocupado—. Yo tengo contacto con los medios de comunicación pero me temo que no harán mucho eco de esta noticia. ¿Cómo haremos que la gente se entere?

Adán sonrió y observó a Evangelina Calvet directo a los ojos.

—Por tu libro, querida Evangelina. Lo harán por tu libro. Y los despiertos, uno a uno, pasarán el mensaje a todo el mundo.

75

Habían pasado cuatro minutos de las cinco de la tarde cuando la camioneta que los trasportaba estacionó en el lujoso hotel Le Meridien. Kate le pagó y le dejó una generosa propina a Tamred. El conductor árabe sonrió y dejó ver la hilera de los dientes torcidos; en esos momentos el dinero en Egipto era casi más importante que su dogmática idea de Dios.

Tamred era un joven ambicioso y un tanto liberal para el egipcio común que seguía estrictamente los mandatos del Islam. Una vez que los perdió de vista, sintió que se había ganado el derecho de ir al bar a tomar una cerveza.

Por otra parte, también creía que no sería bueno andar con los ciento cincuenta dólares que le habían pagado. Sentía dudas entre ir a su casa con sus seis hermanos o bien ir al bar.

Él no le diría a nadie que tenía dinero, sus amigos y sus hermanos serían como chacales hambrientos peleando por una presa, le pedirían que compartiese algo con ellos.

"Occidentales excéntricos", pensó, "hablan de cosas que nadie entiende".

Pero, aquella tarde, Tamred sintió en su mente un extraño llamado, una influencia que nunca había sentido, como si alguien en el ambiente lo impulsase a hacer algo de lo que no estaba seguro.

En menos de diez minutos estacionó la camioneta del jefe para el que trabajaba en la esquina de un bar, al que ingresó rápidamente. Allí dentro, como de costumbre, estaba infectado de árabes bebiendo, mirando los partidos de futbol y haciendo bromas.

Tamred se sentó en la barra frente a donde estaban los principales canales de televisión. Pidió una botella de cerveza egipcia, se vanagloriaba diciendo que era la mejor cerveza del mundo, después de todo ellos la habían creado hacía milenios.

El camarero le hizo una seña y le habló en un árabe cerrado.

—¿Cómo te ha ido?

—Nada nuevo, turistas *new age* —dijo despectivamente.

Tamred no tenía ganas de hablar. Había escuchado cosas raras, quería despejar su mente y evadirse en la televisión. Tenía dinero y quería paz.

Las pantallas de seis o siete televisores ofrecían diferentes entretenimientos: se veía un partido de futbol, las noticias del canal local, una pelea de boxeo, una entrevista a un político dando explicaciones por las revueltas y manifestaciones de rebeldes en El Cairo. Ningún programa le llamó la atención a Tamred.

"Pídele que cambie de canal", el joven sintió asombrado una voz en árabe que le ordenó aquello dentro de su mente.

No supo qué pensar. Fue como un susurro, pero no había nadie a su lado. Tamred le pidió al camarero que cambiase. Inmediatamente, lo que llamó la atención del joven fue que en la CNN estaban pasando la fotografía de los cuatro pasajeros que acababa de dejar en el hotel. El presentador anunciaba que eran buscados por la CIA e Interpol como peligrosos delincuentes.

Los ojos de Tamred no podían dar crédito a lo que veía en la pantalla. Aunque él no podía ver a los dos diminutos seres grises con ojos negros sin pupila, de menos de un metro de estatura que, desde la Cuarta Dimensión baja, le manipularon el campo mental con frecuencias como a tantas personas. Los grises, invisibles para el ojo humano, se miraban con malicia. Su misma raza había estado involucrada en la manipulación mental, incluso desde épocas antiguas, ya que había sido la que le produjo el mismo estímulo inconsciente a Judas para que traicionara a Jesús.

La mayoría de las personas en la actualidad no estaban enteradas de que muchas de sus reacciones inconscientes se debían a la manipulación de su campo mental por esas extrañas criaturas.

Aunque el mérito de aquella noticia había sido debido a la agilidad de Álvaro Cervantes como jefe de la CIA en Denver, quien hizo que los principales canales pasaran la información y ofrecieran una recompensa de cien mil dólares.

El presentador anunció un número telefónico a quien pudiera dar datos verídicos de su paradero.

Para Tamred fue como ver a Alah, cara a cara.

Su corazón comenzó a latir con fuerza. Su alma se llenó de ambición.

Inmediatamente Tamred pagó la cerveza y salió del bar a toda prisa.

"La recompensa será mía", pensó, con las manos sudadas y temblorosas, antes de marcar el número de teléfono con su viejo celular.

Y cual Judas contemporáneo, estaba dispuesto a vender su alma por unas cuantas monedas.

76

Terese Calvet sabía que La Hermandad poseía los más sofisticados mecanismos tecnológicos usados por su departamento de inteligencia. Ellos contaban con un pequeño microchip con información personal que, además, funcionaba como un GPS de ubicación. Aquella operación se realizaba durante una fase de hipnosis, donde se introducía aquel diminuto dispositivo de radiofrecuencia a base de fibras trasparentes, del tamaño de un grano de arroz, insertado en la nuca o en la base de la frente donde inicia el cabello. Aquel sofisticado microchip poseía una clave, como un código de barras que llevaba información genética personal, además de su identidad, personalidad y fuente de datos.

Basado en avanzada tecnología de inteligencia militar, había sido aportado por los grises a La Hermandad con el objetivo de controlar a la masa y también con fines de uso militar. Se podía activar y desactivar, ya que estaban conectados a un satélite. También enviarle impulsos de radiofrecuencia como si alguien enviase una imagen por internet, así llegaba directo al campo de percepción de quien tenía colocado el microchip.

Pero Terese Calvet y su compañía discográfica lo usaban para enviar frecuencias, sonidos e impulsos que alteraban y dequilibraban el sistema nervioso con la vibración a 6.66 hertzios.

La vibración 6.66 hz, completamente diferente a los 432 hz que correspondía a la de la Tierra y la psiquis humana en completa salud. Esta frecuencia alterada a 6.66 hz era la causante de tendencias suicidas y depresión. El receptor era monitoreado y recibía lo que el controlador quería. Habían sido varias las veces en que un microchip era implantado en personas comunes y corrientes, que habían ingresado a un hospital por algún caso de atención menor y no tuvieron conocimiento del implante. Posteriormente habían sido obligados subliminalmente para atacar a músicos, papas de la iglesia católica o presidentes de países, como habría sucedido probablemente en los casos de los atentados contra John Lennon, Juan Pablo II o J.F. Kennedy. También eran obligados a realizar ataques en colegios, generando caos y tragedias por adolescentes normales, causando heridas o muerte a inocentes; de igual modo pasaba en los ataques masivos en trenes o parques públicos, todos llevados a cabo por personas "aparentemente normales".

Aquella información era totalmente ajena al hombre común (que soñaba con el *American dream*, el buen pasar, un mejor futuro, el coche, la casa y la familia modelo), que ni siquiera sospechaba el trasfondo oculto con el que se manejaban las sociedades secretas para ir implantando su poder. Los agresores (que eran, en realidad, las víctimas) alegaban luego que habían sentido una voz dentro de su cabeza para que cometiese el asesinato. Antiguamente, esa voz era atribuida a la posesión de demonios o del diablo.

A la operación le habían puesto un escalofriante nombre: "6.66 hz: la marca de la bestia".

A pesar de que aquello estaba escrito a la vista de todos en la Biblia, en el pasaje Apocalipsis 13:16, mucha gente lo veía como una fábula y otros, presas de la ignorancia y el miedo, no lo comprendían científica ni inteligentemente. El objetivo del Nuevo Orden Mundial era implantar aquel microchip en la frente, en la mano derecha o el cuello de cada persona.

La Hermandad y el Gobierno Secreto trabajaban para eso.

En la capital británica eran las cuatro de la madrugada y el sonido del teléfono despertó súbitamente a Terese Calvet. Estaba cómodamente estirada en su lujosa cama, vestida con un pijama blanco de Chanel. Se incorporó y se quitó el antifaz de terciopelo azul para cubrir los ojos que usaba todas las noches, ya que sin él y las pastillas no podía dormir. De todos modos, había podido descansar al menos cuatro horas seguidas y recuperarse un poco de tanto malestar.

—Hola, ¿quién demonios habla a estas horas?

—Señora Calvet, lamento comunicarle una noticia pero es de carácter oficial.

—Hable.

La voz del interlocutor pertenecía a un correcto inglés de Oxford, era uno de los voceros del Palacio de Buckinham.

—La Reina... —la voz del hombre sonó quebrada—. Me temo que la sucesión del trono pasará a manos de William.

Terese Calvet estaba pasmada. Aquello significaba cambios profundos en La Hermandad. Que el linaje no pasase a Carlos y fuese directamente a William significaba lo que La Hermandad estaba esperando.

Terese Calvet sabía que el mismo nombre "Will I Am" significaba "Yo seré". Y, desde hacía años, La Hermandad, el Gobierno Secreto, el Club Bilderberg y las diferentes sociedades secretas tenían cifradas esperanzas de que de aquella genética vendría el hijo y rey del Nuevo Orden Mundial.

—Una noticia angustiante, sin duda. Me pondré en marcha —dijo Terese, sin dejar filtrar ninguna emoción, antes de colgar.

Vio la habitación a oscuras. Se sintió impotente de que su asistente no estuviera allí para ejecutar sus órdenes. David Eslabon había sido su fiel secretario durante años.

"¡Necesito que estés aquí!".

Terese se levantó de prisa y fue hacia su escritorio. Los dos gatos se movieron con pereza de su cama, era demasiado temprano para ellos. Ella sabía que a todos los integrantes de La Hermandad, hacía años, les habían hecho implantar, por un equipo profesional de inteligencia tecnológica, un pequeño microchip instalado detrás del cuello. Los únicos que sabían aquello eran los jerarcas de la organización, los demás, como David y Evangelina, ni sospechaban que lo tenían colocado.

Encendió la tenue luz de la sala y se dirigió por el pasillo descalza. El mármol blanco y negro a cuadros del suelo estaba frío. Esa corriente helada le recorrió la espina dorsal. Sintió una emoción incómoda.

Abrió un cajón de su escritorio de madera oscura y debajo sacó una pequeña llave con la que abrió un compartimento escondido detrás de un primer librero con volúmenes masónicos, esotéricos y biografías de artistas musicales.

Más adentro, un segundo librero falso se abrió y pudo ver un cofre de plata y oro que tenía joyas, otro con dinero en efectivo y otro cofre con los detectores de los microchips.

Sacó cuidadosamente aquel artefacto de casi cuarenta centímetros, que tenía una pequeña pantalla como si fuese un iPad potenciado; apretó en el visor táctil y lo puso en la base del escritorio. Buscó por abecedario: Donals John; Dickinson Mike; Esten Katherine, Eslabon David...

Lo activó.

Casi al instante el GPS comenzó a operar.

"Buscando...".

Los ojos reptilianos de Terese Calvet casi se salen de sus órbitas cuando vio la ubicación de su secretario.

"...El Cairo, Egipto", mostró el detector, parpadeante.

—¿Qué demonios hace David en El Cairo? —murmuró.

Se produjo un silencio. Necesitaba pensar. Algo no encajaba.

Tomó una amplia inhalación y activó el GPS de su hija.

"...Calvet, Evangelina", tecleó en la pantalla.

Esos segundos le parecieron interminables.

"No puede ser verdad".

"...El Cairo, Egipto", volvió a mostrar.

—¿Funcionará bien este aparato? —se preguntó rabiosa. Hacía tiempo que no lo había usado.

Activó el de George Crush para comprobar la operabilidad del GPS.

"...Washington, Estados Unidos", indicó casi al instante.

Hizo lo mismo con el suyo.

"...Londres, UK".

"El aparato funciona bien".

—¿Mi hija y David en El Cairo? ¿Qué diablos está pasando aquí? —bufó preocupada.

Inmediatamente alzó el teléfono y comenzó a hacer llamadas a más gente de su equipo, ya que desde el día anterior El Perro y La Cobra no le respondían. Le importó un bledo la hora.

Comenzó a toser. Una tos nerviosa le picaba la garganta. Sentía que era invadida por la tensión. Aquellos secretos y manejos turbios dentro de La Hermandad le afectaban negativamente la salud. Sentía que su cuerpo empeoraba y que la enfermedad iba ganando terreno. Se sintió impotente, ignorada y rabiosa.

Necesitaba saber qué le estaban ocultando.

77

Tercera Dimensión,
Aeropuerto de El Cairo, Egipto, 26 de julio de 2014

El avión que llevaba a Álvaro Cervantes y sus dos escoltas de la CIA ya había aterrizado, él estaba impaciente y ansioso, atascado en una larga fila para pasar los controles del concurrido aeropuerto de El Cairo.

Habiendo pagado la tasa obligatoria por entrar a Egipto le esperaba otra hilera para inspección.

Observaba con desagrado el entorno del aeropuerto: las mujeres con los velos, los niños corriendo y gritando, hombres musulmanes olorosos con las túnicas color café hasta los pies, turistas, nativos y toda clase de personas raras a los ojos de La Cobra.

"Malditas razas atrasadas".

Impotente por la demora y la negativa del gobierno egipcio de respetar su pasaporte diplomático, leyó un cartel en letras rojas en árabe, inglés, francés, alemán, italiano y español que aparecía por varios sitios del aeropuerto:

El Gobierno de Egipto ha decretado el Estado de Emergencia en las ciudades de Port Said, Suez, El Cairo e Ismailia. En consecuencia, en los próximos 30 días se aplicará un toque de queda desde las 20:00 horas a las 6:00 horas en dichas ciudades.

Se ruega encarecidamente evitar las zonas en las que se han producido manifestaciones y actos de violencia asociados en El Cairo, como los alrededores del Palacio Presidencial de Heliópolis, la plaza de Tahrir, la Corniche, oficinas gubernamentales y de partidos políticos, así como los lugares en los que puedan registrarse manifestaciones en otras localidades del país, como Alejandría, Suez, Port Said e Ismailia, y prestar atención ante posibles futuras convocatorias de manifestaciones o concentraciones masivas.

Debido a los múltiples atentados que se han cometido en esta zona en los últimos meses y al clima de inseguridad general existente en la región, se recomienda extremar las precauciones en El Cairo y el Sur del Sinaí evitando desplazamientos innecesarios fuera de los principales centros turísticos de la costa del Mar Rojo.

De igual modo se recomienda evitar los desplazamientos por carretera en la frontera con Libia y Sudán.

Es recomendable hallarse, en todo momento, debidamente documentado. Los titulares de pasaporte diplomático o de servicio que deseen entrar en Egipto deberán obtener un visado en origen antes de emprender su viaje, en la Embajada o Consulado egipcio de su lugar de residencia.

Cervantes se sintió preso de su propia burocracia.

Su respiración era entrecortada, tensa. Estaba fastidiado y visiblemente nervioso. Sus ayudantes ya habían ido a tratar de agilizar los trámites de entrada al país sin éxito.

Su naturaleza reptiliana estaba ofuscada y a punto de estallar.

De la misma manera que la campana salva a los boxeadores en apuros, el ring de su teléfono móvil hizo que se distrajera por un momento.

La llamada era de Londres.

—Cervantes —dijo con voz seca—. ¿Alguna novedad?

Del otro lado, el interlocutor habló en un marcado acento inglés, era un agente de Scotland Yard.

—Hemos recibido múltiples llamados luego de nuestra transmisión televisiva a nivel internacional, en la que pedimos información sobre el paradero de nuestros fugitivos. La única fuente confiable viene de El Cairo, donde usted está ahora.

Las pupilas reptilianas de La Cobra se agigantaron.

—¿Dónde están?

—El informante dice llamarse Tamred al Asin. Apunte su dirección.

Cervantes parecía haber recibido el billete ganador de la lotería. Con su alma llena de ambición apuntó la dirección con el bolígrafo que llevaba dentro de su chamarra.

"Su sangre y su ADN será mío", pensó, cargado de ambición.

Al ver que había finalizado la llamada, uno de los robustos guardias de la CIA, a pocos metros de él, le hizo una seña con la mano. Cervantes guardó el teléfono y el bolígrafo y se dirigió hacia el guardia.

Después de soportar aquella larga espera, al fin los guardias habían conseguido que les hicieran pasar por otra puerta privada para los diplomáticos.

En breves zancadas, los tres hombres y el agente egipcio encargado de trasportarlos se dirigieron hacia afuera. Al salir a la calle, Cervantes tomó una amplia bocanada de aire, sintió alivio, era un aire caliente, pesado, antiguo; pero no le prestó atención al calor ya que al pie de la acera, los esperaba un coche oficial para llevarlos rápidamente hacia la ciudad.

El corazón de La Cobra latió con fuerza.

Álvaro Cervantes tenía ahora el as de espadas en su mano.

78

Tercera Dimensión,
Giza, Egipto, 26 de julio de 2014

A las seis de la tarde los rayos del Sol eran cada vez más tenues. Se estaba disipando el día cuando Adán, Evangelina, Kate y David iban saliendo del hotel.

Un taxista en la puerta se ofreció a llevarlos hacia las pirámides.

—No, gracias. Son sólo setecientos metros, iremos caminando —les dijo Adán.

—El guardia nos espera —dijo David.

Evangelina se acercó a Adán. Estaba inquieta, lo llamó aparte.

—Adán, la verdad es que todo esto ha sido tan vertiginoso. No sé si estoy preparada para la ascensión dentro de la pirámide. Aunque deseo hacer el ritual contigo...

Adán la miró con dulzura.

—Nadie está preparado. Es precisamente cuando la oportunidad está frente a ti la que te prepara. Debes tener valor.

Ella era una mujer muy valiente, y aquello la llevaba a estirar al máximo su coraje.

Evangelina sentía deseos por él. Aquel hombre le despertaba fuertes emociones. La encendía. Pero ella quería algo más que un encuentro sexual. Para ella, Adán Roussos ahora era mucho más que sellar un antiguo pacto de sangre, había movilizado su mundo de sentimientos, su líbido, sus deseos.

—Lo que ha pasado en la orgía sexual... perdí el control, tantas cosas me estimularon... el incienso, las máscaras transpersonales, el ambiente. Me llevó a un estado incontrolable.

—Has hecho lo que sentías, seguir el arrebato místico.

—Lo sé, pero la ascensión…

Adán leyó su pensamiento.

—Sientes que todavía no quieres ascender, que has trabajado duro para tu libro y que necesitas difundir la información, ¿verdad?

Evangelina asintió.

Él le tomó la mano.

—Es normal. Los artistas defienden sus creaciones. En realidad, es La Fuente manifestándose a través del artista. Creo que un artista, un científico, un buscador espiritual, es lo más elevado que se puede alcanzar como ser humano debajo del deseo de iluminación, que es lo más importante.

Ella sabía lo que sentía: profesionalmente quería publicar su libro, espiritualmente quería ascender y sexualmente deseaba a Adán. Tres caminos que estaban en diferentes direcciones.

Adán aún no había decidido nada respecto al rito que debían hacer entre él, Kate o Evangelina.

Ella tomó una inhalación profunda.

—¿Cómo funcionará entonces la conexión?

—Al tomar contacto con el campo de La Fuente, la energía universal, el *prana* que está en todos lados, comenzarán a activarse en el cuerpo humano partículas que estaban dormidas o en estado latente. Este *prana* circundante en todo el universo explica la Teoría de cuerdas, algo que en la India, a través del tantra, se supo desde hace milenios. Todo está interrelacionado por esta energía. Al hacer contacto consciente con ella, hay sanación, activación del ADN, evolución… el observador activa lo observado, lo modifica y, al mismo tiempo, es modificado.

Evangelina sabía que la ciencia cuántica contemporánea lo había comprobado.

—Entiendo la reacción que se producirá desde las pirámides a la calavera y a los árboles con los cuarzos enterrados debajo para resonar con todo el planeta, pero dentro de la pirámide específicamente, ¿cómo la utilizaremos?

Adán se detuvo. La cúspide de la Gran Pirámide se veía ya al fondo. La observó con veneración.

—En la antigüedad, los Iniciados ya lo sabían. Ahora es tiempo de aplicar la física cuántica y las técnicas de espiritualidad para activar la *Merkaba* que todo ser humano posee. Estoy confiado en que se logrará rápidamente. Sólo piensa por un momento: ¿Qué pasa a nivel molecular cuando se calienta agua y se transforma en vapor? ¿Qué pasa cuando el agua en estado sólido se deshiela y se vuelve líquida?

—El cuerpo humano es agua en su mayor porcentaje, ¿entonces?

—La energía que generan las pirámides afectará el agua del cuerpo pasándolo de estado sólido a líquido y de líquido a gaseoso.

—¿Una evaporación?

—Algo similar.

Evangelina se mostró pensativa.

—Estos enormes bloques de piedra generan energía. La pirámide, en realidad, no tiene cuatro lados solamente, sino ocho —dijo Adán.

—¿Ocho?

—Exacto. Y este fenómeno sólo puede verse desde el aire al amanecer y al atardecer en primavera y en el equinoccio de otoño, cuando el Sol proyecta sombras sobre la gran pirámide.

—Igual que en Chichen Itzá en México, donde la sombra genera la imagen de la serpiente Quetzalcóatl —agregó Evangelina.

—¿Recuerdas los sólidos de Platón?

Evangelina memorizó las formas.

—Piensa sólo en el octaedro —le pidió Adán—. Las ocho puntas que se forman uniendo la pirámide visible hacia arriba uniéndose con la pirámide astral hacia abajo, el divino femenino.

Evangelina lo vio en su mente.

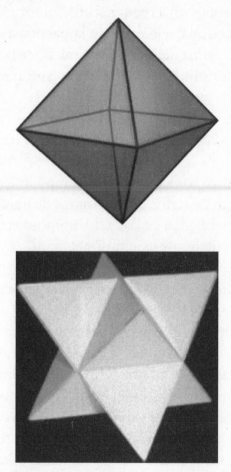

—Las pirámides forman la estrella como *Merkabas* colectivos.

—Así es. El vehículo para volver a las estrellas. Al hacer girar ambas pirámides, obviamente en el plano astral, la velocidad de nuestras moléculas se agigantará y la masa se reducirá.

Aquello también estaba certificado, ya que el doctor ruso Vladimir Ginzburg había realizado un hallazgo revolucionario: al acercarse a la velocidad de la luz se perdía masa (lo opuesto a lo que había dicho Einstein). Al comenzar a moverse, la masa gravitatoria y carga eléctrica de una partícula comenzaban a reducirse. El doctor Ginzburg afirmaba que cuando la velocidad de la partícula se hace igual a la velocidad última del campo espiral, o sea la velocidad de la luz, entonces su masa gravitatoria y su carga eléctrica se hacen iguales a cero.

Hubo un silencio.

—La *Merkaba* de la pirámide activada transformará la materia.

—Exacto. Si somos capaces de empujar los movimientos giratorios del interior de los átomos de nuestros cuerpos más allá de la velocidad de la luz, habremos hecho pasar esos átomos a otro tiempo-espacio-dimensión.

—¿Entonces...?

—La materia personal se convierte nuevamente en un campo puro, en La Fuente, en Dios. Eso es la ascensión.

Evangelina se mostró pensativa, estaba procesando aquello.

Adán le aportó algo que terminó de aclararlo.

—En la misma Biblia está explicado como la ascensión en los carros de fuego, así se refieren al cuerpo energético del *Merkaba*. La mayoría de la gente nunca se pregunta cómo ascendió Jesús a los cielos luego de haber estado tres días dentro de una tumba.

—Tienes razón, entonces, ¿la ascensión de Jesús tuvo lugar con el cuerpo físico o sin él?

—Su cuerpo físico se transfiguró tal como te lo estoy explicando.

Evangelina comprendió, y su mente imaginó una pequeña gota de agua cayendo al océano y disolviéndose para integrarse en eso más grande. En realidad, lo tuvo más claro cuando imaginó el agua evaporándose al hervir.

Aquella era la sagrada búsqueda espiritual de todos los que anhelaban el regreso a La Fuente. Y Evangelina sabía que los antiguos iniciados egipcios y los faraones eran seres de las estrellas, aunque la arqueología tradicional se empeñase en ocultarlo detrás de la falsa explicación que alegaba que eran tiranos utilizando esclavos para construir sus propias tumbas.

—Adán, pero hay algo que no termino de comprender. ¿Cómo haremos que los átomos del cuerpo se muevan a la velocidad de la luz?

Adán Roussos sonrió y allí ella sintió que su mirada inteligente y su sonrisa penetraban hasta las fibras más íntimas de su cuerpo y su alma.

—Con el sexo.

Evangelina desvió la mirada y sintió un súbito arrebato de calor en su piel, sus manos y su pubis... el corazón le latió con fuerza.

Adán captó sus vibraciones.

—La fuerza sexual encendida durante el coito es la que hace girar los átomos en la luz. Es la gran obra, la alquimia suprema. A eso lo llaman orgasmo.

—Pero mucha gente tiene orgasmos y no desaparece sin más.

—En el orgasmo tradicional, se puede hacer desaparecer la personalidad por unos segundos, es un momento de común-unión con La Fuente, el éxtasis de la vida. Pero con el sexo alquímico es algo totalmente distinto y profundo. El hombre tiene orgasmos pero sin eyacular la materia prima, el semen, esto comienza a activar un proceso atómico en sus células. Y la mujer, al contrario, eyacula el líquido divino llamado *amrita*, el néctar de la diosa y libera una poderosa energía. De este modo, al hacerlo dentro de la pirámide, también puede desaparecer el cuerpo físico, transformándose.

Hubo un silencio.

Un silencio sensual, místico, casi podía inhalarse.

Adán al cabo de unos segundos, sumó más conocimientos.

—Las investigaciones del famoso sexólogo Wilhem Reich hicieron un salto cuántico en el sexo, en los años sesenta. Él consiguió que las parejas tuvieran sexo alquímico en un recinto especial, cada una a su tiempo, y con ello generaran lo que Reich llamó "energía orgónica", una potente espiral de vitalidad, electricidad y magnetismo que quedaba impregnada como una fragancia de vida en el ambiente. A estos impulsos de energía-luz-conciencia los llamó "biones". Luego de que las parejas dejaran aquella energía orgásmica en lo que era similar a una cúpula piramidal, introducía a personas enfermas, que misteriosamente sanaban. Al enterarse del éxito de Reich, la medicina tradicional se fue contra él, encarcelándolo.

—Las trabas de las sociedades secretas en conjunto con la iglesia.

—No sólo de ellos, sino del *establishment* científico, empeñado en mantener a la humanidad en la ignorancia de ciertos temas. Pero toda la verdad será revelada cada vez más. Las investigaciones sobre sexualidad de Reich no convenían, sobre todo, porque afirmaba que el orgón llena todo el espacio del universo, no tiene masa, penetra la materia, tiene un movimiento mensurable que palpita, ejerce atracción sobre el agua y conduce el electromagnetismo. Incluso si colocaban semillas, éstas crecían más rápidamente que lo normal. Como imaginarás, si por medio de la energía sexual se desprende energía orgónica de La Fuente, mediante la fricción atómico-sexual de los cuerpos físicos a modo de transistores de vida para ampliar la conciencia, ya me dirán dónde quedarían los dogmas y las represiones.

—Impresionante. Al comprobarse científicamente, el mundo estaría fabricando sus pirámides biomagnéticas con cuarzos para copular en sus casas de esta manera.

Evangelina había leído una idea parecida en el bello libro *Como agua para chocolate,* cuando los amantes se disolvían en fuego. Ella allí comprendió por qué las religiones habían hecho tanto hincapié en envenenar el sexo, ensuciarlo y convertirlo en un tabú.

—Ya sabemos que esos avances sexuales-científico-espirituales no les convienen a las religiones, ni a nadie que quiera ponerse el mote de intermediario. ¿Aunque no crees que los hippies en los años setenta quisieron generar una idea similar de aquel movimiento?

—No se trata de revalorizar un neohippismo, sino de ciencia, alquimia y libre espiritualidad. El hecho de tener sexo en una pirámide y, sobre todo en la Gran Pirámide, posibilita que la forma piramidal, que es un embudo, forme un poderoso remolino en el flujo de la energía y esto es puramente un principio de la física. Los antiguos eran conscientes de esto y lo ejecutaban para regresar a las dimensiones superiores, el llamado paraíso de las religiones. El flujo de energía potenciada hará que se produzca una ondulación espacio-temporal y que los átomos cambien de vibración, cambiando automáticamente la materia del cuerpo físico hacia su nueva forma etérica.

Las palabras de Adán estaban certificadas de manera científica por investigadores rusos diciendo que todos los átomos están llenos de un movimiento giratorio constante y frenético que llamaban *spin.* Al calentarse el objeto, en este caso el cuerpo, el átomo generaba un movimiento poderoso de luz y comenzaba a emitir movimientos que permitían recibir y activar el fluido del campo energético-magnético de La Fuente. Esto era precisamente lo que giraba la llave mística al cuerpo de los faraones para una teletransportación y así entrar y salir de dimensiones superiores a voluntad.

—Ojalá toda la humanidad comprendiera el poder del amor, el sexo, la trasmutación y la alquimia, como un pasaporte de energía para expandir la conciencia —dijo Evangelina.

El sexólogo asintió.

—Es un recordatorio, ya que antiguamente lo sabían. El mismo Platón ya lo mencionó claramente, querida Evangelina, diciendo: "La fuerza de Eros es más fuerte que la geometría misma".

79

Ya había caído la noche y, luego de ultimar detalles, David y Kate se acercaron a ellos con sus linternas encendidas.

Adán sentía la sangre fluyendo por sus venas, su cerebro encendido, sus átomos vibrando, estaba preparándose para ascender.

"El regreso a casa", pensó.

Evangelina caminaba de cara a las pirámides, ensimismada.

Su mente daba vueltas.

"Practicar sexo alquímico dentro de la pirámide. Ser como hielo, agua y vapor".

Adán notó su proceso personal y sus pensamientos.

—Las pirámides influyen en el espacio y el tiempo, Evangelina. Cuando nos movemos por el espacio, también nos movemos por el tiempo. El tiempo está impulsado por la energía universal, es un tejido, una trama que existe por todo el espacio.

—Lo entiendo perfectamente. Al mover más deprisa nuestros átomos y partículas con la *Merkaba* energética girando vertiginosamente, se provocará una brecha de velocidad en el espacio y nos moveremos más arriba en el tiempo.

David Eslabon se acercó a ellos, y añadió:

—Además las tormentas solares que se han venido dando desde 2011 a 2014 y todo el año pasado han sido intensas; ya se sabe que los científicos han encontrado conexiones entre la actividad solar, la glándula pineal y la velocidad de rotación de la Tierra, lo que indica que los impulsos poderosos del Sol desaceleran el tiempo, cambian el humor, el funcionamiento del cerebro y la conciencia humana. El año 2012 fue el momento donde las puertas comenzaron a abrirse.

—David tiene razón —agregó Kate—, ahora podemos experimentar un súbito contacto con la energía universal y expandirla por la Tierra con el plan que Adán propuso.

—Deberemos producir mentalmente la activación de forma súbita cuando estemos dentro —dijo Adán.

David asintió cuando ya estaban a menos de doscientos metros de la entrada de la gran pirámide. La noche estaba muy oscura.

—¿Me has traído lo que te pedí? —le preguntó Adán a David.

—Lo tengo en la mochila.

—Debemos comerlo ahora para que comience el efecto.

—¿A qué te refieres? —preguntó ella.

David estiró la mano dentro de la mochila y le dio un caramelo a cada uno.

—¿Un caramelo? —preguntó Evangelina, mientras lo tomaba.

—Chúpalo, por favor —le pidió Adán.

—No entiendo.

—El dulce y el azúcar tienen moléculas dextrógiras, lo que significa que sus moléculas se mueven juntas en espiral en el sentido de las agujas del reloj. Estas moléculas dextrógiras absorben en el interior del cuerpo humano el flujo del tiempo y lo desaceleran. Por eso la gente que come dulces y azúcar envejece antes, ya que está haciendo que el azúcar absorba la energía del campo de La Fuente en vez de su propio ADN y provoque que el cuerpo se deteriore.

Evangelina lo observó a los ojos.

—Esto lo haremos ahora antes de entrar a la pirámide porque lo mezclaremos con el segundo componente. Pásamelo por favor —le pidió Adán nuevamente a David.

El mexicano estiró la mano y extrajo un pequeño sobre trasparente con un polvo blanco.

Hubo un silencio.

—Es sal.

—¿Sal?

—Sal marina. Provocará que nuestras moléculas se muevan de forma levógira, en el sentido inverso a lo que produce el azúcar.

—Esto afectará nuestro pH sanguíneo —dijo ella.

—Correcto, es lo que buscamos. Equilibraremos nuestro pH sanguíneo en el cuerpo de ácido a alcalino y luego a neutro. De esta forma, el flujo del tiempo puede llegar a acelerarse en las moléculas levógiras y a desacelerarse en las moléculas dextrógiras. Entonces las moléculas de nuestro cuerpo se moverán primero en sentido del reloj y luego en sentido opuesto para que el ADN se vea estimulado.

Adán, Kate y David bebieron un buen sorbo de agua y le pasaron la botella a Evangelina.

—Es agua con bicarbonato de sodio. Esto hará funcionar estas fórmulas alcalinizantes, beberemos mucha agua para permitir el pH neutro.

—Lo sé —dijo ella, después de beber—, en cero el pH es ácido, en 14 es alcalino y en 7 es neutro. El agua es un neutralizador natural. ¡Nuestras moléculas se moverán como la *Merkaba*! Al mover las moléculas en ambos sentidos provocaremos un movimiento interior y en el flujo del tiempo.

Kate sonrió, estaban compartiendo información de la Quinta Dimensión. Aquello fue comprobado en los años 1950 por el doctor ruso Nikolai Kozyrev, quien fue silenciado primero por Stalin y luego por el *establishment* oficial.

Cuando consiguió su libertad, el brillante científico diseñó la teoría en la que manifestaba que podía cambiar el flujo del tiempo, lo que originó una revolución científica que generó posteriormente la publicación de más de diez mil trabajos. De allí en adelante, se había avanzado en la tecnología aplicable. Sus descubrimientos tenían efecto de velocidad vibratoria en el cerebro holográfico y así demostraba que el ADN era un rompecabezas que tenía más de una sola solución. Y, sobre todo, que podía transformar al ser humano hacia un nivel superior.

Adán se acercó a Kate, su cuerpo vibraba fuerte y con una poderosa energía sexual eléctrica.

—También las pirámides al absorber tanta energía solar producen la apertura de la energía universal y en su interior la cantidad de vibración es mucho más alta —dijo Kate—. La gravedad empujará para arriba y el nivel de giro en la información genética del cuerpo humano se activará completamente, desenvolviendo las fuerzas espirituales.

—Éste era el objetivo en la época de oro de las dinastías egipcias, cuando colocaban a los faraones en tumbas —agregó Adán.

—Pero las momias eran cuerpos físicos muertos —retrucó Evangelina.

—Sí, pero la conservación sólo se debe a una explicación científica, no religiosa.

—Explícate.

—Los egipcios ancestrales eran seres extremadamente inteligentes porque vinieron de diferentes partes del universo. La conservación de sus cuerpos se debe a que las moléculas del cuerpo seguían vibrando, aun con el cuerpo sin vida, lo que los actuales científicos llaman "ADN fantasma". Me refiero a que cuando el ADN ha estado durante un cierto periodo en un sitio, su energía seguirá allí aún cuando se retiren las moléculas físicas.

Los seres de las estrellas le habían enseñado a Adán Roussos aquel avanzado conocimiento, pero en la Tierra el científico ruso Nikolai Kozyrev también había comprobado que el ADN de una persona viva o muerta dejaba un "duplicado energético" donde había estado; por ejemplo, luego de que el cuerpo físico se levantase de una silla, el ADN fantasma continuaba hasta treinta días captando luz en forma de fotones, aun cuando el cuerpo no estuviese allí.

—Los faraones sabían que seguirían necesitando que las moléculas energéticas de sus cuerpos físicos muertos continuaran apoyándolos en el viaje a la dimensión elevada.

—Asombroso.

—Observen el cielo —le pidió Adán.

Todos alzaron la vista, se veía magnífico, lleno de estrellas; era pura mística y poesía sobre las pirámides.

—Será más fácil comprenderlo de este modo. Las estrellas, por ejemplo, dejan estelas mucho más medibles con su movimiento. Las estrellas que se ven ahora son las estrellas del pasado, ya que la luz tardó mucho tiempo en llegar a nuestro ojo, recorriendo una distancia enorme. Y esa estela que dejó es el propio ADN fantasma de la estrella que no está más allí, mientras que la luz viajó hasta la Tierra, la estrella "actual" se trasladó hacia otro sitio. Sn embargo, cuando ves la "estrella antigua" parece real. De la misma forma, el cuerpo físico del ser humano también deja una huella energética medible allí donde ha estado.

Evangelina suspiró ante la majestuosidad el cielo.

—Cada vez siento más admiración por las civilizaciones ancestrales.

Ella sabía que los sabios iniciados manejaban geometría sagrada, activación del ADN, cambio en las frecuencias y vibraciones, precisión matemática, física cuántica, meditación, activación de la *Merkaba*, ascensión, sexo alquímico, seres de las estrellas, cambio de dimensión, viajes en el tiempo... Ella entendía que cuando aquella información cayera en manos de mucha gente, la fuerza colectiva haría que la Humanidad despertase del sueño de la ilusión.

Hizo una pausa.

—¿Qué nos queda por esperar? —preguntó.

—Los cuarzos y el tiempo.

—¿La calavera de cuarzo?

—Éste es un detonador de gran poder —respondió Adán tocando la mochila de David, donde se encontraba el valioso objeto—, pero ahora yo me refiero a los relojes, respondió Adán, viendo hacia el Rolex en la muñeca de David.

—¿Los relojes?

—Sí. Llevan un pequeño cuarzo que es previamente activado con un láser para que realice el movimiento de distole y diástole, como si fuese el corazón del reloj. La electricidad viaja por el cuarzo para que las agujas giren y la hora del tiempo se concrete. Y esto es así porque el cuarzo capta la energía de La Fuente y del campo electromagnético.

—Casi nadie recuerda que los relojes llevaban cuarzos dentro para moverse y dar el tiempo —dijo Kate.

Adán recordó en aquel instante lo que Micchio le había dicho en la Quinta Dimensión: "Los relojes han conectado a las personas con el tiempo, los cuarzos conectarán a las almas con el no-tiempo".

Casi habían llegado al pie de las pirámides. David estaba intranquilo.

—¿Ves al guardia? —le preguntó Kate.

—Dijo que estaría aquí a las 7:15 de la tarde.

El mexicano observó su muñeca, su reloj marcaba las 7:12.

—Esperemos.

Las siluetas de los cuatro formaban una dualidad de fuerzas. Dos mujeres, dos hombres, tres pirámides, un secreto a desvelarse.

Un experimento que podría cambiar la vida de los humanos para siempre.

80

Tercera Dimensión,
Giza, 26 de julio de 2014

El coche oficial que llevaba a Álvaro Cervantes y sus dos guardias estaba ya entrando en las calles de El Cairo.

La Cobra estaba cada vez más ansioso por encontrarlos y realizar su venganza. Sabía que los habían ubicado. Había recibido el llamado de Tamred y los esperaba en un bar.

Cuando entraron al antro lleno de árabes, Cervantes olió aquel hedor, mezclado con el humo de las *shishas*, los tradicionales cuencos para fumar tabaco de manzana.

Tamred estaba oculto en un rincón, en penumbra, sentado en una de las sillas del bar; el joven árabe se acercó a los tres hombres. Le estiró la mano.

—¿Tú eres mi contacto? —preguntó Cervantes, con voz seca.

—Sígame por aquí —le pidió Tamred, llevándolo hacia un apartado. Cerró la puerta tras de sí.

Los ojos del árabe se llenaron de ambición.

—¿Trae mi dinero?

—Te daré un cheque internacional.

—¡No! —exclamó Tamred—. La recompensa dice que es en dólares. Los quiero en efectivo.

Cervantes pensó: "Idiota, ¿cómo pensará que una persona puede pasar esa cantidad tan grande de dinero por la aduana?".

—¿Cómo sabré que es verdad lo que me dirás?

—Porque la conversación que escuché es la que usted busca.

Hubo una pausa.

—No tengo efectivo aquí. El cheque te servirá igual.

Tamred negó con la cabeza.

Cervantes miró a los dos hombres que venían con él. Hizo un gesto de negación con la cabeza.

—Está bien. Será a tu manera. Recojan el efectivo del coche.

Uno de los hombres salió de la habitación.

—¿Cómo son físicamente? Cervantes estaba comprobando que fuese cierto y ganando tiempo.

Tamred le describió la fisonomía de ellos.

—¿Cuatro personas?

Cervantes sólo esperaba encontrar a Evangelina y David.

Tamred afirmó.

—El hombre alto era el que más hablaba.

Cervantes se mostró pensativo.

—¿De qué hablaban?

—De cosas raras: algo referente a las pirámides, los cuarzos, una ascensión… teorías muy complicadas.

La Cobra frunció el ceño y se tocó la barbilla.

Al momento, uno de los guardias de Cervantes entró con una bolsa en la mano.

—Ponga la bolsa sobre la mesa —dijo Tamred, al tiempo que cogió un revólver 38 de un cajón.

—Un momento —se quejó Cervantes—. Estoy cumpliendo con mi parte del trato. Dime dónde están.

El corazón de Tamred se aceleró. Necesitaba demostrarles a esos occidentales que con los árabes no se juega. No pensaba matarlos, sino asegurarse de que dejasen el dinero.

—En el hotel Le Meridien, a pocas calles de aquí. Pero me temo que irán ahora camino a las pirámides.

Eso era lo único que Cervantes quería oír.

—Muy bien —le dijo—. La recompensa es tuya. Gracias.

La Cobra le hizo seña a los dos guardias para que salieran de la habitación.

Tamred y Cervantes se vieron cara a cara.

—Un momento. Contaré que esté todo el dinero.

—Adelante.

Al momento que Tamred dejó el arma sobre la mesa, Cervantes expandió sus ojos y generó una extraña transformación. Cuando Tamred volteó para verlo. Todo su mundo conocido cambió en su mente. Aquel hombre no era en realidad un hombre, sino una extraña criatura. En menos de quince segundos tenía sus garras en la garganta. Lo asfixió con fuerza, como una cobra por el cuello.

En menos de un minuto, la vida de Tamred se estaba esfumando. Se le hincharon los ojos, la lengua se estiró fuera de su boca, desesperado por una bocanada de aire.

En ese momento, Tamred lo hubiera dado todo por vivir. Comprendió, demasiado tarde, que con el dinero no compraría ni un minuto de vida extra.

81

Tercera Dimensión,
Pirámide de Keops, Egipto, 26 de julio de 2014

L as tres pirámides ya eran una enorme sombra mística bajo el cielo estrellado. Eran las 7:16 de la tarde cuando la silueta de un hombre comenzó a acercarse hacia ellos.

—Allí viene —susurró Kate.

David Eslabon le hizo señas con la luz de la linterna.

Al acercarse, David se adelantó, habló algo con el árabe y le entregó un sobre con el dinero que le había prometido para poder pasar la noche en la Gran Pirámide.

El guardia, de unos cincuenta años, esbozó una sonrisa noble.

—Por aquí —dijo, dirigiéndose a la entrada.

Todos comenzaron a subir por los empinados escalones.

—Aquí ya sabrán cómo manejarse —dijo el guardia.

—Sí, gracias —respondió Kate sonriendo. Sus dientes blancos resaltaron en la oscuridad de la noche.

—Que Dios los acompañe.

Dicho esto, el guardia bajó velozmente de los pocos metros que había subido en la Gran Pirámide, desapareciendo en la oscuridad.

Allí estaban, al pie del monumento donde muchas personas creían que, en su geometría, se hallaba escrita toda la historia de la Humanidad. Un enigma abierto al ojo del Iniciado como un gigantesco orbe de conocimientos.

Sus medidas eran arquitectónicamente sublimes: originalmente medía 146 metros de altura, lo que equivalía a un edificio moderno de más de 40 pisos; medía 230 metros de lado, lo que permitiría que ocho campos de futbol entraran en su base. Un total de más de 2,500,000 bloques de piedra que pesaban entre 2 y 60 toneladas cada uno. Su volumen era de 2,600,000 m³, y su peso medio, calculado en base a la densidad, era de 6,500,000 toneladas. Su orientación, desviada 5' 30" respecto del norte magnético, está perfectamente calculada ya que cada una de sus caras corresponde de manera exacta a un punto cardinal.

Lo que poca gente sabía era que los árabes habían decidido construir la nueva capital, El-Cairah, que significa "la victoriosa" y para hacerlo no tuvieron mejor idea que recurrir a bloques extraidos de la Gran Pirámide. Así, unos 27,000 bloques de revestimiento fueron desmontados y hurtados para levantar con ellos palacios, fuentes, esclusas y mezquitas. Con el transcurso de los años, la GranPirámide vio desaparecer los 700,000 metros cuadrados de revestimiento que la cubrían. Y, así y todo, era la obra más colosal y perfecta sobre la Tierra.

Evangelina observó hacia abajo.

—Casi estamos en la entrada principal —dijo Adán.

La entrada estaba a 17 metros de altura en su cara norte, donde destacaban los cuatro gigantescos bloques de piedra que descansaban sobre el dintel de la puerta.

Adán iba escalando adelante, al llegar a la entrada, le pidió la linterna a David.

—Alumbra aquí, por favor.

El mexicano dirigió la luz hacia arriba.

—Con pretensión de pasar a la posteridad mucha gente ha escrito aquí sus nombres, pero la única de todas las inscripciones que nos interesa es ésta.

Adán señaló hacia un bloque superior derecho.

—Muy poca gente lo ha visto.

Adán se refería a unos extraños signos grabados: un tetragrama que nada tenía que ver con la escritura jeroglífica egipcia ni con ninguna otra escritura conocida.

—¿Quién escribió eso? Parece una *Merkaba* —preguntó David.

—Supongo que están ahí desde el principio.

—Entremos ya —les pidió Kate.

Al entrar, una ráfaga de calor les invadió la piel, un calor ancestral, almacenado en cada una de las piedras que recibía constantemente la fuerza del Sol desde hacía milenios.

—¡Qué maravilla! —dijo Evangelina.

Adán asintió.

—Según Heródoto y otros historiadores, antiguamente se encontraba cubierta de jeroglíficos. Ahora lleva 700 años desnuda —dijo Adán.

Al decir aquella palabra, Kate y Evangelina se miraron con el mismo pensamiento. Sabían que una de ellas pronto estaría desnuda dentro.

—Subamos despacio. Falta un poco el aire —les pidió Kate que comenzó a deslizarse en cuatro patas por el túnel.

Los cuatro se agacharon ya que el pasadizo era estrecho, con no más de 1.20 metros de alto y de ancho. Estaban ahora en la entrada original y se encontraban con dos canales, uno descendente y otro ascendente con una pendiente de 26° 34'. Un pasillo con dos barandillas, una a cada lado y, en el suelo, un entarimado con tablas transversales para facilitar el descenso. El camino había que hacerlo en una postura incómoda, gateando. Observaron hacia el canal descendente que tenía en total 105 metros de longitud y llegaba a más de 30 metros por debajo del nivel de la meseta.

—Hacia abajo sólo lleva a una cámara subterránea —dijo Adán—. Vamos hacia arriba.

El recorrido por el canal ascendente era algo más cómodo. Las manos de Evangelina se deslizaron suavemente por las piedras pulidas de las paredes experimentando una fina sensación, como si tocase una seda.

El techo, las paredes y el suelo encajaban con exacta precisión arquitectónica. Los cuatro subían lentamente pisando sobre una rampa de madera con travesaños para facilitar el recorrido.

—Vamos. Al final de ese pasadizo está la Gran Galería.

Ascendieron un poco más en hilera, primero Adán, luego Evangelina, Kate y David. Comenzaron a sudar. La ajustada camiseta blanca de Evangelina se le pegaba al pecho.

—¿Estamos cerca de la Cámara de la Reina?

—Estamos a 22 metros por encima del nivel de la base de la Gran Pirámide, donde se abre la entrada a otro túnel horizontal —dijo Adán, señalando con el dedo en un pequeño mapa del interior—. Hay cinco nichos en la pared donde antes había una gran losa, este pasadizo y la cámara a la que accede se conservaban en el más absoluto secreto. La llamaron erróneamente Cámara de la Reina, aunque aquí nunca se enterró a ninguna reina. Su nombre le fue dado por los árabes, que al ver el techo construido a dos aguas, como las tumbas de sus mujeres, inmediatamente la bautizaron con ese nombre.

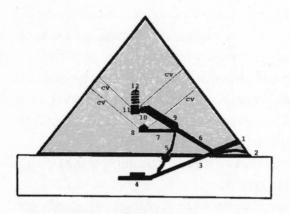

1.- Entrada original
2.- Entrada de Al Mamun
3.- Canal descendente
4.- Cámara del caos
5.- Pozo
6.- Canal ascendente
7.- Canal horizontal
8.- Cámara de la reina
9.- Gran galería
10.- Cámara de los rastrillos
11.- Cámara del rey
12.- Cámaras de descarga
cv.- Canales de ventilación

Evangelina y Kate observaron aquel sitio con asombro.

A juzgar por su inteligencia, valentía, belleza y sensualidad, cualquiera de aquellas dos mujeres hubiera podido ser reina del antiguo Egipto.

Se detuvieron un momento. El corazón les latía con fuerza.

Adán aprovechó para explicarles más detalles. David les pasó la botella con agua.

—En 1872 descubrieron dos pequeños agujeros a un metro y medio de altura en mitad de la pared, de 20 centímetros de lado, uno en la pared norte y otro en la sur. Descubrieron que, detrás de la piedra, existían estos dos conductos y una pequeña grieta en la pared sur de la cámara. Eso comunica con un conducto similar a los de la Cámara del Rey, más arriba —dijo Adán, señalando hacia la derecha—. Lo más importante es que también encontraron lo que equivocadamente llamaron canales de ventilación, pero en realidad su función es otra, son canales psíquicos por los que el alma del faraón entraba a visitar a su doble.

—Los arqueólogos están divididos respecto a eso —dijo Evangelina.

—La idea de que eran canales de paso para el alma del faraón, el BA, es la idea más generalizada. Estos canales siguen siendo un misterio a pesar de que en la mayoría de los círculos arqueológicos se sostenga que fueron canales psíquicos.

Se miraron con inquietud y se pusieron en marcha otra vez, continuando el ascenso a través del estrecho pasillo.

—Ahora lo averiguaremos.

Rápidamente llegaron a la impresionante Gran Galería; poseía casi 9 metros de altura y 47 metros de longitud. Sobre ella gravitaban millones de toneladas de piedra. Sus muros, implacablemente paralelos en todo su recorrido, se volvían más estrechos a medida que avanzaban.

—Majestuosa —dijo Evangelina.

—Así es, aunque en tiempos antiguos, aquí había altas estatuas de faraones de diferentes dinastías.

—Los ladrones ya las han desaparecido —dijo David.

Se detuvieron. Todos estaban agitados. Un incómodo mareo les apareció en la cabeza.

Ya estaban a pocos metros de entrar en su objetivo.

—Un poco más. Respiren profundo y lento.

Los tres hicieron lo que Adán les pidió.

En menos de treinta segundos estaban entrando en la cámara más célebre de la Gran Pirámide, la Cámara del Rey. Medía casi 10 metros y medio de largo, poco más de 5 metros de ancho y casi 6 metros de alto. En total más de 50 metros cuadrados de superficie. Los muros estaban formados por 5 hileras de piedra y el techo por 9 enormes losas de granito que pesan aproximadamente unas 400 toneladas cada una. No había nada, salvo un sarcófago de granito en la parte oeste de la cámara.

—El misterio sin resolver. El sarcófago es más ancho que el túnel —dijo Evangelina.

—Fue colocado aquí durante la construcción de la pirámide para que no pudieran sacarlo. Ésta es el área central donde realizaban rituales.

Se quedaron en silencio.

Estaban en suelo sagrado, a punto de realizar un acto mágico, dentro de una cámara que contenía secretos sobre la vida y la muerte.

82

El calor era pesado, seco, ancestral. Las paredes de la Gran Pirámide le hicieron sentir a Evangelina como si la observasen. La misma geometría afectaba a quien estuviera dentro. Su corazón palpitaba con fuerza, estaban en la cúspide.

David se mostró inquieto.

—¿Preparamos la ceremonia? —preguntó el mexicano.

—En un momento —Adán estaba observando algo.

Kate fue hacia la cara norte como si quisiese ver lo que los ojos no veían.

—Vengan aquí por favor —les pidió Adán.

Los cuatro se unieron en el centro.

—Cada uno de nosotros representará los puntos cardinales. Tú Kate, en el norte, David el oeste, Evangelina el este y yo el sur.

Los cuatro se separaron un momento.

—Por favor, David, antes coloca la calavera de cristal en el centro.

El mexicano sacó cuidadosamente el poderoso objeto. Al momento, Adán se acercó y trazó un círculo con sal marina alrededor del cuarzo. Aquello simbolizaba protección.

Desde los puntos cardinales saludaron con reverencia a las fuerzas de la naturaleza. La piel de Evangelina sintió una corriente de energía por toda su epidermis y se erizó.

Adán estaba activando su poder interior para guiar el ritual.

—Comenzaremos a respirar con intensidad pero lentamente, sólo por la nariz.

Los cuatro comenzaron a hacerlo. Los pulmones se expandían rítmicamente. El flujo de energía comenzó a aumentar inmediatamente. La respiración era la llave maestra del yoga para cambiar el estado de conciencia. Los meridianos corporales por donde fluye la fuerza del *prana* se activaron como ríos que llevan agua transparente. Las venas irrigaron con más intensidad el líquido sagrado. El oxígeno iba directamente a los hemisferios cerebrales activando los neuropéptidos, como diminutas tormentas eléctricas.

Justo cuando estaban cambiando al estado Alfa de la mente, David Eslabon escuchó un ruido. No supo qué pensar, pero siguió entrando en un nivel más profundo. Al cabo de unos minutos, el ruido esta vez desconcentró a Kate.

—Un momento —dijo, creo que he sentido algo.

David abrió los ojos.

—Yo también, hace un momento.

Los cuatro se miraron.

—Lo investigaré —dijo David—, yendo hacia el pasillo de entrada.

Bajó lentamente hacia atrás unos metros. Se escuchó un gemido. Luego un grito.

Adán, Evangelina y Kate se miraron sorprendidos y fueron hacia el portal. Observaron unos quince metros hacia abajo. Aquello no podía ser cierto.

El rostro de Álvaro Cervantes, junto a dos guardias, los miraba con odio. Uno de los guardias tenía a David del cuello apresándolo como una serpiente.

Cervantes y el otro guardia enfilaron hacia arriba.

—Son todos míos —le dijo La Cobra al guardia de la CIA—, quédate aquí.

Comenzó a subir velozmente la escalinata, sentía una fuerza sobrehumana.

—¡Hacia atrás! —les pidió Adán, a Kate y a Evangelina. Ambas fueron hacia donde estaba el sarcófago.

Adán elevó su mano derecha, tal como lo hacían los budas y el mismísimo Jesús. Activó su poder de *bodhisattva*.

Aquella sería una cuestión de vida o muerte.

83

Tercera y Cuarta Dimensión,
Pirámide de Keops, 26 de julio de 2014

Los ojos de Álvaro Cervantes estaban cambiando de forma. Sus manos tenían una fuerza arrolladora. Subió los quince metros veloz, con sólo unas pocas zancadas. El corazón estaba a punto de explotarle, contaminado con la furia y el rencor. Él se liberaría de Adán y luego violaría a ambas. Eran dos presas demasiado jugosas para dejarlas escapar. Las ataría, y una a una las gozaría sexualmente. Mejor dicho, las obligaría a gozar, a deleitarse con su falo. Y además, se quedaría con la poderosa calavera de cuarzo para sí mismo. Aquello traería un enorme reconocimiento dentro de La Hermandad para él.

Esa fuerza lo movilizó aún más para llegar rápidamente a la Cámara del Rey.

—Te queda poco, forastero —le dijo La Cobra a Adán, en tono burlón—. De todos modos, será un honor para ti morir en este lugar.

Adán se mantuvo inmóvil y en silencio. Lo miró fijamente.

La Cobra se abalanzó sobre él y Adán esquivó el ataque con un movimiento hacia la derecha. Ambos sabían artes marciales. La Cobra estaba poseído por la ira y quería liquidarlo a la vieja manera, a puños, a patadas, ahorcándolo.

Volvió a atacar, golpeando con una patada el hombro izquierdo de Adán. Y aquello se convirtió en una vorágine de movimientos. Patadas, golpes y hábiles giros para esquivar los ataques. Un certero derechazo de Adán hizo que el tabique nasal de La Cobra se moviese. Uno de sus incisivos se aflojó. Aquello lo enfureció aún más. Los cuerpos de ambos sudaban y La Cobra se quitó la chaqueta, estaba flaco pero fibroso y marcado. Adán observó el tatuaje en el antebrazo de Cervantes.

La enorme energía provocada allí dentro convocó a otros seres del plano astral. Todos pudieron verlos, la fuerza que generó aquella pelea les hizo acceder a la visión en ambas dimensiones. Apareció una horda de seres grises y enormes reptilianos apoyando a Cervantes. Era una lucha arquetípica en un lugar sagrado. La energía convocó a los grises y reptiles de la Cuarta Dimensión astral baja con hambre por la energía de Adán, Kate y Evangelina. El remolino energético que generaban era fuerte y atractivo.

Los reptilianos fueron sobre el cuerpo energético de Adán tratando de debilitarlo. Los grises emitían una frecuencia energética de baja vibración para generar interferencia entre Adán y el poder de La Fuente.

Sobre todo, cuando vieron que Adán Roussos tocó el cuarzo que llevaba colocado en el pecho.

"Necesito ayuda", dijo mentalmente.

Los reptiles sacaban largas lenguas y movían sus ojos como serpientes. Su estatura era intimidante. Algunos llevaban alas y colas, como las gárgolas de piedra que están en la entrada de numerosos edificios alrededor del mundo. Los grises eran como larvas pequeñas absorbiendo energía y vitalidad de los humanos.

Uno de los reptiles se fue contra Adán.

—¡Déjalo! —gritó La Cobra—. ¡Es mío! ¡Yo solo puedo con él!

En ese momento, una corriente de energía, como una espiral, se adentró en la cúspide de la pirámide. Los reptilianos fueron los primeros en sentir aquel estímulo. No era agradable para ellos debido a que era una espiral de fuerza centrífuga luminosa. La energía opuesta a la que ellos estaban generando. La corriente comenzó a hacerse más fuerte y pronto sus verdosos ojos comenzaron a ver presencias. Los grises emitieron un pensamiento telepático de alerta entre todos, como si los chacales del desierto hubieran detectado la presencia de un tigre. Y allí estaban. No era uno, sino un ejército de seres de luz, y tenía en su alma la fuerza de cien mil tigres. En ese preciso momento, bajaron ángeles, serafines y arcángeles de dimensiones superiores, con espadas de luz, haciendo un círculo a modo de escudo protector. La estatura de estos seres era de más de cinco metros.

Allí, Evangelina comprendió que las estatuas de piedra de los antiguos faraones eran del tamaño real que tuvieron en vida, no eran gigantografías de los arquitectos. Y también comprobó con sus propios ojos las imágenes grabadas en piedra que innumerables veces había visto en los museos y las que estaban talladas alrededor del mundo como pinturas rupestres en Australia, México, Bolivia y tantos otros sitios. Las civilizaciones antiguas habían dejado constancia escrita de la presencia de aquellos seres en la Tierra muchos años atrás.

Inmediatamente, la presencia de los seres pleyadianos, de Sirio y Orión fue acompañada de una exquisita fragancia que a Adán se le hizo reconocible. Ellos olían a fresias, a gardenias, a naranjos en flor. Era el aroma de la luz. El alma de Adán sintió gozo, se sintió acompañado, protegido, amado.

Tuvo definitivamente un sentimiento de gloria y gozo extremo, cuando vio la femenina presencia y las exquisitas facciones del rostro de Chindonax y de los seres que lo trasportaron en la nave; en ese momento, su alma definitivamente vibró alto. Aunque entró en éxtasis y júbilo cuando observó, más atrás, que se materializaba la hermosa presencia de su amada, Alexia Vangelis. Ella estaba al lado de su padre Aquiles y su mentor Micchio Ki.

—¡Adán! —le trasmitió telepáticamente Alexia, llena de luz.

Él le dirigió amor por los ojos. Era su compañera de destino, su otra parte.

Los reptilianos no soportaban aquella alta frecuencia y comenzaron a abalanzarse sobre los ángeles y arcángeles en una lucha feroz. Escupían lenguas de fuego y vociferaban, mientras los ángeles, llenos del poder de La Fuente, iban eliminándolos con espadas de tecnología ultra avanzada a base de vibraciones electromagnéticas con rayos gamma. Los grises y reptilianos potenciaron su frecuencia de baja vibración, pero el grupo pleyadiano de seres altos y radiantes bloqueó la interferencia. La disputa se generó sobre todo en las frecuencias. La pirámide era un enorme catalizador y quien forjara una frecuencia superior se haría con el poder.

La Cobra se fue contra Adán, ciego por el impulso de saberse escudado por los seres oscuros. Pegó un salto, se abalanzó nuevamente sobre él y, rápidamente dobló su mano derecha sobre su cuello, tratando de asfixiarlo. Adán vio de cerca el tatuaje y los símbolos. Supuso cuál era su punto fuerte y cuál era su debilidad. Rodaron por el suelo, con el brazo adherido a la yugular de Adán. La Cobra había aumentado su poder al máximo con la energía y la presencia de los reptilianos. Su presión era insostenible. Con un codazo fortísimo en los testículos, Adán pudo zafarse. La Cobra quedó sin respiración. Su furia aumentó y se fue con el inmenso dolor que sentía sobre Adán, esta vez tratando de morderle el cuello.

Y, en el momento en que iba a clavarle los dientes, la bala de un arma de fuego atravesó su hombro, haciéndole sentir nuevamente su cuerpo en la Tercera Dimensión, lo cual hizo que cayera herido al suelo como una pesada bolsa.

84

Tercera y Cuarta Dimensión,
Pirámide de Keops, 26 de julio de 2014

En la entrada a la Cámara del Rey una sombra humana se perfiló en la pared. Como si fuese un felino silencioso en busca de su presa, el estilizado cuerpo de Lilith entró con el arma humeante en la mano. Ella había disparado a los guardias y ahora había herido en el hombro a Álvaro Cervantes.

—Te devuelvo la herida —le dijo Lilith a Cervantes que la miraba desde el suelo.

Lilith se refería al montaje que habían hecho en Nueva York, cuando le reveló información a Evangelina, los guardias de la CIA le habían disparado de verdad cuando sólo debía haber sido un simulacro.

—¡Tú, zorra! ¿Qué demonios haces aquí? ¡No te bastó con quitarme a mi mujer!

—Me cansé de ella. Ahora es Evangelina la que me interesa.

Lilith vio a Evangelina al lado de Kate. Las observó sensuales y unidas.

—¿Estás con ella? —preguntó despectivamente.

—¡Te consideraba mi amiga, eres una traidora! —refutó Evangelina.

—Te gustan las de piel morena, ¿eh? —Lilith sintió celos.

—Vas por mal camino —le respondió Evangelina—, no me atraen sexualmente las mujeres.

—Muchas dicen lo mismo —le dijo Lilith, con la mirada llena de deseo—, pero cuando sientas mis manos en tu piel cambiarás de idea. ¡Imagínalo por un momento! ¡Juntas con el poder de la calavera de cristal seremos invencibles e inmortales!

Evangelina estaba conectada con el deseo que sentía por Adán. Su mente estaba en completo shock, puesto que se preparaba para un ritual sexual con él cuando aparecieron todos aquellos seres. En medio de aquella confusa situación, podían ver ambas realidades, lo que estaba pasando con ellos en la Tercera y la otra realidad en la Cuarta Dimensión, donde continuaba la lucha entre reptilianos y grises contra los seres de luz.

—¡Vete! —le gritó La Cobra a Lilith, al tiempo que balbuceó mantras ancestrales para provocarle un conjuro.

—¡Tú te irás, pero de este mundo, bajo reptil mal hecho!

En ese momento, La Cobra jugó su última carta. Se abalanzó sobre ella de un salto, haciéndola trastabillar con el antiguo sarcófago del Rey, lo cual hizo que el arma se le soltara de la mano y cayera al suelo.

El revólver cayó al suelo y, como una fiera que quiere recuperar lo que es suyo, Lilith se abalanzó sobre el arma. Pero Cervantes la tomó del tobillo haciéndola trastabillar. Adán se acercó velozmente y los tres se entablaron en una lucha en el suelo, revolcándose con fuerza. Lilith pudo estirar su pierna, aunque se raspó la rodilla y La Cobra soltó la mano de Lilith debido al dolor. Ella se apoderó nuevamente del arma. Su cabello revuelto le daba la apariencia de un león enjaulado. Con la mano temblando, moviéndose rápidamente, provocó un disparo certero que atravesó la cabeza de Cervantes, quien cayó muerto inmediatamente. Se vio claramente cómo su esencia vital se desprendía del cuerpo y dos reptilianos de la Cuarta Dimensión lo acompañaron en el viaje.

—¡Atrás! —gritó Lilith, furiosa y con la respiración acelerada.

Adán alzó las manos. Observó la calavera de cuarzo en el centro. Trató de concentrar su poder mental dentro del poderoso objeto. Evangelina y Kate estaban detrás del sarcófago del Rey.

—Estás profanando terreno sagrado —le dijo Adán, mirándola directamente a los ojos.

—¡Silencio! ¡Vámonos de aquí! —le gritó Lilith a Evangelina—. Recoge el cuarzo y nos vamos.

Evangelina negó con la cabeza.

—¿Qué futuro ves aquí si no es conmigo? ¡Lo tendremos todo juntas! Tú ya sabes y sientes la vibración que nos conecta.

—¡Déjala en paz! —le dijo Kate con fuerza.

—Cierra la boca.

Adán le hizo un gesto a Kate para que no interfiriese. La furia le haría reaccionar a Lilith precipitadamente.

Adán invocó ayuda de los seres de luz. Pero, aunque ellos no podían interferir en la Tercera Dimensión, enviaron a media docena de pleyadianos para generar una frecuencia pacífica sobre aquella situación. Un conflicto de aquella magnitud en la Gran Pirámide les atañía directamente.

Lilith era extremadamente poderosa e inteligente, además de rebelde, siempre quería salirse con la suya.

—Si no lo quieres hacer por buenas razones, lo harás por la fuerza.

Lilith observó las dos realidades activando el ojo interior, la disputa en la Cuarta Dimensión iba mal para sus aliados reptilianos, que estaban perdiendo poder frente a los seres de luz. Varias naves pleyadianas estaban suspendidas sobre el cielo.

"¡Arcadia!", pensó para sí misma.

Se refería a que cuando un ser humano estaba listo para ascender de dimensión, muchos seres de luz eran atraídos para recibirlo. Aquello sería lo que Adán, Kate, Evangelina y David querían. Era la transfiguración, lo más elevado que un ser humano podía conseguir en su vida.

Inmediatamente Lilith se agachó para recoger la calavera de cuarzo con la mano izquierda mientras sostenía el arma con la derecha, cuando Kate se abalanzó sobre ella. La musculatura potente de Kate la impulsó con fuerza y le hizo sentir que tendría una dura rival a quien vencer. Ambas se tomaron de los brazos y las muñecas forcejeando sobre el revólver.

Evangelina se movió de costado y, rápidamente, en cuatro o cinco pasos se colocó al lado de Adán. Aquello no estaba saliendo como lo habían planeado. Adán la puso detrás suyo delicadamente. Viendo la fuerte contienda, tuvo que intervenir. Se aproximó como un tigre sobre las dos mujeres que daban vueltas por el suelo. Trató de forcejear por el arma, pero ambas estaban como selladas con sus manos. Jaló con fuerza, aunque sin éxito. La tenacidad de ellas era potente. El impacto de la lucha lo hizo trastabillar y los cuerpos lucharon hasta caer detrás del sarcófago. Evangelina dejó de verlos por un momento al quedar tapados por la tumba.

Unos segundos después, escuchó retumbar en aquellas paredes sagradas el potente sonido de una bala.

86

Aquellos segundos parecieron una eternidad.

La primera en levantarse con esfuerzo, detrás del sarcófago del Rey, fue Lilith. Tenía la ropa hecha harapos, las pupilas iracundas y el rímel de los ojos corrido. De la punta del revólver salía humo. Se puso de pie con dificultad, dio varios pasos hacia el centro de la cámara y salió con la calavera envuelta en la otra mano.

—Si no quieres venir te lo pierdes. ¡Piénsalo! ¡Lilith y Eva juntas! El reinado de lo femenino. ¡Con la información que tiene la calavera viviremos eternamente!

—Eres una asesina. No te importa matar por tus intereses. No es con la fuerza que el reinado de la diosa volverá, sino con amor y luz. Somos portadoras de gloria, no de dolor. Somos magia, fertilidad, sabiduría…

—Eres una soñadora… el mundo tal como está es del más fuerte.

—Pues seguiré soñando entonces… porque somos muchas las que estamos dispuestas a construirlo al lado de hombres sensibles.

Lilith tomó una respiración profunda, le dolían los brazos. Quería irse cuanto antes de allí. Ahora la calavera era su prioridad, tendría el poder.

—Entonces te quedarás aquí, soñando con un mundo mejor.

Le apuntó con el revólver a la cabeza, durante unos segundos.

Las dos se miraron en silencio.

"Me queda sólo una bala", pensó Lilith.

Rápidamente y sin dejarle de apuntar con el arma, se llevó la calavera de cuarzo, saliendo velozmente.

* * *

Evangelina sintió impotencia y angustia. Inmediatamente corrió hacia el sarcófago. No sabía a quién le había dado el proyectil. Se arrodilló sobre los cuerpos de Adán y Kate. Un hilo de sangre manchaba el pecho de ambos. Alzó la mirada hacia arriba y vio la Cuarta Dimensión con nitidez. La imagen de Kate se le hizo rara en lo alto de su cabeza. Su alma ya había salido del cuerpo y estaba acompañada por los seres de luz para trasportarla de regreso a la Quinta Dimensión. La misión de Kate en la Tierra había concluido.

—¡No Kate! ¡No te vayas!

En el momento en que se dio cuenta de lo sucedido, giró el cuerpo de Adán inconsciente hacia su pecho.

—Adán —le dijo, acariciando su cabello.

Observó hacia arriba con el ojo interior abierto, él no estaba en la Cuarta Dimensión. Trató de reanimarlo.

—¡Adán! —volvió a decirle con más énfasis.

Un leve movimiento de sus ojos y una respiración profunda le revelaron que Adán estaba aún con vida.

Y justo cuando él abrió los ojos, se escuchó otro disparo.

Los dos se sobresaltaron con el estruendo.

El sonido venía desde abajo.

Tercera y Cuarta Dimensión,
Pirámide de Keops, 26 de julio de 2014

¿Estás bien? —le preguntó Evangelina con lágrimas en los ojos.

Sus manos recorrieron con ansiedad el pecho y sus hombros, viendo que la sangre que tenía en su camisa no era de él, sino de Kate.

Evangelina le apoyó la cabeza sobre el pecho. En ese momento, seminconsciente, Adán tuvo una visión existencial sublime: vio el rostro de Evangelina transformarse en el de Alexia, y, en trance, vio el rostro de multitud de mujeres, jóvenes, niñas, ancianas... todas las mujeres del mundo, de todas las razas, cuerpos y edades, hasta la primera mujer. Todas eran la creación original. Todas eran sublimes. Todas eran la diosa en diferentes cuerpos. La vida estaba en ellas, ellas *eran* la vida.

Adán observó cómo multitud de generaciones, siglos tras siglos, habían permitido la continuidad de la especie humana, sosteniendo en su vientre el fruto sagrado de la creación del ser humano. Se deslizó sobre el rostro de Evangelina, el Adán y la Eva de los inicios, observó toda la historia humana como una película veloz: las pasiones, el erotismo, la electricidad del deseo uniendo a millones de seres durante generaciones. Y vio el mismísimo rostro de La Fuente manifestándose como un universo en miniatura, en cada útero, en cada vagina; Adán Roussos vio en cada sexo femenino la puerta de la vida. Lo vio todo claramente: la diosa jugaba temporalmente a ser mujer y la mujer despierta recordaba que era una diosa.

Atrás quedaba todo el veneno mental que le habían introducido al género femenino para que no desplegase su poder natural, la revelación cósmica de La Fuente. Lejos se iban años de represión, condicionamientos y mutilaciones. En su alma sintió cómo todas las mujeres se liberaban, danzaban, soltaban sus cabellos, su desnudez, sus orgullosos pechos portadores de leche, su sexo lleno de pasión, ellas eran la puerta que movía a la humanidad. En aquella visión, Adán sintió el poder femenino recuperando la gloria. Sintió que desde el centro del corazón de cada mujer se activaba nuevamente la magia femenina para producir la ascensión y danzar con las estrellas.

La mujer era el gran portal.

La mujer era la llave sin nombre que abría todas las puertas.

La mujer era Eva, Lilith, Magdalena, Isis... era todas en una.

Cuando David Eslabon entró a la Cámara del Rey con el brazo herido y el arma en la mano, no vio a nadie. Sólo se asomaban los pies de un cuerpo detrás del sarcófago de granito. David había forcejeado con Lilith cuando ella bajaba, hiriéndola y recuperando la calavera. Era un héroe que una vez más había arriesgado la vida como infiltrado.

Se aproximó corriendo y vio a los dos con vida. A un costado, el cuerpo innerte de Kate. Se arrodilló junto a Evangelina y Adán, fundiéndose en un profundo abrazo.

88

Tercera y Cuarta Dimensión,
Pirámide de Keops, 26 de julio de 2014

Cuando Evangelina reconoció a David tuvo una explosión de júbilo.

—¡David, qué alegría verte! —exclamó.

—¿Están bien? ¿Qué sucedió con Kate? —preguntó el mexicano.

—Nosotros estamos bien —dijo Evangelina, en medio de lágrimas—. He visto cómo Kate salía del cuerpo. Ya se ha ido.

Adán se incorporó del suelo con dificultad, sintió dolor por ella, pero al mismo tiempo sabía que su destino sería el mismo, sólo que Kate había regresado antes a la Quinta Dimensión.

—¡Estás herido! —Evangelina le sostuvo la mano a David, su camisa estaba llena de sangre.

—Estoy bien, no ha dado en ningún órgano vital. ¿Qué haremos ahora? —preguntó el mexicano.

—¿Qué ha pasado allá abajo? —le preguntó Evangelina.

—Cuando Lilith subió mató a los dos guardias, pero a mí solamente me hirió debajo de la axila y pensó que me había matado, el impacto me hizo caer y me golpeé la cabeza. Estuve inconsciente unos instantes.

—¿Y Lilith? —preguntó Adán.

David Eslabon meneó la cabeza hacia los lados.

—¿La has matado? —le preguntó Evangelina.

—Cuando ella trataba de escapar, la sorprendí, forcejeamos y un disparo le impactó en el estómago. Cayó muerta rodando por el empinado corredor.

Adán trató de llevar armonía ante aquella situación. Los tres se apoyaron de pie sobre el sarcófago.

—Tenemos poco tiempo, antes de la salida del Sol. La forma de la gran pirámide de cuatro lados corresponde a la mitad del octaedro, refleja la vibración masculina, de cara al Sol. La otra mitad, que no se ve, la pirámide femenina, se extiende hacia el interior, apuntando directamente al centro de la Tierra. El momento de ascender tendrá que ser justo antes del amanecer, pero antes de que el turno de los guardias de la mañana empiece aquí.

"Esta geometría completa, al activarla, traerá el despertar del décimosegundo chakra, el diamante brillando plenamente sobre la corona de la cabeza generando luz. Los Iniciados ancestrales la llamaban Arcadia, la transfiguración. Y para ello, tendremos que hacerlo con la vibración correcta, la calavera de cuarzo no se activa sin la vibración a 432 hertzios. Esto hace que inmediatamente la glándula pineal se contacte y, bajo la superficie de la Tierra, la otra parte de la pirámide, la pirámide femenina invertida, se ponga en funcionamiento. Así, ambas pirámides rotan energéticamente en sentidos opuestos. Cuando el tono vibratorio llega a la frecuencia correcta, la forma piramidal magnética etérea nos jalará hacia arriba elevándonos de dimensión.

—Tenemos que reorganizarnos.

David Eslabon miró a Evangelina.

Se produjo un silencio.

—Creo que yo todavía tengo trabajo por hacer aquí —dijo ella con ojos húmedos.

Adán le observó el alma.

—Eso es cierto, no puedes marcharte dejando situaciones inconclusas...

A Evangelina se le hizo un nudo en la garganta.

—Completa tu trabajo ofreciendo los conocimientos a la gente con tu libro. Enséñales cómo activar su *Merkaba* y la glándula pineal para que puedan generar una reacción colectiva. La gente sabrá la conspiración que hay en la música y la presencia de los seres de luz.

—Lo haré —dijo con la voz entrecortada—. Además debo resolver el karma con mi madre.

Evangelina sintió que estaba en medio de un puente. Por una orilla la ascensión con el hombre que deseaba, por la otra su destino para brindar ayuda a otras personas.

Adán le apoyó las manos en los hombros.

—Si quieres eliminar el karma con ella y con cualquier persona sólo tienes que hacer una cosa: perdónala con todo tu corazón.

Ella asintió con una dulce sonrisa de aceptación al tiempo que una lágrima resbalaba por su mejilla.

89

Tercera y Cuarta Dimensión,
Pirámide de Keops, 26 de julio de 2014

En el cielo aún estrellado, sobre las pirámides, comenzaron a verse varias naves dimensionales.

Evangelina estaba emocionalmente movilizada.

—Tenemos poco tiempo, las puertas de Arcadia no están abiertas siempre —le dijo Adán.

—¿Y qué harás tú? —le preguntó Evangelina a Adán.

En aquel preciso momento, desde lo alto de la Cuarta Dimensión los seres de luz ponían fin a aquella batalla con los oscuros. Una cantidad de seres de las Pléyades, Sirio, Orión y Arcturus formaron un círculo alrededor de la cámara del Rey.

Adán observó a los recién llegados con inmensa felicidad. Sobre todo cuando la imagen de Micchio Ki se sumó al círculo, con una expresión de triunfo en la mirada.

Micchio se acercó a Adán.

—Has completado tu misión. Debes volver, las puertas de Arcadia están abiertas en el momento del amanecer.

Adán se giró hacia Evangelina. La miró con un inmenso amor. La sintió abierta, despierta, elevada. Ella comprendió todo. Sabía que Adán había ascendido, que cada ser tenía que seguir su destino.

Ambos sintieron que el karma de sangre que los unía finalizaba allí. Eran libres. Adán se acercó a abrazarla, y en aquel abrazo transpersonal fueron esencia.

Fueron el Adán y la Eva del origen.

Fueron Shiva y Shakti.

Fueron Uno.

90

Tercera Dimensión,
Pirámide de Keops, 26 de julio de 2014

Evangelina tenía lágrimas en los ojos, el corazón lleno de gratitud y el alma abierta.

—Gracias —le dijo ella—. He dado un paso enorme en mi evolución. Me has enseñado mucho.

—Uno aprende cuando enseña, Evangelina. Yo también he estado feliz. Sé que pronto nos volveremos a ver.

David Eslabon se acercó y lo abrazó.

—Buen viaje, hermano.

Adán sonrió. Sabía que el mexicano tenía un trabajo más antes de regresar.

—¿Tienes la calavera y la llave Ankh?

—Sí, la recuperé. Ahora me queda algo por hacer —respondió David—. Voy a enterrar la calavera debajo de la pirámide, junto a la llave de la vida eterna. Desde aquí será un detonante para que la gente se conecte. Y cuando entierren su cuarzo personal debajo de la tierra, generarán la expansión de conciencia colectiva.

El mexicano miró a Evangelina.

—Activen la "Operación Pi", el ritual de resonancia —les pidió Adán—. El libro de Evangelina será un referente que lo difundirá. Serán millones de personas despiertas y conectadas que comenzarán a hacerlo individualmente.

—Está hecho —respondió David.

Adán le miró con ojos chispeantes, apoyándole las manos en los hombros.

—Todos para uno y uno para todos.

—Así es, mi amigo —respondió el mexicano.

Adán sonrió al pronunciar la famosa frase de Alejandro Dumas en *Los tres mosqueteros*, era profundamente metafísica.

—Ya es tiempo, pronto va a amanecer —dijo Evangelina—. Debemos enterrar la calavera rápidamente.

Adán sintió paz en su corazón. Su misión estaba reactivándose.

—Vayan a hacer su parte. Ahora necesito estar solo.

91

Tercera, Cuarta y Quinta Dimensión,
Pirámide de Keops, 26 de julio de 2014

A dán Roussos se encontró solo dentro de la Gran Pirámide.

Sabía que todo lo que había hecho iba a generar frutos. Se quedó tranquilo al saber que David enterraría el poderoso cuarzo debajo de la pirámide junto a la llave de la vida. Que Evangelina podría ahora difundir su mensaje a través de su libro, y que Kate estaba ya en la Quinta Dimensión.

Él estaba en paz. Había realizado la misión encomendada. Se sentó en la postura de meditación dentro del sarcófago del Rey, hecho en granito y cuarzo, donde antiguos iniciados habían realizado su viaje al más allá. En aquel momento, Adán Roussos tomó conciencia de que necesitaba el cuerpo y el sexo de una mujer para ascender.

"El cuerpo femenino trae a todos a la vida y por el cuerpo de una mujer regresas a La Fuente", pensó.

Pero estaba solo, debía rápidamente activar su *Merkaba* por fuerza propia, necesitaba alcanzar la frecuencia correcta para generar aquel impacto. Sintió el poder ancestral de aquella pirámide, la sintió proyectarse hacia abajo, directo a las entrañas de la Tierra y hacia arriba, el infinito del universo; las pirámides se expandían en ambas direcciones. Adán percibió la magnética energía que allí estaba vibrando por la aparición de los seres de Quinta Dimensión venciendo a los reptilianos y grises, era poderosa, elevada, creaba conciencia.

Sabía que en su interior, como todos, contenía un secreto en las células. Sabía que, al producir un tipo de sonido, las células activarían su ADN. Los sabios lo habían logrado a través de mantras, la repetición de sonidos de poder.

Él debía aplicar uno de los secretos existenciales más importantes para ascender nuevamente: las células responden al sonido. Comenzó a repetir una larga "mmm", vibrante, armónica, poderosa, como las madres cuando calman a sus hijos. Y cuando sintió que aquel sonido alcanzó sus cuatro cualidades de frecuencia, duración, timbre e intensidad, también consiguió vibrar a la frecuencia correcta en hertzios. Aquello hizo que estableciera la conexión mental con la calavera de cuarzo que estaba siendo enterrada en aquellos momentos por David y Evangelina.

Adán recordó a los faraones ancestrales y la presencia de los seres de luz que habían venido a la Tierra.

Las pulsaciones de su corazón fueron el tempo musical que armonizó sus pulsos por minuto en su propia escala musical. Y allí produjo una onda vibracional que abrió el portal del tiempo y el espacio, creando un timbre exacto para elevar la octava de su propia nota personal en armonía con el Cosmos. Adán comenzó a sentirse un instrumento que resonaba con la frecuencia maestra de la vida. Los chamanes, faraones, místicos y yoguis sabían entrar en aquel trance por cánticos de vibración en 432 hertzios. Produjo un sonido rítmico de 205 golpes por minuto. Este ritmo indujo al cerebro a producir ondas cerebrales Delta, de 4 ciclos por segundo. De inmediato generó un efecto energético que inició el cambio en el metabolismo de las células. Su mente se expandió, disolviéndose como una gota en el océano. El sonido y la luz comenzaron a transportar información desde los planos más elevados de la existencia.

La resonancia sagrada vibró en las paredes de la gran pirámide. Adán Roussos fue envuelto por el poder que abrazaba a todo el universo. Los chakras vibraron alineados por la columna vertebral y se activaron como vórtices de conciencia y energía. Sus latidos cardiacos parecieron detenerse. Adán sabía que el corazón humano tiene el generador más fuerte de campos eléctricos y magnéticos de todo el cuerpo y que el corazón vibra unas cien veces mas fuerte eléctricamente y unas cinco mil veces mas fuerte magnéticamente que el cerebro.

Aquella vibración podía cambiar el campo magnético y eléctrico de sus átomos, aquellas vibrantes ondas de sonido produjeron una poderosa ola de información, conciencia y transmutación.

De pronto, todo quedó en silencio... cuerpo, mente, cerebro. Sólo los suaves latidos cardiacos como un diapasón cósmico.

Era un silencio vacío, agradabe, lleno de presencia. Vacío de compañías, lleno de una soledad rica, plena, acompañada.

El cuerpo de Adán Roussos se volvió etérico, fluido, libre. Y de pronto una fina capa de luz se proyectó dentro de la pirámide con aquella vibración. Inmediatamente, aquella luz se volvió más intensa para materializar más de un centenar de mujeres radiantes de belleza prístina; algunas pleyadianas, otras provenientes de Sirio y otros sitios de la galaxia. El grupo de mujeres trasmitía un elevado poder. Sus cuerpos etéricos destellaban un perfecto *Merkaba* como un aura constante. Esos cuerpos astrales estaban torneados con arte y delicadeza, llevaban una larga túnica blanca, con la insignia de un Sol brillante en el pecho. En lo alto de la cabeza, una flama dorada emitía sobre todas majestuosidad y elegancia. La belleza de la vida de diferentes razas cósmicas estaba impregnada en aquel círculo femenino.

El intenso movimiento de partículas y energía creado por aquella frecuencia le hizo sentir una presencia frente a él. Una de aquella mujeres proyectó su cuerpo de alta conciencia materializándose ante su ojo interior, la glándula pineal en su cerebro estaba abriéndose a una nueva realidad, a una dimensión superior. La mujer que emergió del círculo, a diferencia de las otras, estaba completamente desnuda, tenía los cabellos largos, el pubis triangular abultado, los pechos generosos. Su rostro era prístino, celestial, inmaculado. Un rostro consciente, bello, sin marcas de personalidad. A Adán aquel rostro se le hizo conocido. Los lamas y yoguis avanzados conocían sobre la presencia de *dakinis*, diosas del plano astral que se reunían con los avanzados Iniciados en el mundo astral para darles iniciaciones superiores.

Al sentarse frente a él, aquella elevada presencia de diosa-mujer pronto reflejó el rostro de Magdalena, la compañera iniciada de Jesús, susurrándole los secretos del sexo, la alquimia y la ascensión. Cuando Adán sintió su fuerte vibración, todos sus chakras vibraron al unísono. Luego de unos instantes el rostro de Magdalena se transfiguró en el de Isis, la inmortal sacerdotisa y, luego de unos segundos que parecieron eternos, aquella imagen, como un bello holograma, cambió al rostro de Kali, la diosa de la regeneración. Al sentir que Adán se elevaba, la diosa adquirió una imagen que hizo estremecer en éxtasis el alma de Adán.

Ante él, apareció el rostro de Alexia, su amada. Adán vibró en un elevado amor y, en unos breves instantes, lo vio todo vertiginosamente, ella era un espejo de conciencia proyectando los inicios; y los rostros femeninos se deslizaron uno a uno, Kate... Evangelina... Chindonax... la fuerza de todas las mujeres ancestrales se iba reflejando en aquel cuerpo como una espiral de vida.

El ser se transformó con el rostro de mujeres negras, blancas, pelirrojas. Todas eran una. Todas eran un cofre que llevaba el sagrado misterio de la diosa en su alma. Todas tenían en su pubis la marca del triángulo invertido, el divino femenino que iniciaba la vida y el proyecto genético de La Fuente.

Aquel cuerpo de mujer sin personalidad, aquella *dakini* sagrada subió sobre él, desnuda de cuerpo, de alma, de pasado y de futuro; era sólo una presencia en el ahora constante. Se fundieron en un abrazo largo, íntimo, conectado, y Adán abrazó a todas las estrellas, a todos los árboles, a todas las flores, a todas las mujeres, a todas sus células. Era él en todas, él en una sola, él en La Fuente.

Se sintió como hijo, como amante, como niño, como sabio, como aprendiz, como maestro. Se sintió cobijado, amado, trasportado, transfigurado...

En el momento que penetraron su energía y los triángulos de sus pubis se unieron formando una estrella entre ambos, aquel impacto sexual-energético-consciente los fundió en un abrazo, una respiración compartida, un círculo que se activó como un auroboro infinito. Aquello hizo que su *Merkaba* produjera un movimiento fortísimo, activando la estrella tetraédrica de geometría sagrada, vibrando a velocidad cósmica, hacia dentro y hacia fuera, creando literalmente un espiral de luz. Sus células generaron un cambio de vibración, su cuerpo físico comenzó a desmaterializarse junto al cuerpo de aquella diosa ancestral, el reflejo de su mujer interior. Estaba preparando su alma, iba a abandonar la Tercera Dimensión. Aquel abrazo los elevaba, los liberaba, los llenaba de la alta vibración que los humanos llamaban amor.

Aquel sentimiento era el perfume que sostenía a todo el universo.

"Que se haga la luz", fue el último pensamiento que tuvo.

Inmediatamente, Adán Roussos desapareció de la faz de la Tierra.

92

A la entrada de un lujoso salón de conferencias del hotel Hilton, un cartel promocional de más de dos metros de alto anunciaba un evento: "Eva Calvet presenta *El secreto de Eva*". El póster mostraba la cara de la autora junto a la portada del libro. Un auditorio lleno aguardaba el lanzamiento de su novela. Su editora, Amalia Di Fiore, estaba sentada a su lado en una larga mesa con varios ejemplares, orgullosa de publicar al fin aquella obra, luego de que los directivos de la editorial dieran luz verde al proyecto.

Evangelina tenía en su rostro los rasgos de expresión marcados por una extrema felicidad. Estaba vestida con un ajustado vestido negro que delineaba su silueta, los ojos maquillados, el pelo largo y leonino. Era la imagen radiante de una diosa ancestral. David Eslabon a su lado compartía la mesa de presentación, sonriente pero con un brazo vendado.

Evangelina Calvet sentía la fuerza interior y el difícil arte que lleva a un escritor a compartir un mensaje, un conjunto de palabras que hacen que un corazón humano cambie, que una mente se eleve, que un alma se despierte.

Eva sabía que su libro revelaría al mundo un puñado de conocimientos que transformarían la vida de muchas personas dispuestas a compartir ese conocimiento para despertar a otras, generando una reacción en cadena.

Y allí, con sus ojos llenos de vida, su alma inflada de gozo comenzó a decir:

—Este libro desvelará una profunda investigación para que cada lector se ponga en acción rompiendo las mentiras que nos han impuesto. La acción que cada uno realizará en su evolución personal colaborará para generar una revolución luminosa. Todos queremos ascender en la nueva dimensión de conciencia y el despertar ya comenzó para algunos. Este material será un puente para ello, con una visión cargada de entusiasmo para el viaje individual y colectivo. Ahora que lo tienes en tus manos, estás tan dentro de la historia como yo. Somos uno. Quiero que todas las mujeres y los hombres despiertos hagamos oír nuestra voz, la voz de La Fuente, la voz de la vida misma. Este libro es una invitación a investigar, sacar conclusiones, abrir el corazón y pasar el mensaje a toda tu gente conocida. Ponte en marcha, somos muchas Evas, y tienes el poder en tus manos. Somos antenas encendidas...

Eva Calvet hizo una pausa y observó que todo el auditorio estaba atento, y se preparó para lanzar la frase más poderosa de su libro.

Sus ojos se llenaron de emoción junto con los de su editora.

Iba a desvelar un secreto que estuvo guardado en lo más íntimo del inconsciente colectivo y en los orígenes.

—*El secreto de Eva* no es mi secreto, sino el que todas llevamos en nuestro interior y hemos olvidado. ¡Mujeres! ¡Recuerden que no es de una costilla que salimos, como una sobra del hombre! ¡Es totalmente al revés! ¡El hombre sale de dentro de la mujer! Nosotras somos el *summum* espiritual, una puerta para abrir el magno recuerdo de que, en los orígenes, no fue Adán la primera creación de la especie humana... sino que fueron un puñado de mujeres, las sagradas hembras originales. Ellas fueron el divino femenino manifestándose, el cáliz fertilizado con el ADN evolucionado de seres de las estrellas. Y de aquellas diosas ha surgido toda la historia hasta el día de hoy.

"Aquel genoma evolucionado, traído de las estrellas, contenía en las mitocondrias celulares, la genética que sería trasmtida de la madre a la prole. Así como las mitocondrias se heredarían por vía materna, los cromosomas se heredarían por vía paterna. De ese modo, cada mitocondria de los *Elohim* contenía el encargo de La Fuente de crear una raza superior para el planeta Tierra, los *Homo sapiens.*

"¡Somos hijas e hijos de las estrellas y no del barro!

"¡Es el tiempo del renacer de la divinidad femenina!

93

Tercera Dimensión
Teotihuacán, Pirámide del Sol
27 de noviembre de 2014

El calor era abrasador en el corredor de la pirámide del Sol.

Evangelina Calvet había recibido una carta de su madre algunos meses antes de morir. En ella, redactaba palabras que Evangelina nunca había escuchado de su boca. Palabras de arrepentimiento, palabras de una mujer que había sentido que era tarde, el tiempo había pasado. Aquellas eran palabras para decirlas a los ojos, con la valentía del amor desbordante. Evangelina hizo un trabajo de perdón con ella, le escribió una carta que Terese nunca leyó, la abrazó en sueños, la perdonó.

Ahora estaba allí para enterrar un cuarzo en la pirámide de Teotihuacán, donde los monumentos, tal como en Giza, se alineaban con las estrellas, donde los dioses habían hecho pactos con los hombres en el pasado remoto. Un enorme complejo de piedras del cual los arqueólogos no descifraban aún el origen. La pirámide del Sol y de la Luna emergían elevadas destacándose, como una obra maestra arquitectónica, la más grande de Mesoamérica, situada a pocos kilómetros de la capital de México.

Evangelina iba vestida con un cómodo vestido de lino blanco. Llevaba un bolso y el corazón abierto. Había soñado mucho durante todos aquellos meses y tenía una fuerte corazonada para ir a Teotihuacán.

Cuando estuvo al pie de la escalinata ante la majestuosa pirámide del Sol, elevó sus ojos hacia la cúspide. Aquel sendero de piedras empinadas estaba siendo escalado lentamente por más de un centenar de buscadores y turistas. Tomó una profunda inhalación y comenzó a subir el primero de los 365 escalones hacia la cúspide, a 63 metros más arriba.

Al mismo tiempo, como todos los jueves, por la cara opuesta de la pirámide una mujer humilde de unos cuarenta y cinco años se dirigía a limpiar el interior de los corredores del magno monumento.

La empleada había ido aquel día con su hijo, de unos catorce años, quien la acompañó, ya que quería conocer aquel sitio. Se dirigieron rumbo a una pequeña entrada que estaba cercada por una puerta de metal, hecha por manos humanas. Aquella cara, la opuesta a donde subían los turistas, estaba vacía. La mujer y el niño subieron unos cincuenta escalones con dificultad, abrieron la puerta y ella se preparó para barrer y mantener limpios aquellos pasadizos en el interior de la pirámide del Sol. Pasadizos que los antiguos habitantes de Teotihuacán, la ciudad de los dioses serpiente, usaban para experimentar los misterios iniciáticos.

Con tranquilidad por el dolor de espalda que la aquejaba, la mujer comenzó su tarea sobre el pasillo central.

—Ahora vengo, madre —le dijo su hijo.

El niño tomó rumbo hacia otros pasadizos movilizado por un sexto sentido y por la curiosidad de saber a dónde lo llevarían. Era un niño con los sentidos internos abiertos, tenía algunas percepciones que otros no tenían, veía cosas que los ojos comunes no veían.

Llevaba una linterna en la mano, la necesitaba, ya que conforme iba caminando estaba más oscuro. Los túneles le brindaron frescor, ya que la temperatura allí dentro era más baja que al aire libre. Bajó unos veinte metros y se encontró una especie de entrada secundaria. Avanzó guiado por un magnetismo inconsciente, luego, agachado, recorrió un pasillo diminuto para poder abrir un pequeño bloque de granito, metiendo medio cuerpo. Al fondo, se veía una especie de cofre.

Al cabo de unos cinco minutos, el sonido de la voz de su madre se filtró por los túneles produciendo un eco. Pero el niño había experimentado extraños sueños desde hacía meses y estaba dispuesto a seguirlos. Estaba impulsado por una fuerza interior que había despertado en su alma. Desde pequeño había tenido sueños proféticos y la capacidad de mover las cosas. Pertenecía a los llamados niños índigo, seres que nacían con nuevos poderes en el ADN.

—¡Ángel! ¡Ángel! —la voz de su madre volvió a llamarlo con más fuerza.

El adolescente escuchó nuevamente el llamado, pero siguió empeñado en descubrir lo que había dentro del cofre. Con dificultad, corrió la caja de piedra. Era pesada y tenía extrañas inscripciones sobre la tapa, la cual retiró con dificultad. Inmediatamente, quedó varios segundos aturdido, cuando alcanzó a ver lo que había dentro.

Sus ojos se abrieron, sorprendidos.

Ángel sintió una descarga de adrenalina y endorfinas en su interior. Agitado, corrió a contarle a su madre, sintió en su corazón que aquel hallazgo podría significar algo trascendente.

Había encontrado una calavera de cristal de cuarzo.

Lo que Ángel no sabía, era que aquella pieza, que contenía valiosa información existencial y metafísica, era la decimotercera calavera de cuarzo tallada por los seres de las estrellas. Aquel objeto estaba diseñado para que, al alinearse con los demás cuarzos y pirámides del mundo, activara definitivamente el conocimiento cósmico y el poder espiritual sobre la nueva humanidad.

* * *

En aquel mismo momento, en el exterior de la pirámide del Sol, Evangelina Calvet llegaba a la cúspide y, emocionada, ofrecía su libro a las estrellas.

El destino haría que pasase una hora y media luego de aquel hallazgo para que Evangelina y Ángel, por medio de la sincronicidad, se reconocieran cara a cara, a la salida de la pirámide.

Epílogo

En la Quinta Dimensión, el regreso de los *bodhisattvas* era una celebración a bordo de una gran nave de la Federación Galáctica. Los seres de luz se conectaban entre sí a modo de orgasmo del corazón. Todo tenía el sello de la vibración elevada, la unidad y el gozo. Aquel sentimiento era difícil de superar.

—¿Me equivoco o siento que quieres decirme algo? —preguntó Adán.

Micchio se acercó con luz radiante en los ojos.

—Tú has hecho un valioso trabajo para mucha gente, querido Adán. Ahora sólo tienes que dejar que surjan como un manantial en tu interior las sagradas palabras.

—¿Las sagradas palabras? —preguntó Adán.

—El Verbo del origen —respondió Micchio—. El gran decreto cósmico para continuar tu evolución en todas las dimensiones.

—¿El Verbo del origen?

Micchio asintió sonriente. Adán cerró los ojos.

Como si fuese una brisa tibia atrajo hacia él aquella vibración, pasada, presente y futura. Sintió vibrar aquel sonido en la impronta profunda de su esencia.

Aquello era Él. Él era Aquello.

Era la nada y el todo.

Existía.

Y supo cuáles eran aquellas palabras. Con la expresión radiante que sólo los seres en éxtasis tienen en su rostro, las pronunció con la emoción divina de un ser ascendido.

—*¡Yo soy el que soy!*

Sus átomos vibraron al unísono como billones de diminutos soles.

Hubo gozo en la vibración de esas palabras que quedaron grabadas como una impronta para todos los seres que estuvieran dispuestos a sentirlas y las pronunciaran para atraer el excelso poder.

Fue un eco en el Cosmos. El Big Bang de un iluminado.

Inmediatamente la vibración de ese decreto hizo que una luz extremadamente radiante se acercara, y cientos de seres alados y ángeles rodearan aquel poder místico en éxtasis.

Esa luz inmaculada se transformó como un tornado de colores y formas de geometría sagrada nunca vistos, emanando excelencia de belleza espiritual.

Esa luz cobró la forma de Jesús y Magdalena.

El alma de Adán Roussos se estremeció. Eran altos, bellos, excelsos, atemporales, inmortales...

Alexia estaba a su lado, vibrando radiante con el prístino poder femenino en todo su ser.

Jesús lo observó directamente a los ojos con amor, compasión y eterna sabiduría, levantó su mano derecha y todos los allí reunidos percibieron el gran poder que salía de su mano.

—Han cumplido con el camino de la luz, vuestra misión como *bodhisattvas* ha concluido —les dijo Jesús, telepáticamente con infinita alegría—. Al pronunciar las palabras sagradas quedan coronados como maestros ascendidos.

La presencia de Jesús y Magdalena los envolvió con el poder de mil soles. El cuerpo energético de Adán se encendió como una supernova. El viaje de *bodhisattva* a maestro ascendido era la sublime travesía de la conciencia, perseguida durante siglos por sabios, buscadores e iniciados. Sabía que ser coronado como maestro ascendido equivalía al acceso del desdoblamiento y la bilocación, el poder de estar en varios sitios al mismo tiempo, conocer cada rincón del vasto universo, viajar entre dimensiones, conectar con todas las formas de vida, vencer al proceso de la muerte, participar en la creación y co-creación constante, amar y seguir amando y existiendo eternamente...

Jesús extendió ambos brazos y emitió luz por su corazón y por las palmas de las manos de donde salieron dos haces de luz, uno rojo y otro azul. Aquella explosión oceánica inconmensurable fue un impacto evolutivo para Adán.

La voz telepática de Jesús se pronunció en un eco magistral en la conciencia de Adán y Alexia, era música celestial, poesía, éxtasis. Colores nunca vistos se presentaron ante ellos como el aleteo de múltiples mariposas.

Jesús y Magdalena los observaban con amor infinito, recordando sus tiempos pasados, sus iniciaciones humanas, sus peldaños divinos.

Magdalena se acercó a ellos. Su vibración era dulce como una sinfonía. Les sonrió antes de trasmitir su mensaje.

—Es un gozo para el alma recibir a un nuevo hijo e hija que regresan a casa. En este presente se deleitan en el éxtasis más elevado y divino, pero todavía tendrán que encontrar la prueba más trascendente para la evolución completa de vuestras almas iluminadas.

Adán y Alexia observaron a Magdalena con gran emoción.

—La próxima misión para ustedes, queridos hijos de las estrellas, será la llave que les permitirá abrir la gran puerta superior. La puerta que les hará conocer al Padre y a la Madre de todas las cosas...

Continuará...

El recién ascendido puede transportar su cuerpo de luz a donde desee, o bien puede viajar sin su cuerpo espiritual glorificado. Los seres ascendidos pueden aparecer ocasionalmente en la Tierra, y de hecho lo hacen, como mortales ordinarios, cubriéndose de vestimentas físicas que los hagan aparecer como los de la Tierra, desplazándose entre ellos con alguna finalidad cósmica.

Serapis Bey

Todas las almas fueron creadas en el inicio y, están volviendo en espiral, hacia su lugar de origen.

Edgar Cayce

Cómo realizar tu ritual de sexo alquímico

Cada pareja dejará fluir libremente su creatividad, sorprendiendo a su consorte. Describiré un ritual que puede ser practicado por todo el mundo, donde puedes iniciarte con tu amante. Los pasos para el ritual sexual alquímico no son algo rígido ni automático.

Es importante percibirlo como un movimiento consciente donde se despertarán las energías vitales, sexuales, espirituales y emocionales de ambos, con el fin de conectarse primero desde el cuerpo para llegar a los espacios interiores, donde la mente desaparece, llegan el silencio, la paz y el éxtasis.

El camino del sexo alquímico a través del rito mágico es una formidable invitación para eliminar la rutina, despertar nuevas sensaciones, prolongar el placer por horas, transmutar la eyaculación en orgasmo espiritual y energía creativa en el hombre, y llevar a la mujer a su hogar mágico de encantamiento, liberación y alegría rebosante. Puedes hacer el ritual con tu amante o bien en solitario, para los que no estén momentáneamente en pareja. El ritual será también un buen imán para atraerla si es lo que quieres. Es conveniente hacer el ritual completamente desnudos.

1. Ducharse o tomar un baño de inmersión energético o relajante con sales minerales.
2. Tomar conciencia del acto mágico que se realizará y generar con la mente una protección psíquica, visua-

lizándose en un círculo de luz, llamando a tu maestro interior y tus guías protectores.

3. Ambientar el lugar con almohadones y flores, encender velas blancas e incienso.

4. Danzar durante algunos minutos, regalar la danza al amado/a, sintiendo que son dios y diosa. En la danza siente el calor, la vida y cómo el cuerpo comienza a encenderse.

5. Mirarse a los ojos, observar la belleza y la personificación de Femenino-Masculino, Shakti y Shiva.

6. Meditar sobre los elementos: agua, fuego, aire y tierra, representados en microescala con los alimentos, las bebidas, el incienso y el fuego de las velas. Darle de comer y beber al otro.

7. Contemplar el cuerpo de la pareja a la luz de las velas, meditar sobre los poderes y encantos del cuerpo.

8. Tocar y besar los dedos de los pies, nalgas, ombligo, centro del pecho, senos, cuello, mejillas, labios, ojos, centro de la frente y coronilla, luego hacer lo mismo con el falo (la vara de luz) y la vagina (la puerta de la vida).

9. Si tienes la pirámide Pi, la pareja se coloca debajo, desnudos y sintiendo que entran a terreno sagrado, ya que desde tu pirámide personal se conectarán con el poder de las pirámides de Egipto. La pueden conseguir o fabricar con sus propios materiales. Si quieres adquirir una pirámide escribe a: piramideparameditacion@gmail.com

10. Respirar profundamente durante varios minutos tomados de la mano, sintiendo la energía en espiral que provocará estar dentro de la pirámide. Imagina que la pirámide se extiende desde la base hacia el infinito, provocando el movimiento circular en espiral para activar su *Merkaba*.

11. Sostén tu cuarzo personal en las manos y repite el mantra OM durante cinco minutos. Puedes hacerlo también con una pequeña pirámide de cuarzo blanco, rosa o de amatista.

12. Dejar el cuarzo a un costado, dentro de la pirámide para que absorba la energía que compartirán y comenzarán a tocar el cuerpo, sentir cómo se despierta la excitación. Conforme la energía y el deseo aumenta, la mujer se subirá sobre el hombre, quedando de frente, y absorberá con su sexo el falo del hombre, quedando abrazados, penetrados, respirando al mismo tiempo. Sin prisas, comenzando a conectar los chakras y la energía para sentir la unidad original. Ésta es la única postura que se realiza en este ritual, la postura sexual original, frente a frente, chakras conectados, respiración compartida, abrazo, intensificación del tacto y meditación.

13. Mantener el clímax la mayor cantidad de veces posible sin llegar al orgasmo, esto hará más fuerte la experiencia.

14. Visualizar en todo momento la energía compartida subiendo por la columna hasta la coronilla con profundas y lentas respiraciones.

15. En el momento del orgasmo, con el ojo interior, guiar la energía kundalini hacia experiencias de éxtasis, amor e iluminación espiritual en los dos chakras superiores, en la corona y tercer ojo. Deja que esa energía bañe el campo energético del planeta. Muchas parejas estarán haciendo lo mismo desde sus casas.

16. Cuando la pareja se detenga meditarán en la apertura de la glándula pineal, en el medio de la frente, usando la energía alquímica del sexo para la iluminación.

17. Relajarse y meditar gozando del silencio, la paz y el recorrido de la energía por todo el cuerpo y la psiquis. Este ritual puede durar de 1 a 5 horas, deteniéndose a

meditar para comenzar de nuevo el acto sexual cuando suba el deseo.

18. Honrar la divinidad de cada uno y retirarse cuando sientan que el ritual ha terminado repitiendo tres veces el mantra OM, el sonido del universo. Realizando este ritual, muy pronto comenzarán a sentir grandes cambios positivos a nivel espiritual en vuestras vidas y una enorme aceleración dimensional para las personas despiertas y para el planeta.*

---

* Para más información consultar el libro del autor *Adán y Eva: la práctica del sexo alquímico*, de editorial Alamah.

Operación Pi
Ritual de resonancia
Activación colectiva de cuarzos

E stamos en momentos de cambios. Mucha gente está despertando su conciencia, en un planeta que está experimentando terremotos, sismos, volcanes en erupción, cambios sociales, políticos, económicos, religiosos. El planeta necesita el apoyo de todos. Éste es un ritual para todos los despiertos.

Objetivo
Activar una red de energía global intraterrena en beneficio de la iluminación colectiva.

Metodología
Consigue un cuarzo nuevo grande de unos 7 a 10 cm de alto, no importa las aristas o caras que tenga, cualquier cuarzo blanco que te vibre bien, consíguelo en cualquier tienda. O bien, una pequeña pirámide de cuarzo, también será muy efectiva. Cárgalo un día al Sol y llévalo para enterrar a un sitio como un bosque, plaza, parque o jardín al lado de un árbol para generar resonancia.

Procedimiento
Un domingo, tómate la mañana libre para ir al lugar que elijas a enterrar tu cuarzo con actitud abierta, feliz y llena de paz. Una vez allí, sigue los siguientes pasos:

1. Medita unos diez minutos al menos para serenarte y alinearte.
2. Activa tu corazón con el Sol y el Sol con el Centro de la Galaxia durante cinco minutos.
3. Con ese poder iniciarás el ritual de activación.
4. Imagina al planeta Tierra con un círculo de luz bordeándolo como si fuera su piel.
5. Pon desde tu tercer ojo, en el medio de la frente, la intención de elevación de la Tierra a una dimensión más elevada, de unidad, amor, compañerismo, creatividad, poder espiritual y conciencia iluminada.
6. Vuelca tu emoción y sentimiento en el cuarzo durante unos minutos.
7. Sosténlo entre tus dos manos como un cofre sagrado.
8. Deposítalo con la punta hacia arriba dentro de un hueco que cavarás previamente en la tierra aproximadamente a 30 o 40 centímetros.
9. Tapa el cuarzo amorosa y conscientemente con la tierra.
10. Una vez enterrado, cierra los ojos y medita unos minutos sobre la posición de tu cuarzo. Empieza a extender tu mente hacia los cuarzos de otras almas despiertas que se conectan por una línea intraterrena con el cuarzo que acabas de enterrar. Recuerda que la luz da siete vueltas y media a la Tierra en un solo segundo. Muchas personas despiertas harán lo mismo en muchos países, para generar una red de conciencia que conectará todos los cuarzos y la intención de evolución que llevan dentro.
11. Ahora visualiza el cuarzo maestro que está enterrado bajo la Gran Pirámide en Egipto. Está allí, emitiendo alta frecuencia.
12. Activa la luz entre tu cuarzo, el cuarzo de la pirámide, los árboles y tu intención.

13. Decreta que esa luz continúe fluyendo día y noche para beneficiar el cambio de evolución de la Tierra.
14. Retírate del lugar trazando un círculo discreto con tus dedos o con una vara de poder en torno a la zona donde lo enterraste para que quede protegido.
15. Comparte este mensaje con todas las personas que quieras, en tus redes sociales.
16. Recuerda que estamos unidos, hay un puente que nos está conectando. Es el inicio de la evolución.

Por favor, no modifiques, agregues ni extraigas nada de este mensaje. Después del ritual ve a desayunar a un sitio agradable disfrutando de tu soledad o a festejar con amigos que estén dentro del "Ritual de Resonancia".

Con profundo amor,

Guillermo Ferrara

Sigue al autor en:
Facebook.com/guillermoferrara
Twitter/GuilleFerrara
www.elsecretodeeva.net

Contacto de lectores y medios de prensa
tantra09@hotmail.com

EL SECRETO
DE ADÁN

2012
LA HUMANIDAD ESTÁ A PUNTO
DE CONOCER SU ORIGEN

GUILLERMO FERRARA

SUMA
de letras

Suma de Letras es un sello editorial del Grupo Santillana

www.sumadeletras.com.mx

Argentina
Avda. Leandro N. Alem, 720
C 1001 AAP Buenos Aires
Tel. (54 114) 119 50 00
Fax (54 114) 912 74 40

Bolivia
Calacoto, calle 13, 8078
La Paz
Tel. (591 2) 279 22 78
Fax (591 2) 277 10 56

Chile
Dr. Aníbal Ariztía, 1444
Providencia
Santiago de Chile
Tel. (56 2) 384 30 00
Fax (56 2) 384 30 60

Colombia
Calle 80, 10-23
Bogotá
Tel. (57 1) 635 12 00
Fax (57 1) 236 93 82

Costa Rica
La Uruca
Del Edificio de Aviación Civil 200 m al Oeste
San José de Costa Rica
Tel. (506) 22 20 42 42 y 25 20 05 05
Fax (506) 22 20 13 20

Ecuador
Avda. Eloy Alfaro, 33-3470 y Avda. 6 de
Diciembre
Quito
Tel. (593 2) 244 66 56 y 244 21 54
Fax (593 2) 244 87 91

El Salvador
Siemens, 51
Zona Industrial Santa Elena
Antiguo Cuscatlan - La Libertad
Tel. (503) 2 505 89 y 2 289 89 20
Fax (503) 2 278 60 66

España
Torrelaguna, 60
28043 Madrid
Tel. (34 91) 744 90 60
Fax (34 91) 744 92 24

Estados Unidos
2023 N.W 84th Avenue
Doral, FL 33122
Tel. (1 305) 591 95 22 y 591 22 32
Fax (1 305) 591 74 73

Guatemala
26 Avda. 2-20
Zona 14
Guatemala C.A.
Tel. (502) 24 29 43 00
Fax (502) 24 29 43 03

Honduras
Colonia Tepeyac Contigua a Banco Cuscatlan
Boulevard Juan Pablo, frente al Templo
Adventista 7° Día, Casa 1626
Tegucigalpa
Tel. (504) 239 98 84

México
Avda. Río Mixcoac, 274
Colonia Acacias
03240 Benito Juárez
México D.F.
Tel. (52 5) 554 20 75 30
Fax (52 5) 556 01 10 67

Panamá
Vía Transísmica, Urb. Industrial Orillac,
Calle Segunda, local 9
Ciudad de Panamá
Tel. (507) 261 29 95

Paraguay
Avda. Venezuela, 276,
entre Mariscal López y España
Asunción
Tel./fax (595 21) 213 294 y 214 983

Perú
Avda. Primavera, 2160
Surco
Lima 33
Tel. (51 1) 313 40 00
Fax. (51 1) 313 40 01

Puerto Rico
Avda. Roosevelt, 1506
Guaynabo 00968
Puerto Rico
Tel. (1 787) 781 98 00
Fax (1 787) 782 61 49

República Dominicana
Juan Sánchez Ramírez, 9
Gazcue
Santo Domingo R.D.
Tel. (1809) 682 13 82 y 221 08 70
Fax (1809) 689 10 22

Uruguay
Juan Manuel Blanes, 1132
11200 Montevideo
Tel. (598 2) 402 73 42 y 402 72 71
Fax (598 2) 401 51 86

Venezuela
Avda. Rómulo Gallegos
Edificio Zulia, 1° - Sector Monte Cristo
Boleita Norte
Caracas
Tel. (58 212) 235 30 33
Fax (58 212) 239 10 51

Esta obra se terminó de imprimir en abril de 2013,
en los talleres de Litográfica Ingramex, S.A. de C.V.,
Centeno 162-1, Col. Granjas Esmeralda,
C.P. 09810 México, D.F.